逃亡作法

TURD ON THE RUN

東山彰良

邱香凝——譯

臺灣版獨家作者序

這本書出版於二〇〇三年，是我的出道作品。

在那之前，我從未想過自己會成為作家。少年時代，我熱衷的是棒球和籃球，還有音樂。上大學後，我到處旅行。直至人生某一時期為止，幾乎不曾閱讀。

因此，我的初次閱讀體驗，已經是二十五歲以後的事。當時我在學英語，考慮差不多該開始讀些原文書。在我閱讀的幾本原文書中，包括了埃爾莫．倫納德（Elmore Leonard）的作品。他是美國犯罪小說的大師，對電影導演昆汀．塔倫提諾的影響很大。塔倫提諾的《黑色終結令》（*Jackie Brown*）這部電影，原作正是倫納德的小說《*Rum Punch*》。沒讀過倫納德作品的讀者，不妨想像早期的塔倫提諾電影，比方說《霸道橫行》或《黑色追緝令》。

我立刻迷上倫納德的小說，對他深深著迷。撇開學習英語的目的，我開始搜尋他的小說來讀。不只犯罪小說，也讀了作者早年的西部小說。二〇一八年，村上春樹翻譯了他的西部小說《*Hombre*》，我曾為這本書寫過書評。在這本小說的〈譯後記〉中，村上提到他最喜歡的倫納德小說是《*La Brava*》。我心想，他也是個倫納德迷呢。

我開始寫小說，是二〇〇〇年的事。

當年我正在寫博士論文，但論文一直得不到指導教授的認可，陷入無法取得學位的絕望狀態。那時我已結了婚，那年九月次子剛出世。沒有工作，只能做些在餐廳洗盤子或在入境管理局當口譯的臨時工，勉強維持生活。原本想等拿到博士學位後，在大學裡謀一份教職，這心願似乎怎麼看都無法實現。沒有工作，唯獨肩上的責任愈來愈重，這樣的人生幾乎要將我壓垮。

那年夏天，我回臺灣探親。或許也有點想暫時逃離日本生活的意思吧。小時候我在廣州街住過。那天，兒時玩伴聯絡我，於是我們睽違數年重逢了。她已經結婚，還帶了丈夫一起來。他是搖滾樂團「伍佰 & China Blue」的鍵盤手。我們聊音樂聊得意氣相投，還談了各種話題。在那個臺灣還沒有中文搖滾的時代，他們決定作自己的音樂，闖出了一片天。那樣的生存之道大大刺激了我。

回到日本後，總覺得內心有什麼仍在沸騰。我開始想，自己過往的人生中，可曾認真追求過什麼？生活過得既艱困，又看不到未來的展望，一切是那麼沉重，或許已超過了我的臨界點。

二〇〇〇年十二月，餵完甫出生的次子喝完牛奶，哄他睡著後，在幾乎沒有任何準備的情形下，我開始寫小說。我熟悉的作家就只有埃爾莫．倫納德，所以，我把自己當成倫納德，寫起了犯罪小說。人說寫作是能帶來療癒的行為，這是真的。家人都睡著後，在寂靜的深夜裡我一個人寫小說，寫著寫著，感覺自己彷彿逐漸獲得修復。我寫得忘我，也忘了時間，天亮時電腦忽然當機，寫下的內容全部消失了。

我心想，說不定現在根本不該寫什麼小說。有空做這種事，還不如快去寫論文或找新工作。

然而，我已經被寫作這個行為附了身。我只睡了一下，又從頭開始寫。就這樣持續寫了三個月，完成的作品正是《逃亡作法》的雛型。我並沒有馬上進入文壇，經過一段迂迴曲折的過程，我才以這部作品出道。

開始做一件全新的事時，我們總會煩惱各種事。走這條路是正確的嗎？能養得活自己嗎？這是真正有價值的事嗎？我只能說，當你還能思考這些，就表示你還有從容的餘地。只要還有從容的餘地，就無法踏出下一步。

當時的我沒有從容的餘地。問題不在選擇「寫」或「不寫」，我面前沒有「不寫」的選項。回過神時，我已經在寫了。《逃亡作法》這本書，就是這樣寫出來的。

畢竟是將近二十年前寫的書，技巧上肯定有不成熟的地方。即使如此，這本書仍蘊含了我跨越邊界線的那一剎那，破殼而出那一瞬間的能量。

但願能與各位分享這部作品。

二〇一九年八月
東山彰良

人物表

燕子　本名李燕，本書主角。
三行　本名三行讓，燕子的夥伴。
阿百　本名百崎健，燕子的夥伴。
川原昇　連續女童姦殺犯，綽號「假日開膛手」。
張武伊　在日韓國人，服刑者，
朴志豪　在日韓國人，服刑者，張武伊的同夥。
阿植　本名余貴植，華裔馬來西亞人。
凱薩　本名飯島好孝，恐怖分子首領。
丈　本名天野哲治，恐怖分子。
蝙蝠　本名竹田誠，恐怖分子。
龍馬　本名池陽介，恐怖分子。
菊池保　菊池組組長。
陽　阿百的舅舅，「雷皮亞」的首領。
GUTS　保的兒時玩伴，菊池組第二把交椅。
野崎理子　保的戀人。

屈膝跪下，抓住你的腳。
但你仍不斷往前跑，
抓在我手中的，只有你破碎的褲子。

——滾石合唱團〈*Turd On The Run*〉

1

「開始了喔。」

燕子放下槓鈴，從健身椅的椅墊上撐起赤裸的上半身。用力吸氣，調勻呼吸。

剛在健身椅上做完四套訓練的胸大肌上布滿汗珠，簡直像用噴霧器噴上去似的。

「韓國人絕對不會退讓啦。」隔著金屬網，三行喜孜孜地望著傳來怒吼聲的操場。「尤其是足球。」

「畢竟他們屬於恨的文化啊。」坐在無人使用的健身椅上，若松吾郎這麼搭腔。

「會來這種地方的傢伙都是自負心強烈的人，民族性和中國人還是有所不同。」

「若松先生，你知道這種時候中文怎麼說嗎？」燕子鬆開綁在頭上的褪色藍毛巾，目光朝操場望去。

「我們會說『狗改不了吃屎』。」

若松「喔」了一聲，似乎很佩服地點了點頭。

「然後呢？」燕子說。「你退休後有什麼計畫？」

「想說先去學烹飪吧。」若松滿是皺紋的臉龐轉向燕子。「還有就是把在這裡三十八年來的生活寫下來。」

「我就知道。」

「知道什麼？」

「人這種生物啊，一上了年紀就會想回顧這輩子。反過來說，開始回首一生的時候，人生就結束了。話說回來，你寫那種東西有誰會想看啦？」

「沒人看也沒關係啊。」若松還是不改那副好好先生的表情。說話語氣不急不徐，不近不遠。「一直跟你們這些傢伙混在一起，連婚都沒辦法結，突然閒下來恐怕會得老人癡呆。哎，把那想成跟抄佛經差不多的事就行了。」

燕子瞄了一眼靠在欄杆上的三行，目光又轉回來。

「不能用約聘的方式留下來嗎？」

「饒了我吧。」若松雙手撐在膝蓋上，挺起身體。「如果來的都是像你或阿植一樣的也就算了，現在那些年輕人啊，我已經跟不上了。」

「別把自己說得像個老人似的。」

「我是老人了啊。」伸個懶腰，瞧了瞧手錶。「好了，差不多該回去了。再過十分鐘，你們的自由時間就要結束囉。」

「知道啦。」

「今晚是看錄影帶的日子吧。」

「那東西啊……」燕子一臉厭煩地轉動眼珠。「為什麼每個月都非看不可？」

「為了讓你們再次認清自己現在的處境呀。」

「我知道，但我至少看過五十次了欸，那個旁白都能從頭背到尾。是說，幹嘛用什麼腹語術表演啊。」

「大概是怕用普通的旁白，會讓你們覺得很無聊吧。」若松歪了歪頭。「就算看了那種東西，你下次還不是會再進來。你啊，就是無法過正經日子。」

「我沒打算當正經人啊。道理很簡單，是這社會不讓我有正經過日子的機會。」

「少貧嘴了，笨蛋。」

「總之，不如改成每看一次錄影帶就蓋一個印章，已經看過幾十次的人，以後只要每兩個月看一次就行了，這種做法不是也可以嗎。」

「看影片時不要和百崎聊天，要認真看啊。」

「可惡，我在說話你到底有沒有在聽。」

「燕子？」

「幹嘛啦。」

若松從健身椅座墊上拿起警帽，戴在花白的頭上。「你說這叫什麼？狗改不了吃屎？」

下午的工作結束後，晚餐前有一個半小時的自由時間。有人踢足球，有人打籃球，也有人打桌球。有人看書，有人慢跑，或者只是聚在一起聊天。健身椅總共有五張，現在只有燕子和三行在使用。

操場上正展開一場人人皆可隨時加入的混戰，掀起的沙塵如煙幕般籠罩人渣們。

燕子東張西望，在剛才若松吾郎坐的那張健身椅下找到五公斤的鐵片，拿起那個裝在桿子上。

——這樣就有九十公斤了……

六月清爽的風吹來。

根據氣象廳的天氣預報，兩星期前已進入梅雨季。天空確實像是包上一層蠟紙般不甚清晰，不過，空氣中一點也感覺不出將要下雨的氣息。遠方的水田在夕陽反射下閃著金黃色的光芒。八十公頃的田畝劃分出均等區塊，清澈的灌溉水源源不絕流入渠道。水稻直挺的稻苗英姿煥發，彷彿即將升空的小型綠色火箭。

「三行哥，你現在幾公斤了？」

三行依然背對燕子回答：「八十七吧……」

懶得修剪而顯得太長的瀏海貼在額頭上，燕子伸出右手隨意地將髮絲撩高。

「你說的是體重吧？不是啦，我問的是健身椅的重量。」

「健身椅？」三行回以平板無起伏的聲音，看來他的注意力還放在操場上。「最高紀錄是一百五十左右吧。」

「真假？」

三行不是他的名字，漢字寫成「三」和「行」，這是他的姓氏。三行讓。是個彪形大漢，連身高一百八十二公分的燕子都得抬頭看他。虎背熊腰，身材魁梧。頭髮剃成大光頭，下巴蓄鬍，外表頗有幾分黑人的感覺，事實上也是他刻意塑造的形象。據他本人所說，這是向「山姆&戴夫」[1]裡的山姆．繆亞致敬的懷舊行為，就燕子看來，山姆也好戴夫也好，和其他黑人兄弟們看起來沒什麼兩樣，再說，三行的長相怎麼看都只像是燙了山本頭的極惡黑道。

聽到三行的名字時，燕子往往會很頻繁想起另一個名字。由美。那是三行老婆的名字。

在「營地」，什麼事都能成為話題。從經濟議題到下流玩笑，從賺錢管道到騙女人的手段，從如何重新融入社會到如何殺人的方法。因為這裡太缺乏娛樂了。有一次，燕子未經深思地問了三行「有沒有小孩」，三行以一副滿不在乎的口吻回答：「那叫什麼來著？精子缺乏症？反正就是精子數量不足啦。」問到他的嗜好，他又說：「大概只有收集成人玩具稱得上嗜好吧。」聽到這句話時，燕子不禁懷疑起精子的數量和成人玩具之間是不是有某種關聯。

三行是個廚藝高明的廚師。經過一番苦心磨練，三十出頭就開了一小間西餐廳。平民吃的那種街角西餐廳。由於擁有與魁梧體格毫不相稱的親和個性，再加上菜做得確實很好吃，三行店裡的生意算是相當興隆。因為他真的很喜歡做菜，幾乎很少感受到工作帶來的壓力。為了開店借來的錢，也在三十四歲時全部還清。

三行的店在午餐時段甚至需要排隊才進得去。每週兩次——星期二和星期五——總會有個客人在即將進入巔峰時段前，幾乎是十一點店門一開就來光顧。那人年紀和三行差不多，或者稍微年輕一點，皮膚白皙，是那種看起來有點神經質的類型。三行判斷這男人的職業可能是大學教授之類的。男人每次都點蛋包飯和生啤酒，只要店裡人一多，他就會像是為了把位子讓給其他客人起身離開。兩年來持續不間斷，彷彿這是某種儀式。

那天是下大雪的星期五，即使如此，男人依然準時在開店後上門，點了一如往常的食物。過了十一點半，店內開始擁擠，男人就離開了。一如往常。不過，因為下雪的關係，這天客人沒平常多，到了快一點時，店裡的客人只剩下一對情侶。三行把店交給見習工讀生，在大風雪中跑回家。燕子忘了他為什麼非得在那時回去不可，也可能他根本沒說。總之，三行為了某事回家。公寓不大，打開玄關就能看見整個屋內。

客廳裡，由美裸著身體，騎在她身上的男人抬起頭。

譯注

1 靈魂歌手組合Sam & Dave活躍於一九六〇、七〇年代。

和呆若木雞的三行四目相接。

沒錯，正是每週二和週五上門的那個客人。

接下來發生了什麼事，三行的記憶很模糊。得知每週二和週五上門的那個客人死訊時，人已經在警察局裡。自己到底做了什麼，三行毫無印象。不過，據說驗屍之後發現，男人肛門裡被塞進了三支電動陽具。其中一支還不停扭動，造成了直腸長達十八公分的撕裂傷。三行說這就是死因。燕子開始懷疑，精子的數量和十八公分的撕裂傷之間是不是有某種關聯。

三行和妻子從此不曾見面。過了很久，一封蓋了東北某城鎮郵戳的信——燕子還記得聽到這裡時覺得實在有夠老套——寄到「營地」來，裡面是一張蓋好章的離婚申請書。三行不當一回事地把那張紙塞進屁股後面的褲袋，繼續使用健身椅健身。就在那天，去年的九月九日，三行創下了當時重訓的最高紀錄——一百一十公斤。那天也是燕子滿三十一歲的日子。至於精子的數量和離婚之間有什麼關係，燕子連想都沒想過。

——話說回來，三行由美這個名字……

燕子朝三行投以一瞥。

——正著讀和倒著讀的發音都一樣呢……[2]三行不是個沉默寡言的人，燕子就欣賞他這一點。一般身材魁梧的彪形大漢往往喜歡營造「儘管平常話不多，一旦需要時就很可靠」的印象，三行卻不是如此。他隨時隨地都表現得輕鬆自在，那種不刻意做作的氣質相處起來很舒服。

燕子凝視三行赤裸的背部。

三行渾身是汗，宛如剛從頭上倒下一桶水。在熾熱的陽光下，汗水發出深紅色的光芒流過背部。背上的汗水朝腰部匯聚，將灰色的工作褲褲頭染出個半圓形的黑色汗漬。渾圓隆起的肩膀以厚實的肌肉打造而成，粗壯的脖子支撐著那顆光頭，頸上烙印著他的識別編號，「A11027」。

燕子渙散的目光追著那組識別編號跑。

「在壞人的脖子裡埋進名為『瞠目』的微晶片？」

視聽室內一熄燈，隨即聽到腹語術人偶發出腹語術人偶的聲音這麼說。腹語術師背後的螢幕上，映出大大的受刑人後頸圖片。上面的識別編號後三碼打了馬賽克。

「是啊，阿拓，那個微晶片裡輸入了五位數的識別編號和受刑人的刑期滿了日……」

「微晶片是什麼？」

「能不能不要打斷我說話啊，阿拓？」

「抱歉啦。」

「真是的……總而言之，管理編號開頭的英文字母有好幾種，從A到E都有，此外還有X。英文字母對應的是犯罪的種類，比方說殺人犯是A級，而小偷、強盜或綁架犯是B級，害別人受傷的叫做傷害罪犯，這種就是C級，另外，販賣不好的藥物的人則是D……」

「這個阿拓知道喔，不好的藥物就是海洛因、大麻或冰毒對吧？」

「竟然連冰毒都知道，阿拓你也挺老派的嘛。對啊，不好的藥物就是指這些東西。然後呢，除了上述分類之外的人就屬於E級……」

---

2 三行由美讀音為MI YU KI YU MI，倒過來讀也是MI YU KI YU MI。

「E級的傢伙，只要三十秒就會被捅屁股吧？」

「喂喂喂，我可沒說這種話喔。」

「意思就是不可以做壞事。」

「也是啦，確實是這麼說沒錯……那我繼續說喔，還有一種X級，是屬於在犯罪心理學上具有研究價值的人。」

「聽起來好帥氣喔！」

「你亂說什麼啊，阿拓。」

「可是你不是常說，比起下流的E，是男人就該當個X嗎？」

「閉嘴！阿拓，你為什麼老是要這樣……」

腹語術師重新轉向畫面，一邊用嚴肅的表情否認，手上的人偶卻一邊揮手否認他的否認。這時，螢幕上的畫面切換成眼球的剖面圖。

「阿拓，這是人類的眼睛喔。」

「是喔！」

「人類的眼睛裡有取代血液運送養分的液體，這種水叫做房水，是會循環流動的液體。房水首先流向稱為後房的地方，流經瞳孔後，再回到前房。」

「我完全聽不懂耶。」

「沒關係、沒關係，反正根本沒人在聽。」

「你說這種話好嗎？」

「每次都說一樣的話，我累了。」

「加油！」

「嗯，我加油。然後呢，角膜和虹膜的邊界稱為前房隅角，這裡開了許多稱為許萊姆氏管的小洞，流到前房的房水就從這裡排出眼球外。房水是從睫狀體分泌的……」

「睫狀體是什麼？」

「阿拓，你應該知道我只是照著攝影機旁邊的小抄唸而已吧？」

「耶嘿嘿。」

「那我繼續唸喔。分泌出的房水量和自前房隅角排出的房水量必須隨時保持相同的分量。這麼一來，眼壓就能維持在十到二十一毫米汞柱。」

「請問……」

「不要問我為什麼喔，阿拓。總而言之，這就是健康眼睛的狀態。當房水過多，出現排出異常的現象時，眼壓就會提高，壓迫到視覺神經，這麼一來，視覺神經內的血液循環就會變差，視覺神經受到阻礙，視野變得狹窄，最後引起視力衰退。」

就是青光眼對吧？燕子在心中搶先說出旁白，腹語術人偶果然跟著說：「就是青光眼對吧？」

「你記得真清楚呢，阿拓。沒錯，這就是青光眼。那麼，你還記得剛才提到的微晶片嗎？」

「叫做『瞠目』對吧！」

「對，就是瞠目。以人工方式創造出來的就是這個『瞠目』。簡單來說，瞠目的機制是這樣的，先刻意增加房水量，讓許萊姆氏管萎縮，造成眼壓異常上升，並且在眼壓上升的同時釋出一點放射線。這麼一來，放射線頻率相近的甲狀腺就會立刻產生反應，誘發瀰漫性毒性甲狀腺腫。換句話說，就是以人工方式致使甲狀腺賀爾蒙過量分泌，引起發炎，導致眼窩內的組織，也就是脂肪和眼外肌異常增生。」

「哲學性的話題阿拓聽不懂。」

「我也不懂喔。反正小抄上是這樣寫的。」

「接下來會怎樣呢？」

不知道是誰模仿腹語術師的聲音說了「眼球就會極度突出」，四下出現忍笑的聲音。

「能夠抑制『瞠目』啟動的妨礙電波，從營地的中央管理室二十四小時持續發射，電波的最大有效範圍是半徑一公里。也就是說，一旦受刑人踏出有效範圍一步，眼壓就會急速上升，使眼球迸出眼眶喔，阿拓。」

——沒錯，最後就會自己踩到自己的眼珠然後跌倒……

右邊的三行用手肘撞了撞燕子的側腹。

「說到X級的話，川原昇應該就是了吧？有沒有，那個專挑女童下手的連續殺人犯？你知道他要被關到這裡來了嗎？」

三行的制服鈕扣全開，從側面看過去，壯觀的胸大肌宛如一片從黑暗中浮現的坐墊。

「你說的是假日開膛手吧？」燕子把眼鏡推高。「莫名其妙的傢伙愈來愈多了。」

「廢除死刑這件事終於讓他們心癢難熬了吧。結果那傢伙最後總共殺了幾個人？」

「十五個？而且所有被害人都不超過十四歲，這傢伙建造了一座日本犯罪史上的金字塔呢。」

此時畫面出現一個老人，他過去曾是鼓起勇氣試圖逃亡的人渣，現在卻成為一個殘障老人。老人取下義眼，轉頭望向遠方，頻頻展現對逃亡的後悔之意。

「換句話說，一到刑期期滿當天的凌晨十二點，受刑人身上的『瞠目』程式就會自動解除，在那之前，想要從營地範圍內離開是不可能的事。」

「你真的完全照小抄唸欸。」

不，正確來說是可能的。燕子暗自抓出腹語術師話中的小辮子。只不過是眼球迸出眼眶，又不會死，只要不在乎這點的話，想怎樣都可以吧？

「對了，控制『瞠目』的電波，基本上不會關閉吧？」

「是啊，阿拓。不過也有例外的時候。比方說發生暴動的時候啊，只要所長大人判斷這麼做最好，就能切斷妨礙電波的發射喔。這種時候，為了把受害程度減到最低，是可以配合受刑人脖子上識別編號的英文字母等級來切斷妨礙電波的唷。」

「是喔……這麼一來，引起暴動的白痴們，全部都會受到處罰了吧。」

每次聽到這裡，燕子都會在內心忍不住反駁。又不是所有暴徒脖子上烙印的都是同等級的英文字母，就算烙印的是同等級的英文字母，也不等於所有烙印相同字母的人都是暴徒。深入追究這部分就會發現，所謂「把受害程度減到最低」和「難免多少得有人犧牲」是同一件事。

「可是，受刑人不是得耕作嗎？遇到這種為了方便務農，必須離開妨礙電波的有效範圍時，就透過中央管理室的操作讓『瞠目』進入『休眠狀態』，取而代之的是派監視大叔帶著名為『清醒者』的解除休眠裝置，以防受刑人逃脫。在妨礙電波有效範圍外時，一旦啟動了『清醒者』，『瞠目』就會從休眠狀態中覺醒，然後……」

「眼珠子就會飛出來！」

人偶發出歡暢的聲音，和腹語術師用力擊掌。

等到巡邏的管理員走到距離夠遠的地方，三行才繼續剛才的話題。「那叫什麼來著？什麼症的……不是還得了流行語大獎嗎？」

「性慾亢進症啦。」就某種意義來說，川原昇也是系統下的犧牲者。燕子這麼想。這點肯定無誤。不過，「如果我是受害者的父親一定要親手殺了他。不是有個在體育節當天被殺的女孩嗎？聽說他還在殺死後為對方換上運動短褲才姦屍。這傢伙被判幾年徒刑？」

「好像是五百四十年吧？根本是以世紀為單位了。什麼『假日開膛手』啊，王八蛋。端出童年心靈創傷之類的老套精神分析，其實我覺得那只是與生俱來的變態，跟父母或環境什麼的都無關啦。」

「什麼？」左邊的阿百加入談話。「你們在聊什麼？」

燕子朝阿百望去。「你記得川原昇嗎？」

「假日開膛手？」阿百這麼說。「他好像在法庭上說，每逢國定假日腦袋裡就會聽見某種聲音。那傢伙要來這裡了喔。我啊，一定會霸凌他。」

「你是嫉妒他吧？」三行咧嘴笑著插話。

「我幹嘛要嫉妒他啊？」

「因・為・你・還・是・在・室・男。」

「我說過不准叫我在室男吧，老頭！你真是個沒路用的大人。」

你們能不能安靜點啦！若松吾郎破口大罵。

「不過啊。」

「什麼事，阿拓？」

「如果壞人們彼此合作，趁瞌目進入休眠狀態時打倒監視他們的大叔，把清醒者搶走的話會怎麼樣？這麼一來，大家不就能在瞌目睡著的狀況下一起逃走了嗎？」

「你發現了一個好問題喔，阿拓。為了防止這樣的緊急事態，瞌目上設置兩種電波頻道。從中央管理室發出的電波稱為一號電波，比清醒者發出的二號電波具有優先地位。清醒者無法解除一號電波，遇到緊急事態時，就會發射一號電波來強制解除瞌目的休眠狀態。」

人偶思考了一下，又用擔心的語氣說：「一號電波的範圍到哪裡呢？」

「不用擔心，阿拓。」腹語術師咧嘴一笑。「一旦一號電波發射，全日本的壞人都跑不掉喔。」

「這樣啊！這樣就可以放心了！」

阿百轉動眼珠，壓低聲音。「那種人就應該讓他遊街示眾，要是被我找到那個變態，那就有他好受了。不把爆竹塞進他屁眼裡不善罷甘休。淪落到這種地方來，算他運氣好。」

三行跟著附和：「絕對不可能改邪歸正，應該判死刑才對。」

「為了這事，GOV一直在舉行示威遊行啊。很難啊，要怎麼在那種變態和我們之間分出界線。」

「那傢伙應該是X級吧？」阿百噘起嘴說。「太讚了不是嗎？」

這就是現今的日本囚犯管理體制。

經過一番抗爭的結果，人權擁護派獲得勝利，死刑全面廢除。這麼一來，世界上的先進國家中，仍保留死刑的只剩下美國。燕子忘了在哪讀過一篇報導說，會有這樣的結果，並非因為大多數人民希望廢除死刑。根據輿論調查，有百分之七十一的民眾反對廢除死刑。

那麼，為什麼會這樣？

根據那篇報導，法國在廢除死刑時，有百分之六十二的國民反對。然而，按照當時密特朗總統任用的「廢死閣下」司法部長巴丹戴爾的說法，「民主主義和輿論調查不可混為一談。民主主義沒有跟著輿論走的道理。」簡單來說，死刑制度的保留與否，不該由少數服從多數的方式決定。那麼，死刑的是非，又該如何論斷呢？答案是死刑對犯罪的抑制作用，另外就是偉大的人權。現在已躋身人權大國的日本，在各方面狠狠打了鄰近死刑大國——中國——的臉。

取代死刑的，是實現了一套將犯罪者完全隔離的體制。——然後，付出的代價就是我們的眼珠子是嗎……

聽著左右兩邊的三行和阿百靜靜發出鼾聲，燕子無言盯著螢幕。

影片已播放到尾聲，腹語術師和阿拓的對話仍在繼續。「阿拓應該也知道吧，現在日本的農產品大約有五成是『營地』受刑人勞動生產的成果。」

「阿拓知道喔，因為沒用的日本政府在美國的施壓下屈服了對吧？」

「你知道的事真多，阿拓。對啊，因為開放農產品市場的關係，日本農業遭到毀滅性的打擊。營地裡栽培的農產品可完全由政府決定，減少生產不需要的作物，反過來增加需求量大的作物，用聽起來很厲害的話來說，這就叫做『結構轉型』。藉由在營地裡這樣的做法，成功完成結構轉型唷。利用囚犯的勞動力，採用有機農法，完全人工生產製造的農產品價格實惠，口味品質好，安全性高，三大好處兼顧。再說，對於必須仰賴進口能源的日本來說，不用依靠機械栽種也意味著能夠在非常時期確保最低限度的食糧。」

「只有百利無一害呢！」

儘管日本國內對於這套管理系統，除了讚美之外，懷疑、怨懟、脅迫與哀求、痛罵的聲音也不少，由於收監入獄的罪犯幾乎不可能逃亡，不，就算逃亡也只會成為失明的前科犯，再次犯罪的可能性顯著降低，監獄的管理型態因而確實大幅改變。

燕子也以自己的看法分析了狀況。

首先，防止逃獄的圍牆減少了一些。圍牆當然還是有，只不過，那些圍牆是用來防止外部入侵者以及違法遞送物資入獄。在妨礙電波快要失效的邊界處，有一道高約一公尺左右，警告意義大於實質意義的金屬網。在這道金屬網牆五十公尺外，與外界相接的地方，則有第二道高約五公尺的金屬網牆。第一道金屬網與第二道金屬網之間可視為緩衝地帶。緩衝地帶設有監視錄影機，可由中央管理室內察看，防止外部人士——大多是受刑人的女人或來惡搞的年輕人——入侵。

用來防止逃獄的人力大幅減少，也就代表可大幅減少管理「營地」的職員。在亟需解決少子化問題的日本，這一點應該多少有點貢獻，沒錯，多多少少。

其次，由於管理員人數減少，與日本受刑人收容設施在仍稱為「監獄」的年代相比，現在的「營地」氣氛開朗明快許多。像若松吾郎這樣，實際上與受刑人接觸的少數職員，主要的工作是在受刑人爭吵時介入仲裁。

支援受刑人心理層面的工作完全交給來自外部的義工。抱持同理心傾聽受刑人說的話（就算做不到，至少也要裝成有同理心的樣子），是擔任義工的社會工作者們主要的工作。在儼然老人大國的日本，要找到願意從事這類心理健康諮詢工作的民間義工，一點也不困難。

——比用時薪三千圓僱用高中生打工還容易……

寧可自己付錢也想來做的閒人太多了。對那些認為自己才具備諮詢者資格的無用老頭和老太婆來說，這是一份打發時間的上好差事。

「營地」內有一部分的自治工作直接交給受刑人管理。比方說建立圖書室、打造娛樂室、舉辦各種文化教室，以及儘管受到大範圍限制，還是能夠使用的網路等等。盂蘭盆舞等節慶活動也出自受刑人自身的企劃。就連反對這套系統的人都不得不承認，這類活動對受刑人回歸社會後的更生有所助益。

更何況，對囚犯來說，與其一年到頭活在監視人員不苟言笑的看管下，在稍微說兩句話就換來一頓拳打腳踢的陰暗工廠裡製造自己絕對用不到的垃圾商品，倒不如在太陽下接觸泥土、栽培植物，無論對精神或對肉體都遠比前者好太多。

影片進入最後一段。額上滿是汗水，正在揮舞鋤頭的受刑人臉上爽朗的笑容，看起來和政治宣傳海報上的畫面沒有兩樣。

「而且你知道嗎，阿拓，透過對土地的高度利用，不是能延長農忙期嗎？這不只站在收穫量的角度有利，站在土地管理的角度上有好處，連站在受刑人生產貢獻的角度來說也是正面利多喔。遇到農閒時期就從事室內勞動，伴隨勞動時期的轉變實際感受四季的更迭，還可達到撫慰受刑人內心的效果，讓監獄生活過得更有成就感。」

「是喔，這樣就能幫助壞人將來盡早融入社會生活了嗎？」

「就是這麼一回事喔，阿拓。」

——成就感啊……

電燈一開，整個視聽室彷彿從沉眠中覺醒的生物，發出深深的嘆息。

三行伸一個大大的懶腰，阿百擦掉嘴角的口水。

以結論來說，除了沒有女人、沒有酒以及有太多同性戀者之外，「營地」生活對這群自作自受、目中無人的人渣來說，倒也不是個太差的地方。這就是燕子得出的結論。

出了視聽室，三人逆著人潮走。為了利用就寢前僅有的一點時間找些新笑話存起來，他們朝圖書室走。

「滑稽的死法。」三行率先發言。「某個女性迷路闖入無人城市，四處徘徊許久都沒看到半個人。不過，最後終於發現一隊正在行軍的士兵。女性一方面感到欣喜，一方面也起了惡作劇的心理，躲在建築物陰影下，等軍隊一靠近就大喊一聲『哇』衝出來。瞬間，超過三十發子彈射進她的身體，當場死亡。原來這個城市是專門做軍事實戰演習的設施，朝女性開槍的士兵後來表示，他們以為她是『飛出來的標靶』。」

燕子和阿百敷衍地笑了笑。

看《口袋笑話大全》是三人之間最近流行的娛樂。

感覺背後的人渣們逐漸遠去的同時，轉過一個彎角。

「那換我吧，你們知道金髮女人和律師的事嗎？」這次輪到阿百。「金髮女人搭上飛機，因為很累原本打算睡覺，鄰座的律師卻向她搭訕。律師問她，要不要玩個遊戲。女人拒絕了，男人卻窮追不捨地說，我們各自出謎題給對方，回答不出來的人要付給對方五美金，一定會很好玩的唷。女人再次慎重拒絕，正準備要開始睡覺，男人又說，那好吧，若妳答不出我的謎題只要給我五美金，相反地，若我答不出妳的謎題時則得支付五十美金，這樣如何？於是女人說，好啊，那就玩吧。」

燕子和三行默不吭聲，聽著阿百說故事。

「首先是男人出的謎題，他問女人，地球到太陽的距離有多遠。女人默默從錢包裡掏出五美金交給男人。接著輪到女人問，爬上山丘時有三隻腳，下來時卻有四隻腳的東西是什麼？男人打開筆電上網搜尋，又花了兩個小時傳電子郵件問遍朋友與同事，結果還是不知道答案。他把身邊睡著的女人叫起來，付了五十美金。女人說謝謝，正想繼續睡時，男人制止了她，並問答案到底是什麼……」

這時，兩人的注意力從阿百說的故事轉移了。

圖書室的門一打開，燕子就察覺到裡面瀰漫一股不尋常的混濁空氣。

放眼望去，沒看到人。西側的大窗晚上關著。或許是日光燈故障的緣故，書架和桌子的影子淡薄得幾乎看不見。

時針剛過八點不久。

三人屏住呼吸，踏入室內。阿百從工作褲屁股口袋裡拿出一把叉杓。

走到圖書室中段時，開始聽見微弱的嗚咽，不知是誰哭泣的聲音。

循著聲音的方向前進，以緩慢的腳步從一個又一個書架旁走過。走到最後一個書架旁，感受出有人的氣息。愈是靠近，那聲音就愈清楚。

——不止一個人……

這時，兩個男人跳出來。

燕子不假思索，反射性地後退。

「你……」其中一個人開了口。「原來是燕子啊？」

「……是朴？」燕子回答。

其中一人是朴志豪，另外一人打過照面，但不知道名字。

三行嘖了一聲。

「是誰？」書架後傳出聲音。

「是張嗎？」燕子猶豫地回應。「你在那幹嘛？」

朴志豪大剌剌的視線令人不舒服。燕子伸長脖子，迴避他的目光。

——呃！

首先映入眼簾的是一個膚色黝黑的屁股。在那個黝黑的屁股前，貼著另一個蒼白的寒酸屁股。不知道蒼白屁股屬於誰，那人的臉藏在書架暗處看不清。

「Hey～men～」依然頂著對方的屁股，張揚起嘴角一笑，舉起一隻手揮了揮。「你覺得我看起來像在幹嘛？I am fu～cking！」

張武伊一邊用力頂著那不知道是誰的寒酸屁股，一邊笑得露出牙齦。

——原來是在fu～cking啊……

誰不好惹，偏偏惹到張武伊，看來那傢伙也是個衰神投胎。燕子看著那倒楣男人的倒楣屁股這麼想。那男人的鮮血從撕裂傷口流出沿著大腿內側滴落。這個原本看起來就夠寒酸倒楣的屁股，現在除了鮮血之外，上面還留有顯然是被張的同夥踢過的痕跡，耳邊彷彿都要聽見這個屁股演奏的不幸三重奏了。

——他大概按捺不住吧……

張不是那種只要欲望得到滿足就不管別人的小氣男人，認為除了自己享受外，也絕對要讓對方得到快感。因此，就算只是捅個屁眼，張也會在射精之前用盡各種技巧，深深淺淺進進出出，時而扭動腰部改變角度。

在日韓國人張武伊是個毒販。有段時間，張和同夥之間流行把古柯鹼與海洛因混和製成的毒品快速球（speedball）塞進女人屁眼，某次因為搞錯分量導致女人昏迷不醒。據說當時自己也吸食了快速球的張，滿腦子只想逃離現場。不走運的是，所謂「現場」是他自己擁有的雪佛蘭轎車，最後落得後頸被烙上第二個「D」的下場。微捲的黑髮，膚色黝黑的臉上有著端正的五官，眼神宛如靜謐的水面，說他是個學者，搞不好都有人相信。實際上，張對肛交這檔事確實有一套自己的哲學，照他的說法，這叫做「關係的重建」。

只要是人，都必須和與自己有關的一切建立關係。然而，當關係一固定下來，人就會「被關係操控」，變成在某種關係之中只能選擇做出某種行為。沒有選擇的餘地就代表失去自由。因此，自己是抱著破壞一切關係的覺悟而活，也認為每個人都該為了保有自由這麼做，有沒有這種覺悟決定了一個人能否擁有自由的靈魂，如果沒有，就只能淪為「關係的奴隸」。張如此強烈主張。對他來說，這套主張也是性愛領域的真理。張斷言，只和女人做的男人是「關係的奴隸」。

燕子能夠明白張的理論，也認為這道理說得通。只是，他想，比起被捅屁眼，自己寧可一輩子做「關係的奴隸」。

捅屁眼對張而言就像一種傳教行為，藉此將迷途羔羊導向正途。

不，等等。燕子心想，不顧對方抗拒強行捅人家的屁眼又算什麼。透過締結一時之間的關係，將對方的屁股占為己有，只要對方抵抗就是一陣拳打腳踢，以暴力行為守護的「關係」，說起來只不過是獨占欲。

然而，張引用費希特的文章這麼說：「也就是說，自由什麼的連屁都不是，『獲得自由』才是美好的事。」儘管燕子不認為偉大的德國哲學家口中會說出「連屁都不是」這種話，不過那不重要。「你懂不懂？

別把自由和獲得自由混為一談。只要獲得自由，其他什麼都無所謂了。要珍惜『獲得』的瞬間啊，兄弟！」

啊、啊、啊、啊、啊嗚……張每用力頂一次，那顆蒼白的屁股就用力倒抽一口氣。

問題不是從哪裡獲得自由，而是為了什麼獲得自由。這句話是尼采說的。不過，如果對眼前那顆蒼白的屁股說這句話又怎麼樣？燕子真想讓費希特和尼采在那個世界戴上拳擊手套互毆個三回合。除了從張的老二之下獲得自由外，他在這裡還能期望什麼？

「聽起來好像拉梅茲呼吸法喔。」三行說。「吸、吸、呼~吸、吸、呼~很好，吸氣，吐氣……」

「那傢伙是誰啊？」

「這傢伙？」張勳黑的屁股依然保持一定的節奏。「川原昇啊。」

燕子和三行面面相覷。

「你們應該知道吧？」張武伊像一架鑿岩機般擺動腰部。「有沒有？那個強暴犯。」

2

現在還不是下班的巔峰時段，只是一旦下起雨來就和時段無關，國道總是塞車。

燕子趴在方向盤上。號誌燈剛轉紅，都怪前面那輛MINI多花了點時間右轉，害得燕子過不了這個十字路口。

斑馬線上，撐著各種顏色雨傘的行人擠得水洩不通。把冷氣稍微調弱，點燃香菸。廣播的聲音聽得清楚了一點，馬文．蓋的〈*INNER CITY BLUES*〉靜靜流洩，車內煙霧瀰漫。

十一歲的時候，老爸當著自己的面被警察帶走。

臺灣人老爸和日本人老媽沒有正式入籍，因此，在日本犯了罪的老爸被強制遣送回國。十七歲時，只聽說老爸死在臺灣，至於怎麼死的，就沒人告訴燕子。他也不特別想知道，反正一定不是什麼像樣的死法。不是被噴子噴了，就是藥物或酒……老媽看起來亦不怎麼悲傷，燕子自己的事都煩不完，遺忘老爸的死，比沖走馬桶裡的大便更不花時間。十四歲時，燕子帶了改造模型槍進學校，朝令人火大的傢伙開槍。這是被霸凌的孩子歇斯底里之下的反抗。模型槍裡所有塑膠子彈一發不留地射向那傢伙，雖然模型槍殺不死人，威力也足夠毀了對方一隻眼睛。子彈用光後，燕子繼續手持槍柄，沒頭沒腦地繼續毆打，直到那張臉上沾滿鮮血和眼珠破碎後流出的液體。

從此之後，他以自己的方式理解了何謂暴力。

因為一場無聊的鬥毆被警察逮住，十九歲時第一次進了「營地」。第一次，待了九個月。和阿植就是在那時認識。從此，進出「營地」的日子裡，始終唯一保持聯絡的也只有阿植。

號誌燈轉綠，燕子沒有發動車子——一輛日產Cedric，只是恍惚地望著沾在擋風玻璃上的鴿糞。雨下得不夠大，還不足以將變硬發白的鴿糞沖刷乾淨。

——要是我是法國人，就把牠們一隻不留全吃光……

對鴿子來說，日本一定是個容易生存的國家吧。否則，怎麼會繁殖了這麼多，多到可以出口給缺乏糧食的國家。

後面的車按了短促的喇叭。瞥一眼後照鏡，燕子緩緩打了低檔。

在超市前左轉，想起家裡的蘭姆酒沒了。原本想折返回去買一瓶，最後還是作罷。今晚無論自己或阿植都不該喝太多。

阿植全名余貴植，是華裔馬來西亞人。儘管連小學都沒好好上過幾天，毫無學歷可言，拜九歲開始拉攤車做生意之賜，阿植這個人有他堅韌強悍的地方。體格瘦小，和燕子完全不能相提並論。微笑的嘴角給人溫柔的印象，眼神卻莫名有股氣魄。雖然比燕子年長七歲，實際上感覺不出太大的年齡差距。

持三個月的觀光簽證來到日本後，阿植就這麼待下。從事過好幾種非法滯留的外國人能做的工作，最後加入的是以中國來的中國人為首的柏青哥竊盜集團。簡單來說，就是所謂的盜珠師。

和兩三個同夥一起上工，將一種稱為「ROM」的棒狀金屬片插進柏青哥彈珠臺的出珠口，珠子就會大量湧出。他就只做這件事。「ROM」是什麼，為什麼只要插進去就能讓湧出的珠子變多，這些他都不清楚。真要說的話，連怎麼插進去的都不知道，畢竟負責插「ROM」的另有其人。不過這些事阿植也不在乎，唯一知道的是盡量不要讓監視攝影機拍到自己，還有要在柏青哥店的人察覺前逃跑。

一間店收穫有限，一天跑好幾間店是家常便飯，甚至還得跑遍日本全國各地的柏青哥店。即使柏青哥店防堵這類竊盜集團的對策日新月異，竊盜集團的破解技術也一樣天天進化。「ＲＯＭ」的外觀至少每兩三個月就會出現一點小變化，雖然到底改變了什麼，阿植也完全不懂。

首領叫什麼名字，長什麼樣子，阿植全然不清楚。跑腿的會定期來收錢，聯絡時也只要等對方主動打電話到手機來就好。因此，別說循柏青哥店這條線逮不到首領，這肯定也不是那男人的本行。同夥中沒有人想過要帶著詐來的錢跑掉，畢竟，要是因此被盯上就太不划算了。

成為竊盜集團成員時，阿植的護照就被拿走了。一夥人都是一旦被抓就一定會遭強制遣返的身分，從此再也沒看過自己那本被拿走的護照。不同國籍的護照價碼不同，據說護照市場的行情從一本十萬到三十萬都有。阿植認為買賣護照才是首領的本行。

有一次，因為耍詐的事露餡，被柏青哥店店員包圍時，阿植刺殺了其中一個人。對方是個二十歲的年輕小伙子。殺人未遂，就這樣進了「營地」。獲釋之後強制遣返，回到馬來西亞繼續服刑。出獄後再次拜託偷渡集團的「人蛇頭子」幫忙，阿植又靠關係來到日本。

從打橫停在公寓前的Cedric下車，燕子繞到車尾打開後車廂。那裡有個Millet的冰藍色後背包。點燃一根菸，抓起那個背包，扛在肩上往樓上走。

房門沒鎖。

「怎麼了？」[3]阿植蹲在房間正中央。「他媽的，那隻死狗。」

「被咬了？」

「我今天非把那畜生殺了不可！」

「消毒了沒有？」

「噴了一口高粱酒。」

燕子和阿植都看附近鄰居養的那隻柴犬不爽。不只是那隻狗，飼主也很令人不爽。應該這麼說，因為先對飼主不爽，看在兩人眼中，那個混帳東西養的狗自然也就成了一隻邪惡到極點的畜生。聽說狗能明確接收人的心情，難怪那隻狗每次看到燕子和阿植就會像鬼上身似的吠個不停。

那個混蛋飼主明明瘦弱得像根豆芽菜，卻是個不折不扣的右派國粹主義者。一看到阿植就放狗出來攻擊。口沫橫飛地大罵中國狗比狗還不如！這事可不能算了。燕子幾乎可以肯定，他家一定同時掛著旭日旗和德國納粹黨徽。

——不是什麼嚴重的傷吧。

燕子走向廚房，從冰箱裡拿出兩瓶嘉士伯啤酒。把後背包放在桌上，香菸丟進流理臺。

幾乎是一口氣喝乾第一瓶，再打開第二瓶。一邊仰頭喝著啤酒，一邊把背包裡的東西倒在桌上。封箱膠帶、粗棉手套、手電筒、螺絲起子、扳手、手銬、小刀，還有貝瑞塔九五〇Jetfire——重兩百八十公克，長一百二十公釐，可裝填八發子彈的迷你手槍——啜飲兩三口第二瓶啤酒，燕子低頭檢視那把手槍。

單動式的扳機確實是個缺點，每次發射都得扳下擊錘才可射擊，不管怎麼說就是浪費時間。

---

3 此處楷體字在原文中均以中文表現。

——不過，反正不會展開多激烈的槍戰……

看得出這把槍是單動式扳機的人也不是那麼多，這不算什麼大問題。再說。

——只是用來嚇唬人的嘛……

意興闌珊之下也不想拿起它，就這麼返回客廳，拿起遙控器打開電視。

從沙發椅墊下取出一個小馬口鐵罐和一支被煙燻得烏漆墨黑的小菸斗。櫻花木散發獨特的香氣，喜歡的人很喜歡，討厭的人很討厭，燕子是挺中意的。

拇指推開馬口鐵罐的蓋子，抓起一小撮「葉子」裝進菸斗。品種是「蜂蜜罐子」，一如其名，這是具有甜美柔滑特徵的印度種大麻。價格雖然便宜，但很適合搭配蘭姆酒。

——早知道還是該買回來才對……

葉子、草、罐子、神草、樹脂、香草、多普、雜草、菸捲、麻、麻菸……大麻的別稱五花八門，大概僅次於性交與人種。

用打火機的火舌炙燒菸斗前端，麻葉開始發出滋滋聲燃燒。這時，緩慢而大口將煙吸入，剎那之間，就像幫浦打進肺裡一般，一股舒適的壓迫感擴大到整個肺部。呼吸適度停歇，不到令人痛苦的程度。鼻孔仍能噴出濃烈的細細輕煙，彷彿吐出的是潛藏體內的沙羅曼蛇。

燕子好好哈完一管後，才用近乎無可無不可的語氣問：「怎麼樣了？」

沒有回答。

五點的報時鐘聲從遠處傳來。

維持躺姿朝廚房投以一瞥，阿植正在準備晚餐。「吃什麼？火鍋？」

和許多中國男人一樣，阿植也很會做飯。廚藝相當不錯，動作也俐落，而且樂在其中。和阿植一起生活後，幾乎每晚都吃他做的飯。採購食材的多半是燕子，不管買什麼回來，阿植都能做出頗為像樣的食物。

「起來啦？」

阿植回頭咧嘴笑。在圍裙上擦擦手，從冰箱裡拿出兩瓶啤酒，遞到燕子臉旁。他的左手上，纏著簇新的繃帶。

「今晚吃香肉火鍋。」

隔天還是下雨天。燕子和阿植在車裡等收錢的人回來。

安浦組的辦公室位於離鬧區有一街之隔的住商混合大樓四樓。Cedric停在離辦公室有一段距離的地方。

「我要你斷手斷腳，死在水溝裡。」喝著標榜喝得到顆粒的果汁，阿植一邊咬碎果汁裡的顆粒，一邊這麼問：「這句話日語怎麼說？」

「應該是『把你碎屍萬段，丟進水溝』吧。」燕子用力搖晃罐裝果汁，讓顆粒均勻分布，最後卻沒打開喝，又放回杯架上。

「太長，背不了。」

「不然改成『我揍扁你』好了。」

「『窩宙邊尼』。」阿植不斷複誦。接著，湊近燕子的臉，撂下狠話：「窩宙邊尼！」

「怎麼樣？」

「阿植……」燕子露出嚴肅的表情。「到時候你千萬別出聲啊。」

「沒問題啦！『窩宙邊尼、窩宙邊尼』……」

「只要你不出聲，他們不會知道我們是中國人。」

「我知道啦，放心吧。欸，小燕，今天去買妓怎麼樣？」

「怎麼？狗肉太補啦？」

阿植一直到老大不小的年紀還是處男。兩人還沒住在一起時，有次燕子去阿植住的公寓玩，看到了不該看的東西。

一如往常，燕子沒敲門就推門進去。打開門的瞬間，感覺到裡面的阿植一陣手忙腳亂。房間裡很暗，凝神細看，好像看到一雙女人的腳。燕子還記得，叼在嘴上的香菸差點掉下來。竟然撞見別人正在幹那檔事的場面！

急忙關上門，站在走廊上不知如何是好時，阿植把門打開了一條縫，探出頭來。一臉害臊，又像很抱歉似的。燕子說「今天我先回去囉。」阿植卻要他進去。難道是要介紹女友給自己認識嗎？即使如此，之前一直不說也太見外了吧。不料，進了屋子一看，根本沒有其他人。取而代之的是放在角落的充氣娃娃。那天，燕子出錢買了女人給阿植，對阿植來說，那是人生第一次買春。在阿植即將年滿三十歲的那個悶熱夏季夜晚。

坐在副駕駛座的阿植放低椅背。

兩個大男人的體溫令車玻璃起了霧，燕子把窗戶打開一點。

步驟是這樣的。

先在電梯上張貼「故障中」的紙張。這麼一來，收錢的人非得爬樓梯上去不可。之後再撕下那張紙，就可以不用和組裡的人打照面。

關鍵地點是上二樓的轉角樓梯間。在那裡揍他們一頓，然後把錢拿走。

要做的就是這些而已。

至今幹了三次，打擊率百分百。不可能被逮到。戴上只露出眼睛的套頭毛線帽，這條街上沒有人認識自己和阿植。中國人和日本人即使生活在同一個城市，住的也是完全不同的兩個世界。兩個世界裡的人首先就不可能彼此接觸。

剩下的只要退掉租屋處，速速回老家就行了。很簡單。這樣就夠了。就算擬定再周詳的計畫，還是會有百分之九十的機率在哪裡出現小破綻。既然如此，倒不如用最簡單的步驟，和最值得信任的夥伴一起行動，隨性挑個時間出手。這麼一來，不但完全不用擔心計畫在途中觸礁，就算真的出了差錯也沒什麼大不了，改天再下手就好了。既不會在擬定計畫的過程因意見不合而產生爭執，也不用帶著那種疑慮做事。追根究底——

——要是能按照計畫行事的話，又怎麼會來幹這種事……

「來了！」

阿植重新打直椅背。

出現在車子後方的兩個小混混，抱著和他們外表不相稱的鋁合金箱，一邊交談一邊朝這邊走來。

燕子和阿植稍微坐低身子。

小混混從車子旁走過，距離住商混合大樓約兩百公尺。

「走！」

「幹活！」

Cedric引擎發出的聲音，像是刻意壓低的咆哮。

與小混混走進大樓幾乎同一時間，燕子將車停在大樓旁。

其中一隻肥羊踹了電梯門。

燕子和阿植拉下黑色毛線帽，只露出眼睛，衝出車外。車門保持大開，掌中是貝瑞塔的Jetfire。

球鞋在大理石地板上摩擦，發出「啾嘰」的聲音。繞到電梯後方，撞開通往樓梯的鐵門，順勢就這麼衝上階梯。

二樓轉角樓梯間。

阿植用手槍的槍柄頻頻毆打其中一人後腦，持續毆打不停手。鮮血四濺。走在前方那名抱著鋁合金箱的男人回過頭時，燕子手槍的槍管正好塞進他的嘴巴。

對方門牙斷裂的感覺傳遍掌心。

因痛楚而含淚的眼睛，搞不清楚發生了什麼事的表情。唔唔……嘎嗚！即使搞不清楚狀況也要先發出威嚇聲音的習性。

——全世界的小混混都是一個樣啊……

「你想問『你們是哪來的什麼人』對吧？」

男人喉嚨深處湧出像是用吸管敲打杯底的聲音喘咳。喉結用力上下滑動，血液混合唾液，沿著槍身流到燕子手上。

「你想說『竟然敢做這種事，知不知道你們會有什麼下場』對吧？」眼角餘光瞥見阿植正用封箱膠帶將另一個人團團纏繞起來。「大概不只是少掉一根手指那麼簡單吧。」

男人的眼光緊盯燕子，充滿憤怒的眼神底下，看得見忖度是否該妥協的神情。燕子緩緩搖頭。

收拾了第一個人，阿植再用膠帶隨意封住抱鋁合金箱男人的眼睛。以眼神倒數示意，燕子拔出槍管的同時，男人的嘴巴也被膠帶封住。

燕子拿起男人丟出去的箱子。

臨走之際，阿植把手放在抱鋁合金箱男人的肩上。「窩宙邊尼！」

「阿植。」一邊開著車離開，燕子一邊說。「不是叫你別開口？」

「他媽的，真簡單！」脫下套頭毛線帽，阿植這麼說，似乎有點喘不過氣。「沒事啦。」

燕子嘆氣，視線回到前方道路上。「有多少？」

「我看看。」

一切真的輕鬆簡單，大概只花了不到十五分鐘。實際上工的時間十五分鐘。尾隨、揍扁對方，再纏上膠帶，如此而已。

「四個兩百萬的……」

「八百萬是嗎……不錯嘛。」

再幹個兩三次，和之前的成果加起來，大概可以玩樂個幾年不必工作。若是和阿植回馬來西亞，搞不好可以吃喝玩樂一輩子。

車行經南新地，開上國道。左轉後直行，正面看得見三越百貨。橫越渡邊通，沿著國道往西開一會兒，看見與西通的交叉口有交通管制的標誌。

路上有不少車在按喇叭。

「示威遊行嗎？下雨天搞什麼。」

舉著橫布條走在最前面的五個人後方跟著拿標語牌的隊伍。橫布條上寫著「GOV支持犯罪犧牲者及其家人」，標語牌上寫著「恢復死刑！」、「堅決擁護受害者人權！」、「守護下一代！」、「不需要外國勞動者！」、「支持我們就按響喇叭！」等等。

「他媽的，法西斯！」阿植嘴裡嘟噥。

燕子用力按響喇叭。

與其恢復死刑，不如承認受害者復仇的權利。燕子打開車窗，裝出刻意的笑容為遊行者打氣。死刑不過是借別人的手復仇，自己躲在百分之百安全的地方。這種人根本不敢和危害自己或家人的傢伙直接槓上，只是把怒氣轉而發洩在社會體系上，還以為自己是鬥士，其實不過是權力的奴隸。

——如果是我絕對靠自己的雙手做出了斷……

「小燕。」

「什麼？」

燕子對參加示威遊行的小女孩親切揮手。女孩穿著畫有雨蛙圖案的黃色雨衣以及成套的雨鞋。

「我想小便。」

燕子朝窗外遞出含果粒的果汁。看似女孩父親的男人輕輕點頭致意，燕子也還以微笑。女孩伸手去拿果汁，小聲說「謝謝」。

「再忍耐一下。」

結果因為示威遊行的關係，兩人整整困在車上一小時。一下車，阿植立刻奔向暗處解放。燕子從後座拉出後背包。鋁合金箱已經丟在半路上。一邊抽菸一邊等阿植回來。

兩人一前一後走上公寓階梯。轉過樓梯間的轉角，踏上三樓走廊。眼前是整排相同格局的房間。

自家門口站著兩個人。

空氣瞬間為之凍結。

——警察？

對方也察覺兩人了，一邊低聲交談著什麼，一邊朝這邊靠近。

燕子下意識伸手去摸插在腰間的Jetfire。

背上噴發冷汗，太陽穴緊縮，開始耳鳴。

警察眼神鎖定他們，踩著堅定的腳步靠近。鞋子踏上走廊的水泥地，發出單調的腳步聲。

指尖顫抖，像觸電一樣。沒辦法靜下心來思考。

——不開槍就等著被抓！

手指摸上Jetfire扳機。瞬間，右耳旁一陣轟然巨響。火光險些擦過臉頰，視野煙霧瀰漫，硝煙味竄進鼻孔。

阿植接連開槍。

走在前面的那個警察被擊飛了。

「他、他媽的！」

發出歇斯底里的叫聲，阿植從樓梯上滾落。

走在後面的警察嚇得腿軟，怪叫著跌坐在地。警帽斜斜滑落，遮住一邊眼睛。即使如此，他還是想辦法解開槍套扣環，拔出手槍。

對準燕子的槍口顫抖，嘴裡似乎怒吼些什麼，但聽不清楚。世界上所有聲音彷彿都消失了。每一瞬間的光景，像是一張一張的投影片，喀嚓喀嚓地對著腦漿投映。

阿植射出的子彈擊倒了國家權力，轟散了燕子的耳鳴，也將燕子推落人生最悲慘的糞坑裡。耳邊再度傳來幾聲槍響。

然而，記憶從這裡開始跳接。想不起掏出Jetfire後發生了什麼事，燕子記得的只有自己左側屁股傳來灼燒般的疼痛。

「那是兩年前的事，我因此進來這裡，阿植則是直接逃跑。」燕子吸一口氣，頓了一頓。「後來才知道，射穿我屁股的子彈不是警察開的槍。」

「這話怎麼說？」三行問。

「警察都在我面前，要怎麼射我的屁股啦？」

三行和阿百面面相覷。兩人露出難以言喻的嚴肅表情應和，等待燕子進一步說明。

「從樓梯上滾下去的阿植沒頭沒腦亂開槍，其中一發正好擊中我的屁股。」

真假？三行與阿百異口同聲。

燕子攤開雙手。「沒傷到肛門已經是不幸中的大幸了。」

三人聚集在晚餐前難得沒人的圖書室。燕子和三行坐在椅子上，阿百盤腿坐在桌子上。

「原來是這樣。」用髮膠將一頭黑髮梳成硬梆梆飛機頭的阿百這麼說。「那，當時那個抱著鋁合金箱的傢伙……」

燕子點頭。「就是朴志豪。」

「竟然！」阿百搖頭。「難怪朴把燕哥當成眼中釘。」

三行短髯鬍下突出的厚嘴唇揚起一抹微笑。

「只能慶幸在朴進來這裡之前就先認識張了。」

「畢竟韓國人很重視上下關係。」

「那些傢伙之間存在著莫名其妙的階級意識嘛。因為我和阿植的關係，朴被剁了手指，為了賠償那筆錢只好去襲擊放高利貸的，最後還被條子逮了，確實是很悽慘。那個被朴刺殺的高利貸店長，聽說才二十三歲。」

「得好好感謝張大人才行呢。所以咧？」三行說。「真的是因為那個叫阿吉的破日文害你們露出馬腳的嗎？」

「阿吉？喔，你說阿植啊。」

「對對對。」阿百也湊上來。「那到底是怎麼回事？」

「是狗啦。」燕子輕輕甩頭，甩開披在額前的瀏海。「記得那個右派老爹嗎？我們吃了那隻狗的事，被他發現了。」

3

從凱薩坐的這張桌子看過去，免稅店一覽無遺。

CHANEL、GUCCI、HERMES、Salvatore Ferragamo等品牌設置在後方，YSL、FENDI、PRADA、RALPH LAUREN則略顯侷促地林立各處空位，吸引人們上前購買。熟悉的牛仔叼著紅色的Marlboro，到處豎立寫有「烏魚子」的廣告旗，光是在視線範圍裡的就有五面。

下午三點三十五分。

搭乘從馬尼拉出發的中華航空六三二號班機，接著要轉搭前往福岡的一一〇號班機，等待轉機的時間大約五小時。準時抵達臺灣桃園國際機場到現在，已經過了將近四小時，在這段時間當中，凱薩只喝了一杯咖啡座賣的不知道煮了多久的咖啡，毫無滋味可言。

免稅店前的走道上被兩組日本觀光客占據，他們不斷殺進免稅店購物，再帶著戰利品回來，這樣的過程已經反覆進行了四十分鐘。其中一組旅行團是幾乎每個人都穿馬球衫配淺色長褲的中年男人，人數約十五名，其中三分之一戴著上面繡有「臺灣觀光留念」字樣的白色棒球帽。酒、女人和高爾夫就是這十五個人人生的全部了吧，他們一行人都曬得黝黑，嗓門宏亮。另一組旅行團的成員是坐在輪椅上的人和負責推輪椅的人，人數約三十名，全部穿著一樣的白色T恤，上面寫著藍色的「仔鹿學園」字樣。除了這兩組日本旅行團外，正打算出國旅遊的當地人所參加的旅行團，也開始陸續參雜進來。

面前放著已經喝完超過三小時的杯子，凱薩的目光盯著桌上的報紙。已經反覆閱讀了不知幾次的頭版標題「政府機關伺服器遭多起非法登入」，現在已經像一幅圖般烙印腦海。

那篇六月八日的報導討論了西日本治安維護主導機關的伺服器，在今年遭到一連串非法登入的破解事件。根據報導，「警方除了加強取締散布於網路上的破解用程式外，從駭客留下的訊息判斷犯人很可能與國內外左派相關，正循此線搜查中。」

凱薩嘴角綻開一抹嘲諷的笑，這已經不知道是今天第幾次了。看來，「龍馬」的偽裝陷阱確實奏效。

關於這起破解事件的前後始末，凱薩記得非常清楚。第一次遭駭的是防衛廳，第二次是法務省，第三次是東日本治安維護主導機關，第四次是警視廳，第五次是文部科學省。「龍馬」每一次都刻意留下訊息。防衛廳那次留下的是「大浦洞[4]已瞄準東京！」，法務省那次則引用龐克樂團Dead Kennedys的歌詞，留下大紅色的訊息「I FOUGFT THE LAW AND I WON（與法律抗戰的我贏得勝利）」。東日本治安維護主導機關那次是「去死吧法西斯！」，警視廳那次是應凱薩要求寫下「骯髒哈利不死！」[5]，到了文部科學省那次的訊息則是「毋忘南京！」。這次，也就是第六次，根據新聞報導的內容，寫的是「尊天命，不尊人法」。

——尊天命……

兩名戴著深藍色貝雷帽，肩上揹著M—十六的機場警衛緩步巡邏的身影映入眼簾。其中一個牽著一隻大型德國狼犬。黑色的綁帶皮靴踩在深藍色的地毯上，德國狼犬以輕快的步伐跟隨皮靴沉重的腳步，悠然通過

---

4 北韓開發的彈道飛彈名稱。

5 七〇年代電影《*Dirty Harry*》，主角警探哈利在電影中為了將兇手繩之以法而不顧一切。

凱薩面前，走下十一號登機門前的階梯時，看起來也沒有特別加快速度。

儘管不到小心翼翼的程度，凱薩還是以小心謹慎的視線環顧四周。

——差不多該到了才對……

灰撲撲的窗玻璃外是一片被烏雲掌控的灰色世界，只看得到澳洲航空與泰國航空的飛機尾翼。不知道究竟是世界真的蒙塵，還是隔著蒙塵的窗戶看出去的結果，凱薩無法肯定。說不定，其實蒙塵的是自己的太陽眼鏡。總之，在這片蒙塵的天空下，掛在蒙塵旗桿上的蒙塵青天白日旗被強風吹得劈里啪啦作響。

——梅雨季就快到了嗎……

突如其來的哭泣聲打亂思考。

顯示航班行程的電子螢幕前，有一排橘色的塑膠椅。椅子旁邊站著一個穿白色開襟襯衫的菲律賓女人，正把手放在哭個不停的小女孩頭上。

凱薩的視線，被女人左手上的石膏吸引。

雖然聽不懂她說什麼，但說話的聲音聽得很清楚。她看起來好像在發怒。即使如此，這名年輕女性的語氣，還是和凱薩至今認識的所有菲律賓人太不相同，甚至令他感到困惑。

視線暫時從這對看似母女的菲律賓人身上轉開，迅速朝螢幕望。「CI110 FUKUOKA ON TIME」。閉上眼睛，做一個深呼吸，視線才再次回到菲律賓女人身上。簇新的石膏，這點令他有些不滿，只是事到如今也不能怎樣了。

將報紙折疊好，嘴裡喃喃複誦「medical certificate、medical certificate……」，一邊抓起報紙和發票。身上穿的是磨破的藍色牛仔褲和黑色短袖棉質衫，沒有手提行李。

往前邁步，總覺得腳下輕飄飄的。究竟是自己的問題還是地毯的問題，凱薩也難以判斷了。把咖啡兌換券——轉機時間超過三小時時，中華航空就會送一張咖啡兌換券——和發票一起留在結帳櫃檯，繞過桌子與桌子之間，走出咖啡座。

報紙丟進垃圾桶後，凱薩的視線只集中在一個點上。有短暫一瞬間菲律賓母女的身影被觀賞植物擋住，消失於視野外，差點以為她們真的不見了，幸好只是杞人憂天。

女性用交織著不安與憤怒的眼神仰望凱薩。不過，要不了多久，眼神深處的言外之意就消除了。這樣就好，凱薩心想。為了讓事情如機械一般正確運作，就需要如機械一般不帶感情才行。

凱薩舔了舔下唇，清清喉嚨讓聲音清楚一點。小女孩不知何時停止哭泣。

「Medical certificate？」凱薩望著女人手上的石膏問。

一個呼吸之後，女人像放棄了什麼一般，無言點頭。

凱薩看見小女孩的小手緊緊抓著女人的襯衫。每次女人簡短地說了什麼，穿著黃色洋裝並用相同顏色的緞帶繫起頭髮的小女孩就會縮著下巴輕輕點頭。女人的視線始終固定在凱薩身上，快速親吻小女孩的額頭。

「I see you in FUKUOKA？」

「……Yes。」聲音裡難掩背叛了眼神的慌亂。女人附加一句：「And……money？」

「Don't worry。」

雖然有一股衝動想問女人那東西是否藏在石膏裡，凱薩終究是忍住了。一方面是想到拼湊英文單字太麻煩，最重要的是，他也知道現在問這問題並不聰明。

「See you later。」

凱薩頭也不回地走開，直到背後的視線不再刺痛自己。

下午的戶外工作結束後，燕子和三行及阿百裸著上半身打發晚餐前的自由時間。又不能去做重訓。承受負荷到了極限的肌肉得休息四十八小時才行。然而，餐廳裡到處都是飢餓的人渣犯罪者。因此，三人走到圖書室外的走廊上，開起新收集來的笑話鑑賞大會，藉此排遣無聊的時光。

就在三行打算發表關於受詛咒的假陽具笑話時，背後傳來唐突的聲音。

「你是燕子吧？」

丟下尚未消化的笑話，三人一起轉過頭。

站在那裡的是川原昇。

三行制止想站起來的阿百。

假日開膛手川原稍微把眼鏡推高：「你知、知道我的事嗎？」

油膩的鏡片。油膩的長髮。蒼白的臉上卻反而乾得起屑。從上唇到鼻子有一道像被剜開的傷痕。過大的制服鈕扣直扣到脖子上。跟人說話時，視線總是偏離對方的眼睛好幾公分。

燕子心想。這傢伙接下來可不好過了。這裡什麼不多，最不缺壞心眼的人渣。不管他犯下連續姦殺女童事件的原因是出於何種心靈創傷，即使小時候被父母虐待過，或曾在學校遭遇霸凌，都不足以彌補他犯下的重罪。不去正視真正的問題，只會把怒氣轉移到比自己弱小可憐的女童身上，拜此之賜，這傢伙準備一輩子在這裡遭人霸凌，被張武伊那種人捅屁眼之類的。最慘的是，這裡沒有比他更弱小的人。

「是啊，你很有名嘛。」燕子說。

川原的臉亮了起來。「你和其他那些蠢材不一樣。」

「是喔？」

「那些動不動就訴諸暴力的蠢材。」川原睥睨阿百。「被、被抓進來也是理所當然的事。」

阿百又想踹翻椅子起身，三行再次拉回他。

川原退後一步，嗤之以鼻。算準只要三行這個大漢在，小個子阿百就不會撲上來。

「我聽很多人說過關於你的事。」

川原重新轉頭望向燕子，視線穿透燕子的臉，彷彿看著某個遠處。

——是斜視嗎？

「例如？」

「聽說你常在看書。」

燕子悄悄闔上《口袋笑話大全》。

一陣討人厭的沉默之後，川原說了出乎意料的話：「有沒有人說過燕子你很像誰？」

——叫得這麼親熱？

「像誰？」

「沒，我只是問問而已。」川原聳聳肩。

「你很像某個人耶。」三行插嘴。「有沒有？冷硬派電影裡的美國演員……演狼系列的那個。欸～就那個啊，你不常看電影嗎？」

通知晚餐的鐘聲響起。

燕子、三行和阿百起身披上制服。

「對了，你被逮捕的原因……」燕子拿下眼鏡，收在制服胸前口袋。「是被自己的妹妹告發對吧？你妹好像還是小學生來著？」

阿百停止動作。

「因為你對自己妹妹的朋友下手了？」

結結實實的笑聲從阿百口中迸發。

「不、不許笑！」川原脹紅了臉怒吼。

「哈哈哈哈……嘻嘻嘻嘻……哎呀，笑得我肚子都痛了。」阿百拍著手，笑得前仰後合。

「不、不許你再繼續笑了！」

「哈~哈哈哈哈……『不、不、不許』什麼啊，嘻嘻嘻嘻……罵人還咬到舌頭，哈哈哈哈……你才真的不許這樣啦~」

丟下他們兩人，燕子和三行朝餐廳走去。

「笑得太過頭了。」燕子嘟噥。

「我想起來了！」

「誰？」

「查理士・布朗遜。」

「為什麼連你也跟來啊。」阿百單手手肘撐在桌上，一邊咀嚼一邊不悅地說。

川原只朝他投以一瞥，明顯露出一副「老子沒把你放在眼裡」的態度。

這舉止觸怒了阿百。

「太噁心的細節姑且跳過不提。」燕子說。「說說你是怎麼殺了十五個人的？」

「當然是有各種方法。」

「各種方法？」

「是啊……第一個女孩好像是十二歲吧。我在很多地方發布徵網友的訊息。隱瞞真實年齡，只含糊說是介於十三到十五歲之間，再隨便取個網名代號，稍微虛張聲勢就沒問題了。是啊，我在全國各地都有網友呢，一般維持在三十個人左右。對了對了，郵件信箱也申請好幾個分別使用。剩下的只要和她們持續通信，再約見面就行了。碰面當天隨便找個藉口，說是有急事或生病了，請家人代為前往，大部分女孩都會相信。只要再說要開車載她們去見本人，然後……」

「真的嗎？然後你真的上了她們嗎？才十二歲，連發育都還沒……」三行轉而尋求燕子同意：「是不是？」

「萊許的說法是『所有人都追求性高潮』。」燕子一臉嚴肅。「這是張說的。」

川原點頭，臉上交織著滿足與嫌惡。「不只如此，他還主張只要全面解放性，就會產生一個沒有精神官能症和異常性癖的理想世界。」

「真假？張會說那種話？」

在那種理想世界裡也不會出現你這種變態性犯罪者吧。燕子一邊如此暗自嘲諷，一邊對三行說：「那不是張說的啦。」

燕子和阿百面對面坐著。燕子發現川原的演說發表到一半時，阿百的表情開始變得僵硬。起初以為是川原的話激怒了他，看來並不是。

「朴來了唷。」阿百的視線越過燕子肩頭，緊盯著後方，下巴微微朝前努了努。

送到嘴邊的叉杓停了下來。燕子原本望向左邊的眼珠咕溜一轉，彷彿這麼一來就能往後瞪視背後的朴。

三行也感受到兩人的緊張氣氛。只有川原一個人依然滔滔不絕。

三人彼此以眼神溝通，確認過各自負責的職責後，互相鼓舞士氣。

「幾個人？」燕子問。

「……五個。」

繼續默默進食的三人，只將全副神經朝朴志豪的方向貫注。

「來了唷。」阿百瞇起眼睛。

「右邊和左邊都有人。」三行迅速轉動眼珠。

右邊來的是一個彪形大漢，左邊來的是兩個看來頗難纏的傢伙。

「被包圍了唷。」

阿百緊握手中的塑膠叉杓。只要巧妙使用握柄，這東西也能充當武器。

「張呢？」燕子簡短發問。「不在嗎？」

「目前看來……」三行這麼一說，阿百就接了上去：「不在唷。」

長舌的川原昇依然兀自說個不停。

「傷腦筋，真不想和朴起衝突。」燕子把叉杓放回托盤。「之後會沒完沒了啊。」

「五、四、三……」阿百開始低聲倒數。

燕子閉上眼睛。

「二……」

三行視線巡視左右。

阿百的「一」還沒說出口，燕子就把椅子踹翻，縱身跳起。

一把抓住還在傻呼呼發表演說的假日開膛手兼性慾亢進症患者川原昇的頭髮，不假思索地往桌上的托盤砸。

川原腦袋撞上桌子的聲音實在太大，使得餐廳裡所有人渣都停止動作，正逼近燕子背後的朴志豪也不例外。

燕子揪起川原的衣領將他拉起來，這次改抓著他的後腦去撞桌子，再一拳打上那張沾滿白色醬汁的臉。鼻血從川原鼻子裡噴濺。

無法理解眼前事態的人渣們一陣騷動。

視野角落瞥見正與同夥面面相覷的朴志豪。川原已全身癱軟，翻著白眼陷入昏迷，嘴角流淌泡沫狀的口水。然而，燕子毆打的手仍不停。

「嗶～」燕子的拳頭舉得更高時，餐廳裡響起尖銳的電子音。

騷動瞬間安靜下來，人渣們屏氣凝神。

燕子也反射性地停止毆打，雙手高高舉起。

餐廳裡所有人一起高舉雙手站起來。

川原動也不動。

過了一會兒，監視員走進餐廳，那刺耳的電子音還響個不停。兩名監視員看也不看其他人，逕直走向燕子。

經常發生衝突的餐廳裡，隨時設置著五臺監視攝影機。

監視員之一指示燕子把雙手放在頭頂，燕子照做了。一見他這麼做，另一名監視員就拿起牆上的內線電話，簡短地說了一兩句什麼。

放下話筒，電子音立刻停歇，周遭鬆了一口氣的聲音此起彼落。受刑人們放下雙手，各自坐回自己的托盤前。

監視員檢查了一會兒川原的狀況，接著不吭一聲地將燕子帶離餐廳。

從三行和阿百身邊經過時，燕子露出淺淺的微笑，還眨了眨眼睛。

4

燕子背靠在水泥牆上。

頭上是切割成正方形的灰色天空。為了讓自己窒息，烏雲從另一個世界湧現，乘著氣流飛來。要下不下的雨象徵無可救藥的命運。斷頭臺的刀刃即將落在自己脖子上，而連結刀刃的繩子還握在某人手上。打從進入獨居房後，燕子一直受困於這種感覺之中。

嵌在天窗上的鐵欄杆淡淡的影子投射地面。這個房間徹底缺乏讓空氣流通的條件，能做的事也不多。

——這時要是有「草」就好了……

一想起大麻，腦中就像觸動漣漪一般浮現菊池的事。

菊池保是做大麻交易起家的一股黑道新勢力。從十七歲那年起，他就開始在自己房間裡栽培大麻。按照菊池的說法，栽培大麻並不難。只要將室溫與濕度控制在百分之五十五以下，確保空氣流通，使用高瓦數的電燈泡照射——根據不同品種分別使用五百瓦到一千瓦的燈泡——再給予恰到好處的水分，一季可收成好幾批。

不過，若要堅持品質的話，那又得另當別論。

室溫很重要。儘管不同品種的情形不一樣，如果想讓大麻確實發芽，室溫就必須確保在三十度上下才行。大麻栽種者得以稍微發揮手藝之處，大概就是收成之後的乾燥階段吧。收割下來的大麻，最初五天得吊掛在空氣暢通，室溫保持於攝氏十三到十八度的房間裡慢慢風乾。這時，還保有生命力的大麻細胞會將澱粉轉變為糖分，如此一來，完成後的大麻菸才會產生順暢的煙霧。五天後，為了縮短乾燥時間，必須再將室溫提高到攝氏二十七度左右。隨濕度不同，乾燥所需的時間也不等，接下來的乾燥階段最快一天，最慢三天結束。剩下的就是將完成的大麻菸放入密封容器，加以冷凍好確保香氣和品質。之後就隨時都能出貨了。

菊池不是笨蛋，知道不能賣純度百分之百的大麻，所以銷售時會和香菸混合。純大麻和不純大麻的差異除了味道之外，說得簡單一點就在燒完後的殘渣。純大麻的殘渣是乾淨的灰色，摻雜了香菸的大麻燒完之後，香菸含量愈高的大麻愈容易出現黑色塊狀物。

菊池會看買家是誰，再決定摻雜的香菸含量。由於周遭盡是一些就算拿蒲公英給他們吸也嗨得起來的外行人，就算是和雜草沒什麼兩樣的大麻都賣得出去。

菊池說這生意「可以賺到不少外快」，事實上他的收入根本不只如此。二十歲時，菊池已經可以砸現金買一輛一九八六年分的黑色Camaro IROC-Z V8了。

雖說那些傢伙分不出好壞，菊池還是栽培了氣味比較重的種類。畢竟這是最重視信用的生意，他也懂得愛惜自己的生命。如果想在房間裡栽培氣味偏重、照顧起來簡單、收成量夠大，而且是最流行的種類，條件就得再嚴苛點。

即使如此，可以選擇的品種還是太多了。Afghani、Skunk、Great White Shark、White Rhino、Flo、Mikado、Blue Berry……說來也是理所當然，光是歷史悠久的品種和有名的混種大麻加起來就超過五百種。更別說全世界的大麻愛好者正不斷日新月異地創造新品種。

菊池選的是Flo和Marley's Collie。Flo是一九九六年阿姆斯特丹大麻盃中獲得冠軍，播種後六星期就能收成的早熟品種，從九月底第一次收成到十一月底為止的兩個月內，每隔十天就能收成一次。作物高度約一公尺。狀似長槍的芽從小小濃縮的紫色花萼中長出。把它和香菸大量混合，賣給隨處可見的小鬼就是一門不錯的生意。這款麻菸有個名稱叫「菊池特調」。Marley's Collie是加拿大的大麻阿宅在一九九七年舉辦大麻盃時見到麗塔馬利（Rita Marley）——巴布馬利的妻子——受到刺激而創造的品種。聽說該品種的宣傳文案就是「獻給所有拉斯塔法里教徒」。

——什麼跟什麼嘛……

這個品種具有溫和的甜香，能成長到一點五公尺高。同樣是九至十星期就能收成一次。和Flo不同的是，很多人想買這款大麻的種子。

賣種子的生意就不能小覷了。當然不同品種的狀況各自不同，一般來說，十顆種子的價位大概落在五萬日圓上下，有時也會遇到願意出三十五萬買的凱子。還有，光是看到名字裡有「馬利」兩個字就樂意買下的雷鬼傻子也前仆後繼。賣東西給外行雷鬼迷時，只要商品用「馬利」或「克里夫」等雷鬼界的大明星命名，幾乎可以肯定能賣個好價錢。「達美」或「曼菲斯」之類的名字也經常能從同一群傢伙身上大撈一票。至於那些喜歡傳思音樂的傻子，只要隨便用英文字母和數字組合幾個名字，就能在他們的圈子裡大受好評。RZ10、VC7、R2D2、C3PO……沒錯，有無限個排列組合。

「那種時候，房間裡就會放置巨大水槽。」菊池這麼說。「目的是去除氣味。」

水槽裡的水二十四小時咕嘟咕嘟循環流動，如此產生的負離子，能夠去除大麻強烈的氣味。「那個叫負離子的東西，對身體也很有好處呢。」

二十五歲左右時，菊池賣假貨被識破，交易對象將他抓起來，挖下右眼。對方有六個人，也不知道菊池施了什麼魔法，最後竟奪下他們的槍，殺得其中五人渾身是血，還轟爆另一個人的腦袋。這就是他第一次坐牢的原因。

出獄後，生意還是繼續做。憑著單眼在一對六場面中取勝的菊池，至此所向無敵。

「我在那水槽裡養了兩尾龍魚。」十七歲的菊池每天獨自抽著大麻欣賞龍魚在水槽裡悠游的樣子。「你知道嗎？一種原本棲息在亞馬遜的大型白魚，下巴前端會長出鬍鬚。」

當時內心的風景，正是日後嶄新混種大麻的藍圖。比任何品種的大麻都要強烈而醇厚。沒錯，就像一隻龍魚。

——這傢伙不得了。

燕子用雙手將流汗貼在額前的頭髮撩高。匯聚在鼻尖的汗珠滴落，在石板上形成深色的水漬。

抬起頭，從天窗外照進來的光線令他瞇起眼睛。放著不管就會兀自增生的愚蠢空想與幻想，肯定是獨居房內打發時間的上好材料。燕子知道幻想時會產生某種向心力，無論腦子裡想的事情多麼失序，甚至差點陷入混亂，到最後一切思緒還是會收斂回自己最關心的事上。大腦的構造就是這樣。

菊池想過要退休。他本來就不是喜歡糾眾聚集的人。起初是為了自衛而聚結黨羽，曾幾何時自己卻被拱上首領的位置，人稱大麻王。然而，這一切對他而言，除了壓力之外什麼都不是。

現在的他有錢，只等新品種的「龍魚」一完成，「就要帶著牠和女人一起搬到加拿大住」，他說想過著拈花惹草，享受園藝的悠閒生活。

配種「龍魚」的事從頭到尾都瞞著「菊池組」的兄弟。龍魚不拿來做生意。培育的工作全盤交給在網路上認識的當地研究生，菊池則是金主兼顧問。「她叫理子，和那個人很像。你知道嗎？就是那個好萊塢女演員啊，演過湯姆．漢克筆友的那個，有沒有？」沒錯，理子同時也是他的情人。只要自己創造的大麻受到全世界大麻愛好者的認同，這樣就夠了。菊池說。「錢這種東西，生活夠用就好。」如此宣言的菊池保，認為能為內心帶來安適的人生規矩有以下七條。

第一條　除了大麻不碰其他毒品。
第二條　要有禮貌。
第三條　不求回報才是至高無上的愛。
第四條　「想要」的欲望不超出「必要」。
第五條　除了確定能相信的東西之外，對其餘一切抱持懷疑。
第六條　不與他人有超乎必要的交流。
第七條　用盡一切手段也要剷除威脅人生的東西。

菊池經常對燕子闡述自己的想法。「我說燕子啊，所謂規矩這種東西，其實什麼都可以喔。就像印度人擦屁股用左手，吃飯用右手那樣？這種程度的東西就夠了。不需要道理。不過，一旦下定決心，就絕對不能改變。這麼一來才能毫不猶豫地活下去。」

菊池說的話往往令燕子感到佩服。的確，猶豫有時會要人命。對於這一點，燕子毫不懷疑。只不過，說到印度人的規矩，燕子可有一點不同的看法。

說起來是剛認識阿植那陣子的事了。關於聖潔的右手與不潔的左手，燕子曾經對同房的印度人問過這樣的問題。正確來說，提問的人是阿植，燕子只是幫他翻譯而已。那是個很單純的疑惑。單純，沒有一絲邪念。燕子也曾自責，說不定是自己翻譯得不好，或許當時再怎麼嫌麻煩也不該翻成日語，應該翻成英語才對？

「印度人自慰時用哪隻手？」阿植這個討喜又充滿想像力的問題，瞬間點燃印度人辛先生的熊熊怒火。平時待人溫厚的辛先生把燕子痛罵了一頓，滿口詛咒的話語。直到現在，耳邊還聽得見當時辛先生的聲音。

「Fuck！No！印度人、才不會、打手槍！No！」

換句話說，印度人並不像菊池以為的那樣毫不猶豫。

燕子並不認為辛先生說謊。和阿植討論的結果是這樣的，在這個地球上，就算有些地方視自慰這檔事如政治及宗教一般敏感，那也沒什麼好大驚小怪。這就是他們的結論。未經深思熟慮而無意間侮辱了辛先生的自己還比較可恥。結果，他們失去了辛先生這個朋友，只剩下疑問徒然留在心中。

印度人到底用哪隻手打手槍？

菊池保和燕子幾乎同一時期淪落「九號營地」，因為殺人罪。他刺殺了自己經營的夜店裡的服務生，後頸烙了兩個A字。那是在做完一筆大交易後不久的事。

回程，菊池和組裡的夥伴先在配有司機的私家轎車裡一起哈了一管，所以抵達夜店時，大家的情緒已相當高昂。

夜店的店名是「WOOZY WONDER LAND」。懶得走到貴賓室的菊池組一行人，直接進入離ＤＪ臺不遠處的包廂內。

曲。

那天的ＤＪ表現非常好。配合吸食了大麻，情緒高昂的菊池，接連挑選了好幾首最適合當下氛圍的樂

那可憐的服務生是個剛到職不久的菜鳥，還認不得菊池的長相。在這個有絕佳ＤＪ演出的夜晚，ＷＷＬ高朋滿座，生意非常好。事件就發生在菜鳥第二次來收杯子時。

菊池向來不喝酒，這天也只喝薑汁汽水。菜鳥第一次來的時候，菊池正好去上廁所，不在位子上。回來一看，喝到一半的薑汁汽水不見了，明明杯子裡還剩很多。算了，這是小事，菊池重新點了一杯。不料，這區區一杯薑汁汽水卻讓他等了超過二十分鐘。

菊池轉換心情，把注意力放在樂曲節奏上，內心卻已產生一點疙瘩。此外，仔細回想起來，服務生端上第二杯薑汁汽水時的態度，怎麼也令人難以接受。

夥伴們完全沒察覺這些事，口沫橫飛地交談著。當下，菊池認為自己不該掃眾人的興。

就在這時，服務生來了。帶著明顯不情願的態度，一走進包廂就連同桌上的菸灰缸一起收拾了杯子。包括菊池的薑汁汽水在內。

菊池不發一語站起來，抓住菜鳥的金色長髮，直接將他拉到二樓貴賓室。

抵觸人生規矩第二條的事發生，導致菊池啟動第七條規矩。應該可以這麼說。搞不清楚發生了什麼事的夥伴們，一時之間只能跟著走。

菊池拿下墨鏡，把臉湊近菜鳥的臉。

看到那顆畫著大麻圖案的義眼，菜鳥終於發現事態的嚴重性。受雇的店長飛奔前來緩頰，菊池卻要店長搬來整箱薑汁汽水。

店長再次回來之前，菊池一句話都不說。夥伴們試著打圓場，菊池只是瞪著菜鳥，連眼睛都不眨一下。

好不容易店長搬著薑汁汽水來了，菊池打開一瓶汽水交給菜鳥，抬高下巴示意「喝掉」。

菜鳥拿著汽水的手一定在發抖吧。除了喝下薑汁汽水，他也沒有其他選擇。

菊池重覆同樣動作，一次又一次。夥伴們你看看我、我看看你，只能聳聳肩。

結果，菜鳥總共被迫喝了三十四瓶薑汁汽水，計算起來約是七公升多。薑汁汽水從他嘴巴、鼻子，甚至眼睛裡流出來。

菊池持刀刺入那鼓脹的腹部，薑汁汽水飛濺。「對，就像撒尿一樣。」

「又不是湯姆貓與傑利鼠……」燕子自言自語。

——菊池不適合當黑道。

他和圍繞他的那群小混混氣質完全不同。與其說是為了錢，不如說菊池這個人總追求刺激而生。他分得出自己喜歡什麼、不喜歡什麼，也毫不掩飾。如果不是這樣的話，怎會犯下毫無利益可言的殺人罪。他面對的始終是自己。日本這個水槽對這樣的傢伙來說，毋寧是個喘不過氣的地方。

——亞馬遜啊……

燕子想像亞馬遜。超乎想像的巨大濁流以及巨大白色龍魚悠游其中的模樣。

頭頂的鐵欄杆染上淺淺的紅色。炎熱的一天尚未離開。

5

凱薩坐在副駕駛座。

外頭下著雨。已經連續下了好幾天。放眼望去，宛如厚重棉絮的烏雲低垂，密密麻麻，遍及整個視野。雲像一件懊惱的披風，包覆著凱薩。

白色的Sedan停在有柔軟草叢的路邊。

坐在完全阻絕外面世界的車內，只有激烈打在車頂的雨聲是唯一能確認自己所在之處的現象。再過十天，梅雨季就要過了吧。夏天即將來臨。

——夏天是嗎……

凱薩回憶這兩年來的事。

事件過後，家裡的氛圍不是像黑夜一般陰暗，就是像手術室一般太過刺眼。彷彿適度的光線已經遭到毀滅。那個屋子不是封閉了全世界的陰暗，就是封閉了全世界的光。不管哪一種，總之不改封閉的本質。沒有出口的善與惡。善與惡在那裡窒息，發酵，散發異臭，變成完全不同的別種東西。

——瘋狂、殺意……

沒有交談的對象。

凱薩的眼神越過擋風玻璃，投向遠方的山丘。閃電瞬間劈開世界，雷聲微弱。周圍幾乎沒有其他車經過。

凱薩感覺，世界上的所有意義像是全都濃縮在這輛狹窄的車子裡了。

——如果有所謂意義的話……

雨下得愈來愈大，劈里啪啦的聲音快撞破車頂。凱薩從那不規則的節奏中感受到來自某種巨大事物的意圖。或許是老天在責怪自己。

——尊天命……

「雨下得真大……」駕駛座上的丈自言自語。後座傳來答腔的聲音：「下得真大呢……」

接下來，沉默像病毒一樣蔓延整輛車。

閃電再現，尖銳的前端給人一種打在前方一百公尺前方看板上的錯覺。

黃色的看板上寫著黑色的字。

Prefectural Penitentiary

CAMP No.9 5km

和其他三個人是透過活動認識的。凱薩在ＧＯＶ會報上一小篇投稿的論點引起其他三人的共鳴。經過幾番電子郵件通信及不定期的聚餐，所有人內心漸漸確立了今天的目標。

隨著原本看不到的東西逐漸成型，彼此之間開始對用本名互稱這件事感到喘不過氣。某個晚上，喝得醉醺醺的三人以口齒不清的語氣分別舉出自己心目中的英雄，決定用來當作稱呼彼此的代號。

現在坐在駕駛座上的管線工人天野哲治代號「丈」，來自《小拳王》主角矢吹丈。他那剛滿十四歲的女兒，在體育節當天遭殺害。後座的汽車維修工人竹田誠代號「蝙蝠」，來自《蝙蝠俠》。植物節。電腦工程師池陽介代號「龍馬」，取自歷史人物「坂本龍馬」。天皇誕生紀念日。最後是副駕駛座上的飯島好孝，代號「凱薩」，來自電影《刺激驚爆點》裡的角色凱薩・索澤。海之日。

四個人都是一樣的，即使從事近乎盲信的活動也無法消除內心的煩悶。GOV的活動本身沒有什麼問題，只是他們都察覺了對自己的欺瞞。在安穩的生活中扮演一個人權論者是很容易的事。人類制裁人類究竟有多少正當性，想提出多少質疑都是可能的事。然而，一旦齒輪有一點錯位，沉睡於潛意識領域的本能就會入侵明意識的領域。儘管無形也無色，那卻是具有壓倒性密度的能量。該如何稱呼這毫無道理可言的能量，倒不是太大的問題。

在佛洛伊德發現潛意識之前，這種毫無道理可言的能量本由惡魔掌管。凱薩心想，或許那樣還比較好。因為信仰能拯救痛苦。信仰沒有終點，體內暴動的能量只會使人為信仰奉獻犧牲更多。不過。

——現在到底該信仰什麼才好？

尼采殺死了神。這麼說來，個人就得被迫處理那一剎那浮上意識檯面的能量——看是發瘋還是適應它。不管選擇哪一方，個人都無法獲得自由。選擇發瘋的人下場不是發瘋，選擇適應的人亦然。

——憑甚麼說適應就比發瘋好？

適應的人，必須接受再也不能發瘋的事實。這意味著永遠的自我重建。

GOV的活動為這樣的重建提供協助。埋頭於活動，擁有相同經驗的人彼此慰藉，對世間發出怒吼。就這樣逐漸適應那能量。

活動的目的到底是什麼？凱薩思考著。為了追悼受害者？為了改革社會？不。是為了撫慰被留下的人。可是，這樣就夠了。不管做什麼，到最後都會歸結到這一點。撫慰。只是我們四人體內的惡魔比別人難應付一點而已。

車內時鐘的電子數字發出淡淡藍光。下午十二點十三分。

「要不要開個廣播聽？」丈說。

後座的蝙蝠回應：「是啊。」

沙沙的噪音像抗生素一樣破壞車內的沉默。丈緩緩轉動旋鈕調頻，廣播報導了關於ＧＯＶ示威遊行的消息，接著是市內各地交通路況。

凱薩以飯島好孝的身分在綜合商社工作，曾經外調菲律賓四年，第二年時女兒出生。希望她長大後成為像菲律賓四季如夏的海洋一般胸襟開闊的女性，懷抱這樣的期待，為她取名為「夏海」。

回到日本後，夏海隨即得了小兒氣喘。為了治療，年幼的夏海每晚接受熱灸，夫妻倆得合力才能制住被燙得哭叫的夏海。小學二年級時，夏海終於可以不用再吸入治療氣喘的藥物「安得新」，長成一個皮膚白皙的清純少女，比起夏天似乎更適合冬天。興趣是閱讀和聽音樂，受到父親的影響，夏海也喜歡看電影。父女倆常一起看錄影帶。每次看到畫面上出現美麗的海，夏海都會說：「真想再去一次菲律賓。」這種時候，飯島好孝總覺得女兒可愛得不得了。問她，妳還記得啊？夏海會歪著頭說：「因為夏海的名字就是這麼來的不是嗎？」

「差不多了。」

凱薩說。

沒有人回應。但是，車內氣氛緊繃得微微發顫。

「聖經裡有這麼一段。『假設你們之中，有人家裡養了一百隻羊。其中一隻不見了，難道不會把其他九十九隻留在曠野上，去找尋那走失的一隻羊，直到找到為止？』」凱薩繼續說，其他人的視線雖然分別望向不同地方，耳朵卻都專注傾聽。「組織救了那九十九隻，所以我並不擔心。可是，我卻對那走失的一隻羊擔心不已。即使為了忘記那一隻，為了其他九十九隻一路努力到今天……可以抽根菸嗎？」

用車內點火器燒紅香菸前端，深深吸一口。事件發生後，過了七年的禁菸生活，如今卻連這個事實也像彷彿從未存在世間般，隨著煙霧散去。

吐出的煙霧瀰漫車內，有如落在水面的一滴墨汁。

「可是，終究沒辦法。」

不知道誰開了口：「是啊，沒辦法呢……」

廣播重新回到播放歌曲的節目。〈奇異恩典〉靜靜流洩。艾維斯．普里斯萊的聲音在雨霧的包覆下，像是隨雨水落下的安魂曲。

星期六。中午十二點整。

職員從左右兩側架著燕子，走在通往餐廳的長廊上。亞麻油地氈鋪成的走廊上，職員皮鞋的聲音與燕子拖鞋的聲音交錯迴盪。

天花板上的日光燈罩著鐵絲燈罩，以等距離間隔裝設，燈光如實跟隨走路的速度往身後流洩。

為期一週的獨居房生活，有人認為是一種精神上的嚴刑拷打，燕子卻沒有這種感覺。倒不如說，住進獨居房就不用擔心自身安危，是最適合思考的場所。

過去獨居房給人的印象，不是手上銬上各種刑具，就是得像狗一樣趴著吃飯，現在已經無法想像那種景況了。真該感謝偉大的人權。只不過，出了獨居房後暫時得接受監視員的嚴格監視，這就不免令人煩躁。

踏入餐廳，四下響起歡呼。人渣們有的敲打桌面及餐具，有的以腳跺地，有的吹起口哨。

——簡直是一群猴子……

兩名職員巡繞餐廳一圈後才離開。

燕子擺出客套的笑容，以誇張的肢體語言向眾人回禮。時而把手抵在胸前，時而張開雙臂高舉。有人奚落他，也有人迫不及待迎接他回來。

朴志豪和他的夥伴，從餐廳角落朝這邊走來。

還有，川原昇。

燕子暗忖。完全忘了他的存在。

——惹變態生氣了……

瞄一眼川原，他似乎在工作褲裡藏了什麼。腫脹的眼睛還未完全消退，鼻子用大大的繃帶固定著。可能折斷了也說不定。嘴唇因瘀血而發黑。

這樣的川原右手插在褲袋裡，緊盯著燕子不放。油膩的鏡片後方，那雙無法完全張開的眼睛裡藏著復仇的青色火焰。

燕子暫時裝作沒注意到川原的樣子，背轉過身，將全副注意力集中在背後。

川原緩緩地，但確實一步一步縮短和燕子之間的距離。撥開人群，視線始終放在燕子身上。那股視線黏糊糊地纏著燕子的背。

——是誰教他的啊……

川原顯然不習慣這種事。即使他殺害了毫無抵抗力的女童，那也是發生在外頭的事。在這裡，他不過是隻普通的小羊。不過，他現在試圖做的事倒是正確無誤。想在人渣堆裡活下去，就不能一直被瞧不起。刑期長的人第一件非做不可的事，就是向眾人宣告「找我麻煩不是一件聰明事」。

——即使如此……

向從獨居房回來的人致意的喧鬧聲告一段落後，餐廳又恢復了平時午餐時間的活力。

燕子彷彿聽得見川原的腳步聲。腳步聲裡感覺得到緊張、決心與期待。

——差不多了吧……

距離慢慢縮短，大概還差幾步，川原就要掏出口袋裡的東西。就在此時，燕子無預警回頭。

看到身高一百八十二公分的目標忽然轉頭，川原露出老鼠炮在眼前炸開的表情。

「喔喔，川原！My friend，你在等我回來嗎？哎呀，不用道謝了啦。我們是朋友，那麼做是應該的呀。」

燕子張開雙口，雙眉倒垂，露出安心的表情摟住川原的肩膀。「朋友」兩個字的發音故意發得特別清晰。

川原臉頰抽搐。

「先別管我，你的傷還好吧？」

燕子確信自己已擊出打垮對方決心的第一拳，輕鬆到位。接下來只要展開狂風暴雨般的連擊就行了。燕子不讓對方有喘息的機會，全力展現悔恨的樣子。

「不過，那也是沒辦法的事啊。你應該明白吧？如果我不那麼做，你就會被朴志豪揍扁了。」

「你、什……」

「別說了！一定很痛吧？不過，我也很痛啊。毆打自己的朋友太痛苦了……」衝刺、衝刺。燕子提高聲量。

「一邊打你，我一邊想，這樣或許會讓自己失去一個重要的朋友。可是，如果現在不這麼做，以後我一定會後悔。要是等到朴志豪對你怎樣就來不及了。」

「但你……」

「這一星期！」燕子直視對方的眼睛。「你認為我都在想什麼？」

川原把話吞了回去，眼中明顯浮現猶豫。

「都是關於你的事哪。」燕子的語氣平靜而有力。「你來找我說話時，我就知道了。這傢伙是懂我的人。在這裡，沒有值得信賴的人，不是敵人就是陌生人。可是我需要一個能交心的朋友，一直找尋，直到看到你，我就知道了。這傢伙和其他人不一樣。和這傢伙在一起就能擺脫灰暗的生活。你拯救了我的靈魂。」

兩人四目交接，燕子死命忍住不眨眼。

「可是……」川原低垂目光。「你真的……」

「沒關係。無論出於任何原因，我傷害了朋友都是不爭的事實。我也不認為你會原諒我，只是……」燕子不讓川原繼續往下說。「這件事我非說不可，你一定要小心朴志豪，那傢伙擔心張武伊會被你搶走。」

川原歪著頭，視線朝燕子挪動下巴的方向望去。朴志豪和他的同夥就站在那裡，瞪著這邊。

川原的視線回到燕子身上，筆直回應燕子的眼神。

復仇的火焰已消失得無影無蹤。現在他眼中點燃的是友情、熱情與信任的紅色火焰。燕子敢如此肯定。

燕子拍拍川原的肩膀，做出「抱歉哪」的無力笑容。或許演技可能刻意得令他起疑，燕子仍緩緩轉身背對他，試著等了一下。唯有真正放心的人才會暴露毫無防備的背部。計算時間，估計川原已經領悟此事之後，燕子才邁步離開。內心雖然有幾許拋棄了小狗的罪惡感，整體來說還是很痛快。

身體抖個不停。

害怕那一瞬間來臨，但是，更害怕的是那一瞬間不來。所以才能勉強保持清醒，不至於發狂。這一點，其他三人或許也一樣。

狹窄的車中坐了四個中年男人。彼此身邊各自發動了某種結界，絕對不可能入侵的結界。

凱薩打開儀表板上的雜物箱，拿出黑得發亮的駱馬卡曼奇手槍。在掌中掂掂重量，緊閉雙眼。腦中突如其來閃現回憶的情形已經是家常便飯。

馬尼拉的喧囂、霧霾、被踹開的狗和同樣被踹開的街頭遊童，年幼的他們面無表情，眼神彷彿洞悉人性本質。無數隻朝自己伸來的小手、妓院裡汗水、便宜化妝品與酒精混合的氣味、販子嘴裡卡了韭菜渣的金牙，還有口臭……

為了取得手槍，凱薩總共去了六趟馬尼拉。可以說是不費吹灰之力就獲得想要的東西。那個有錢人恣意踐踏窮人的城市，幾乎可以滿足日本人的所有願望。

問題是要怎麼帶回日本。最後還是拆解開來，分成幾次帶回來。強尼·凱許的歌裡唱過，男人從工廠裡一一竊出零件，最後組裝成一輛汽車。相較之下，這其實不算什麼。

子彈塞進從當地僱用的菲律賓女人陰道，藉以躲避海關檢查。用來因應金屬探測器的方法是在左手打上石膏，裡面放了鐵棒。就算被金屬探測器攔下，也只要推說是受了傷的左手上了支架的緣故即可。最後再花錢買來「Medical certificate」，也就是醫療診斷證明書。做好萬全準備後，讓女人先一步飛離菲律賓，再和她在臺灣的桃園機場會合。

女人帶了一個七、八歲的小女孩，女孩的身影在凱撒眼前模糊失焦，她身上穿的棉質黃色洋裝，與自己最小的女兒在雨中低頭穿雨衣的影像重疊。那是整件有綠色雨蛙圖案的黃色雨衣。

凱薩微微睜開眼，卡曼奇槍身傳遞了手上的顫抖，彷彿以顯而易見的形式證明了自己體內惡魔的存在。確認過子彈，已裝填六發。

深深吸一口氣，快速轉動彈匣。子彈融為一片金色的殘像。順著反作用力將彈匣收回槍身，聽見金屬之間相互咬合的喀嚓聲。

瞬間，四人的結界迸散。

凱薩回頭，將卡曼奇交給後座的蝙蝠。「是一輛黑色的廂型車。」

下午三點四分。

下午的工作比平常早結束。

除了雨大得驚人之外，甚至開始打雷。下雨不打緊，打雷就麻煩了。雷會擾亂電波，可能導致「清醒者」出現失誤或停止作用，兩者都很糟糕。因此，提早結束工作也是理所當然。

囚犯們從淋浴後到晚餐前的時間可自由行動。

對燕子來說，這是睽違一週的淋浴。屁眼和蛋蛋差不多要開始發癢了，於是仔細洗了一遍。高中還沒被退學前，健康體育課老師教他們把手指稍微伸進屁眼裡，像按摩一樣地清洗，對，差不多洗個十秒左右，可以預防痔瘡。這多餘的教學奠定了燕子日後多年清洗屁眼的習慣，說是他對洗屁股這件事的原初印象也不為過。然而，在這裡淋浴可無法那麼悠哉。要是在充斥同志的淋浴間裡把手指伸進屁眼還露出愉悅表情，肯定馬上被認定有那方面的資質，求愛者如雪片般飛來。

洗完澡，燕子前往圖書室。佛洛伊德的《精神分析入門（上）》還差一點就要讀完了。要是被三行和阿百逮到，一定又會閒聊起來。那樣雖然也有那樣的樂趣，老是膩在一起也太噁心了。

從餐廳西側的門出去，這裡的建築呈「L」形。受刑人可自由行動的範圍到L的最上端，再過去就是中央管理大樓。中間隔著兩、三層鐵柵欄，想通過的人必須輸入密碼，臉也會完全暴露在監視器的鏡頭下。阿百和三行曾對著監視器露出屁眼，下場是被關進獨居房一星期。換句話說，鐵柵欄外是開不得玩笑的區域。

圖書室正好位於鐵柵欄前。入口左邊有個小櫃檯，原本應該是給圖書管理員坐鎮的地方，不過燕子從沒看過管理員。有幾個受刑人像被什麼附身似的拚命啃書，因為書本是與外面的世界唯一的接觸。無關求知慾或興趣，只是個逃避現實的空間。這就是圖書室的另一個存在意義。

排放書架的房間深處，只零星開了幾盞燈。想找書的人自己再把附近的電燈打開就好。書架共有九個。書籍分類從前面往後依序是歷史、社會學、時事議題、日本文學、英美及其他世界文學、自然科學、美術、宗教及哲學、精神分析。《口袋笑話大全》被歸類在社會學。

燕子打開最裡面的電燈。日光燈發出持續的嗡嗡聲，閃爍幾下才點著，冰冷的光線照在書架上。

從書架上抽出《精神分析入門（上）》，確定充當書籤的銀杏樹葉還好好夾在三百八十四頁與三百八十五頁中間。佛洛伊德說「各種症狀都是為了滿足患者性方面的期待，用來代替他們在現實生活中無法獲得的性滿足。」

佛洛伊德是十九世紀三大哲學家之一，這點毋庸置疑。其他兩人是馬克思和尼采。不過，佛洛伊德很容易理解。他說人類的精神由潛意識（本我）、自我與超自我構成，當潛意識的性衝動，也就是性能量流入自我，與代表社會良心的超自我起了衝突，就會構成精神官能症。清楚易懂。簡單來說，就像原本瞧不起同性戀的人意外被捅屁眼，卻發現那竟然很爽而開始死命煩惱自己是不是同性戀，兩者是一樣的道理。

治療精神官能症的方法是去好好面對自己的本我，從正確認識自己的欲望開始。以同性戀為例，就是承認自己是同性戀。簡單明瞭。仔細想想，這其實是天經地義的事，佛洛伊德厲害的地方就在於將性衝動的源頭歸結於伊底帕斯情結。伊底帕斯情結是什麼呢，說得直接一點就是想跟母親上床。

就是這麼回事。燕子複習著剛學到的知識。同性戀都有潛在的戀母情結。

拿著書在桌旁坐下時，有個人對燕子招手。燕子點點頭，走向菊池保坐的那張桌子。

菊池拿下眼鏡，丟在桌上。大麻圖案的義眼反射日光燈的光芒。「辛苦你啦。」

「你在讀什麼？」

菊池展示手中書本的書背。《植物學基礎》。

「和朴起衝突了？」

「算是吧……」

「安浦組最近也對大麻出手了呢。聽說在外面和我們組裡的人幹起來了。現在幫我統籌組裡的那傢伙寫信來，說最近買了機關槍。」菊池伸了一大懶腰，慢慢站起來。「去外面說吧。」

兩人一起走到圖書室外的走廊上。

「請跟你組裡的人說，不要和韓國人起太多爭執。我猜自己大概是被當成菊池先生你組裡的小嘍囉了。」

燕子往長椅上一坐。「朴搞錯了啦。」

「你鬧出事情的地方是朴隸屬的組嗎？」菊池也在旁邊坐下。「結果那些錢去哪了？」

「我不知道啊，同夥拿走了。」

「那傢伙是臺灣人？」

「馬來西亞人。」

「多少錢？」

燕子不置可否地轉移視線，沒有回答這問題。關於錢的事，誰也不知道會在什麼地方出什麼差錯，萬一透漏太多，這把火哪天可能燒到自己屁股。這道理菊池一定也明白。

「不管做什麼事都得慎選夥伴，好嗎？」

「不，我知道他在哪。他住在吉隆坡的妹妹到現在還會寫信給我。」

「妹妹是吧。」菊池以帶點嘲諷的口吻說。「看來你很相信那傢伙？」

「不相信就不會和他合夥了吧？」

「他在日本嗎？」

燕子也沒有回答這問題。「聽說朴那個組的人想把大麻生意做大？」

「好像是喔。」菊池嘆口氣。「做風相當惡劣。不過算了，他們也玩不久。」

「為什麼？」

「人生規矩第一條。」

「除了大麻不碰其他毒品？」

菊池眼神帶笑。「會買大麻的客人，大部分都是一般人噢。稍微觸法吸食大麻是為了發洩壓力。而且最近大家眼光愈來愈高，分得出大麻好壞的人可不少。」

「朴他們那裡賣的是西貝貨嗎？」

「就像以前我做的那樣？」

「混了雜草進去？」

「很難說啦。總之，畢竟是跟一般人做生意啊。」菊池保伸出食指敲敲義眼。「信用最重要。」

「菊池先生那裡只做大麻對吧。」

「沒錯。」

「是在哪裡的深山提煉嗎？」

「人生規矩第六條。」

第六條，不與他人有超乎必要的交流。

「是叫龍魚對吧。」

「是啊。」

「能賣很多錢？」

菊池的視線從燕子身上離開。「已經與我無關了。」

說的也是。燕子心想。二度犯下殺人罪被關進來的菊池，回到外面時恐怕已經垂垂老矣。再說，不管多厲害的毒品，只要一傳開，價錢瞬間下探。

「你說是老家那邊的研究生做的？」

「正在攻讀博士班喔。我進來這已經兩年了，她也應該快要畢業了吧。」

「以後打算怎麼辦？」

燕子這句話問的既是關於龍魚的事，也是菊池和那女孩的關係。

「誰知道呢。」菊池說。「大概會去找工作吧。」

掛在圖書室天花板上的擴音器，傳出輕微的雜音，然後是職員冷淡的聲音：「呃……預定今日四點三十分舉行的個人諮詢，變更為晚餐後的六點三十分。因此，希望面談的人，呃……請於六點十五分在圖書室前走廊上集合。再重複一次……」

——心理諮詢啊……

每月一次，第二個星期二是「九號營地」的心理諮詢日。這是例行公事。下午的工作結束後，晚餐前的一個半小時，希望接受諮詢的人渣們可與四位心理諮詢社工個別面談。諮詢內容包括出獄後的生活、最近做的夢等等，總之談話的性質就是把無意義的話說得煞有介事。

每次都有很多人想參加。自己的不走運、與社會的隔絕、價值觀的毀壞、暴力、同性戀，以及埋在脖子裡的「瞠目」晶片……這些都在在打擊著因不可抗力而淪落此地的人。諮詢師的任務就是高談闊論莫名其料的大道理，把報名面談的人唬得一愣一愣，相對地，這群懷有玻璃心的人渣也有他們的使命，那就是扮演好被諮詢師唬得一愣一愣的角色。握著彼此的手說些「這世界還有希望」之類的話，把這種當場產生的信賴關係看得非常重要。

這類社會工作看似困難實則容易。除了實務性質的部分外，只要具備少許心理學或宗教學的知識，對大部分人諮詢的內容都能做出一番有模有樣的說明。只要做出說明就好，不需要說真話。不，有時或許不說真話反而比較好。把人渣們因陷入混亂而變得柔軟的自我拿來揉揉捏捏，重新做出一個來，沒錯，就像捏黏土一樣。只要給予合乎邏輯的說明就能辦到。那就是社工這種工作的本質。

要是我，一定會對這群煩惱的小羊嚴厲說教。佛洛伊德學派的燕子這麼想。就跟他們說，你會這麼煩惱，是因為潛意識想跟老母上床。

凱薩身體下滑，凝視頭上的後照鏡。

龍馬站在那輛停下來的廂型車前。

駕駛座上的丈，後座的蝙蝠都蜷著身體，動也不動地待在座位上。

龍馬跑向廂型車，繞到駕駛座旁。

廂型車司機打開窗戶，探出頭。

「不好意思，車子有點……」隱約聽見這樣的聲音。

龍馬和司機說了些什麼，伸手指向他們乘坐的Sedan。再交談了兩三句話後，司機一臉嫌麻煩地下了廂型車。龍馬低下頭，再次指向Sedan。接著，兩人一起朝Sedan走來。

就在兩人走到Sedan和廂型車中間時，凱薩大喊：

「行動！」

丈踢開車門，疾如子彈般衝出去，蝙蝠隨之跟上。

兩人一直線跑向廂型車，用手槍指著車內的人，令他們全體下車。

本該是這樣才對。

現實是丈一下車就絆到腳跌了一跤。是那種一看就知道身體跟不上腦袋的跌法。跨過丈，跑到廂型車邊的蝙蝠從腰間拔出手槍，卻因用力過猛，順勢把槍丟進前面的草叢。丈滿臉通紅地爬起來，立刻發現自己忘了帶槍而不知所措。另一邊，蝙蝠正在路旁找槍。

廂型車司機和龍馬愣在原地旁觀事情的發展。

愣住的還不只他們兩人。回過神來往後座一看，卡曼奇就在那裡。一把抓起它，凱薩踢開副駕駛座的門衝下車。一邊發出「哇啊啊」的怪聲，一邊將手槍高舉在頭上，衝向廂型車。

——得讓對方所有人下車才行！

已理解發生異常事態的廂型車司機大喊：「快把車開走！」

「混、混帳東西！」

聲音完全走調的龍馬朝司機飛撲。

廂型車內的人看見手槍，全都如凍僵般不敢輕舉妄動，顯然陷入緊張不安，看著那緊握武器，雙眼充血，發出怪聲衝上前來的男人。

打開廂型車副駕駛座的車門，凱薩把坐在那裡的女人拉下車。

——女人？

一頭鑽進後座查看。

一個是穿西裝的男人，另一個……

——還是女人？

「下、下來！」

沒有人敢違抗手持武器的男人。

——兩個女人，一個男人！

回頭一看，龍馬正被司機壓制在地，手腳不斷舞動掙扎。

路旁的蝙蝠已單手拿著手槍回來了。因為趴在泥濘地上找槍的關係，白長褲膝蓋以下的部分變成咖啡色。

「不用管這邊沒關係！」凱薩朝龍馬的方向呶了呶下巴。

龍馬被司機騎在身上毆打，雙手摀著鼻子。

蝙蝠在糾纏成一團的兩人身邊躊躇了一下，這才終於下定決心似的用手槍抵住司機額頭大叫「住、住手！」

司機停止動作，依然跨騎在龍馬身上，雙手緩緩高舉頭頂，抬起眼睛由下往上瞪視蝙蝠。龍馬還摀著自己的鼻子。

「站起來！」察覺保險栓還沒打開的蝙蝠急著打開保險栓，將槍口重新對準司機。接著又用槍身指向其他人站立的位置，「去那邊！」

司機照辦了。

用力喘氣，肩膀劇烈起伏的凱薩試圖重新釐清狀況。流著大量鼻血的龍馬、滿身泥濘的蝙蝠、沒有受傷的丈、兩個男人——

「兩個女人……」

凱薩、龍馬、蝙蝠和丈站在廂型車前。

四名諮詢社工被綁起來推進Sedan。

「怎麼辦？」蝙蝠的眼神游移不定。「程式工程師龍馬兄變成這樣……」

「是啊，頂著這張臉是沒辦法執行任務的。」丈也跟著附和。

龍馬低著頭，用面紙壓住鼻子。左眼四周已開始發紫、腫脹。

凱薩抿著嘴。

「光憑我們要怎麼搞定電腦……」蝙蝠失速的聲音落在柏油路面上。

視線落在腳邊，凱薩望著被雨淋濕的柏油路發出霧黑的光。靈魂的救贖就在這條路前方，只剩下五公里了。五公里的另一端卻像世界盡頭那麼遠。

龍馬派不上用場，光是這樣就等於計畫失敗一半。而且，還不只是這樣。竟然有兩個是女人。

——兩個！

登記的名字分別是薰子和早苗，性別女。只要世界上不可能有符合以上條件的男人，就代表這四個人的四張入所許可證中，只剩下兩張能用。電腦程式工程師不在場，實際執行計畫的只剩下兩個人。這就是目前面臨的現狀。只能在中止計畫或硬著頭皮進行中二選一。

「繼續執行吧。」凱薩平靜地說，一一望向每個人的臉。「請想想接獲事件通報那天的事。想想女兒們還活著時的事，還有和她們共度的那些日子。生日、父親節、聖誕節和暑假的回憶，還有……」

說不下去了，臉脹得通紅。話語卡在喉頭，幾乎令他窒息。用力嚥下哽住的話語，再奮力重新擠出。

「還有，請想想躺在停屍間內的女兒們。想想她們被冷凍過的身體，身上的傷口……」

丈舉起一隻手摀住嘴巴。

凱薩用力吸氣，嘴唇顫抖，宛如有低壓電流通過。「我家的……性器都被撕裂了……」

事件前後的生活又是如何。被留下的家人怎麼樣了。多少次從惡夢中驚醒。眼淚奪眶而出。

「我啊……很痛苦。很痛苦、很痛苦，痛苦得不知如何是好。」凱薩沒有擦拭眼淚。「反正，現在這樣下去，活著也跟死了沒兩樣。不是嗎？電腦什麼的總會有辦法，當初確實是預定由三個人執行計畫沒錯，但這人數的設定也不是真有什麼根據。」他筆直地凝視每個人的眼睛。「這是個儀式……讓我們放下的儀式。」

冗長的沉默。

微弱的雷聲，彷彿隨時可能掉落的雲，下個不停的雨，不斷低吼的引擎聲，血的顏色，怯懦的目光……圍繞四個男人的就是這些了。

——有什麼好怕的……？

凱薩垂下肩膀，望著持續打在柏油路面的雨滴。手往腰間探去，確認手槍的觸感。這能為命運打開一個通風口的機械就在那裡，有著確實的觸感。

這把槍有多少隻手握過？曾奪走多少條人命？解放過多少靈魂？凱薩想。每換一個人擁有它，這東西的記憶就會重整。無論過去是罪惡還是榮耀，一切都將從頭來過。這東西有絕對的客觀性，絕對的無意義。那無意義就是這世界上唯一的意義。槍殺意義。拯救我的一縷光芒。無意義的過去、無意義的現在、無意義的未來。從意義之中逃脫，從幻想之中解放。

——然而，川原昇……

川原昇的存在是幻想的渣滓。意義的殘渣，有如沉澱物般沉積在我體內。那將會像細菌一樣一直繁殖，沒有阻止的方法。凱薩雙手環抱自己，像是想平息身體的顫抖。得想想辦法才行。在細菌蝕破身體，擴散到世界上之前。在夏天來臨之前。對，夏天就要到了。死於川原昇手下的最後一個犧牲者——

——夏海的忌日就要到了！

凱薩抬頭。

「是啊。」丈回答。

蝙蝠也以筆直的視線反望他。

鼻孔塞著面紙的龍馬流下眼淚。

凱薩朝車子走去。

其他三人跟在他身後。

打開後座車門，從後腰處拔出手槍，抵在西裝男雙眉之間。

西裝男扭動身軀抵抗，雙眼緊閉。鼻孔擴張，呼出激動的氣息。用力撕下封住他嘴巴的膠帶，被封在嘴巴裡的氣息炸裂似的從口中吐出。

從男人西裝內側口袋取出手機，凱薩用力壓下手槍。接著，努力維持平靜的聲音：「請跟負責窗口說，今天的隨行人員有所變更。」

6

黑色廂型車引擎沒有熄火，暫時停在「九號營地」大門前。燃燒不完全的汽油化作白煙，從排氣管排放。

身穿透明雨衣的警衛站在駕駛座外。

凱薩調整呼吸，打開車窗。「辛苦了。」

「辛苦了，是社工諮詢師嗎？」

「是。」

「關於人員變更的事已經聽上面的人說了。可以麻煩您出示入所許可證嗎？」

凱薩將掛在脖子上的許可證交給警衛。「這雨真是的，每天下不停。」

「是啊。您今天第一次來？」

那是一個看來個性溫和的年輕人，大概剛從大學畢業沒幾年吧。

「是的。」

警衛微微點頭，接過凱薩手上的許可證。接著，也對副駕駛座上的丈點頭致意。隔著中間的凱薩，丈將許可證遞給警衛。

「今天來晚了，路上車塞得嚴重。」

「這樣啊。」警衛拿著凱薩的許可證，從小型條碼讀取機上滑過。機械發出「嗶」的短暫電子音。「不好意思，請問您貴姓大名。」

姓名、地址、電話號碼、出生年月日、證件編號……凱薩全部回答出來，完美過關。

「謝謝，那麼……」

警衛的視線迅速掃過丈，拿起第二張許可證刷條碼。雨滴從雨衣下突出的警帽帽沿滴落。隔著警衛的肩膀，看見後面有一間小小的守衛室。四面是單調的水泥牆，入口門沒關，透露裡面電燈泡的光線。

——嗯？

警衛上半張臉被帽子擋住，看不清楚。不過有那麼一瞬間，他的視線似乎朝這邊飄來。警衛的視線從條碼讀取機螢幕上緩緩抬起，即使他想裝作若無其事，表情已明顯不同。至少，看在凱薩眼中是如此。

「啊，雨下得這麼大，真是辛苦你了。」直白的話語擅自從喉嚨裡爬出來。

警衛的視線回到凱薩身上，嘴裡應著「就是說啊」，心裡顯然已被其他事占據。從他那狐疑的眼珠讀得出些許內心的混亂。不過，即使有感覺不對勁的地方，他也無法肯定。為了不對民間諮詢社工做出失禮的事，警衛努力想表現出彬彬有禮的模樣。

冷靜。凱薩告訴自己。總之，再多爭取一點時間比較好。

「看你還很年輕啊，在這邊工作幾年了？」

警衛的視線在凱薩與丈身上來來去去。丈也察覺了異狀，視線在警衛和凱薩身上來來去去。

車內氣氛逐漸失衡，就像扣錯扣眼的鈕扣，眼前看到的一切全部令人尷尬。警衛和丈都感覺到這一點了，肯定沒錯。三人之間的默契使微小的變化逐漸具體，破綻愈來愈大。

「第二年。」警衛再次默默對丈點了點頭。「那麼，麻煩副駕駛座這位回答，首先是姓名……」

丈以緩慢而清楚的語氣一一回答問題。

這段時間，凱薩小心翼翼地觀察兩人。然而，從眼前的互動就可得知，剛才的困惑已轉變為確信。

「副駕駛座上這位是梶井先生嗎？」

「啊、我、呃……」

——對了！

「不好意思。」凱薩開口，留意著自己的語氣，既不過於斷定，也不過於卑微，最好是帶點訝異的聲音。「不是的。」

感覺得到丈投射在自己身上的不安與期待。

「不好意思，因為許可證太晚申請，來不及發下來，跟梶井商量之後，借來梶井的許可證讓他使用。應該沒什麼大問題吧……」

丈似乎也搞清楚了狀況，副駕駛座上頻頻傳來他「不好意思、不好意思」的聲音。

年輕警衛看了看凱薩又看了看丈，似乎無法決定該怎麼辦。

凱薩抬起討好的眼神望向警衛：「該不會，違反規定了吧？」

這句話拯救了警衛：「不，就是這樣啊。按照規定……」

環繞三人的氣氛和一分鐘前完全不一樣。

「這樣啊。如果是這樣的話，那就沒辦法了。不好意思，是我們違規，給你們添麻煩了。」凱薩裝出失落的表情。要求自己凝視警衛的視線和說話的音調也要符合同等程度的條件，不過於斷定也不過於卑微。

「對了，不如這樣吧？請你和我們梶井直接通話，跟他取得確認如何？諮詢這件事最重要的就是持續，只要跳過一次效果就會……」

「說的也是……請稍等一下。」警衛轉身朝守衛室小跑步離去。

一切都罩上一層黯淡灰色的傍晚，從守衛室內流洩的黃色燈光暈染進雨中。光是這樣就能感受到生命的氣味與體溫。坐在駕駛座上，只看得見話筒按在耳朵上的警衛側臉。

凱薩從外套口袋取出手機，視線緊盯著守衛室，手指操作按鍵。

大約經過三、四分鐘，和離去時一樣小跑步回來的警衛手上緊握著手機。

「不好意思，只要能向梶井先生取得確認就好，今天還是麻煩兩位了。」

凱薩按下按鍵，將電子郵件寄出。「這樣啊，那太好了。」

「我確認一下，這是梶井先生的手機號碼沒錯吧？」警衛遞出自己手中的手機，螢幕發出微微的綠色光芒。

坐在副駕駛座上的丈探出身子，操作自己的手機，眼神在螢幕上顯示的號碼與警衛手上的手機之間來回，裝作正在比對的樣子。「我看看，沒錯，就是這個。」

警衛將手機拿到耳邊。

廂型車裡的兩人屏氣凝神，側耳傾聽，臉上裝出平靜的表情，等待電話接通後，警衛說出的第一句話。

「啊，請問是梶井先生嗎？我是九號營地的警衛……對，好久不見了，是這樣的……」警衛簡單說明了原委。「啊，這樣喔，不會啦，這次只要確認無誤就可以了……是、是的……哈哈哈，下次請好好申請證件喔……是、是……」

車內空氣密度一口氣降低，呼吸變得順暢起來。龍馬的手槍，想必正指著那個西裝男，也就是梶井的太陽穴。

凱薩和丈交換了一個眼神。

通往管理室的長廊上，除了腳步聲的回音外，沒有別的聲響。

走在凱薩與丈略前方的是一名帶路的職員，走路的方式像是拖著腳跟。

三人都沒有開口說話，默默從一扇扇鐵門前走過。「這裡是獨居房喔」是帶路的職員唯一說出口的話，語氣很親切。

走廊昏暗，是什麼導致這樣的昏暗呢？因為週六的緣故？因為沒有窗戶的關係？還是因為日光燈？因為那沉默寡言的職員，又或者是因為自己？凱薩沒有定論。駱馬卡曼奇放在外套內袋裡，每往前踏出一步就能感受到它沉甸甸的一點三公斤。那誇張的重量，似乎是唯一帶有某種意義的東西。

大腦彷彿把腿的動作切換為自動前進，凱薩邁出規律的步伐，保持相同的速度走著。丈也以完全相同的速度走在身邊。頭頂的日光燈看起來像是放在輸送帶上似的，持續向後方流去。

過了兩分鐘，三人已站在中央管理室前。

「準備時間十分鐘左右夠嗎？」帶路的職員問。

「沒問題，在車上已經先看過資料了。」丈說得煞有介事。

凱薩默默點頭。

職員將ＩＤ卡插進門邊的面板，以熟練的手勢敲打螢幕上顯示的數字鍵盤。從發出的電子音可知密碼是五位數。

門無聲打開。

管理室比想像的狹窄。凱薩嚥下一口口水，緩慢移動視線。

正面有一幅大型螢幕，上面隱約可見不規則的縱橫藍線。仔細一看，這些藍線勾勒的是「九號營地」的整體圖。圖面上散布著幾個圖示，相同圖示以相同顏色表示。紅色的攝影機圖示，表示的應該是所內的監視攝影機位置吧。畫面上有個箭頭，所內的管理與監視工作大概用滑鼠操作箭頭來進行就夠了。大型螢幕的上下左右分別對應東西南北，這點從螢幕上方順時針方向設置的「N」「E」「S」「W」即可輕易得知。大型螢幕四周是幾個小型螢幕，規律地提供不同角度拍攝到畫面。透過這些螢幕，所內情形一覽無遺。

大型螢幕前設置了五部電腦。只有一部電腦前沒有職員。

入口右邊是個簡易接待區，桌上放有菸灰缸、兩個咖啡杯和幾本未收拾的週刊雜誌。再過去好像是茶水間和廁所。左手邊有三個書架，上面放滿資料和文件，另外有個置物櫃，上面貼著寫有「檢查彈藥，確認上鎖」的貼紙。還有一扇木門，上面掛著「所長室」的塑膠牌。

「我去請所長來。」說著，帶路的職員朝所長室走去。

電腦前的四個人，加上帶路職員和所長……凱薩的目光迅速巡視整個管理室。全部總共六個人嗎？廁所裡不知如何。總之，必須先按照龍馬說的，確保這個空間的獨立是首要之務。先讓所有人靠牆站，丈操作電腦鎖起這間房間，再將他們綁起來。接下來……接下來會怎麼發展，只有老天知道了！

「所長，諮詢社工來了。」

凱薩對丈使了個眼色。

門後傳來慵懶慢半拍的回應。

丈回以堅定的眼神，兩人凝視彼此，微微點頭。

——一把手槍，六個對手……

身體顫抖。

帶路的職員不經意朝這邊瞥了一眼，所長一直磨蹭著不出來。

凱薩再次隔著外套確認手槍的存在。

所長室門上貼著海報。背景看似某個熱帶海邊，白色沙灘、一望無際的晴空、椰子樹、穿比基尼的女人背影。前方則是個手持雞尾酒杯，看似上班族的不耐煩男人。下方有一行文案。「WHY ME? WHY NOW? WHY NOT TOMORROW! CANCUN, MEXICO」。

凱薩感到混亂。各種人事物紛紛湧上腦海——解剖臺上的夏海、川原昇的眼睛、整天示威抗議的日子、妻子的事、家裡的事、小女兒、黃色雨衣、惡夢、現實、生活……這一切不斷以高速旋轉膨脹。

——WHY ME？為什麼是我？如果不是我，還會是誰？

——WHY NOW？為什麼是現在？如果不是現在，那是什麼時候？

——WHY NOT TOMORROW？明天不行嗎？我都已經等了兩年了！

門被人用力打開。

所長一邊穿外套一邊匆忙走出來，右手提著公事包。

「沒問題嗎？已經六點半了喔。」所長身後傳來帶路職員懶洋洋的聲音。「到巨蛋還滿花時間的吧？」

「飆車去就沒問題。」所長說。「要是今天爽約，我老婆可能會離家出走。」

「位置是內野嗎？」

「靠三壘那側。」

「你們約幾點碰面？」

「七點。」

「絕對來不及了啦。」

所長和帶路職員一起站到凱薩和丈面前。

將外套領子拉整齊，所長說：「每次都承蒙各位幫忙，今天也要麻煩兩位了。」

「去看棒球嗎？」丈說。

「是啊。」

「這樣啊。」

「下次也請讓我諮詢一下喔。」

所長露出一副向神父懺悔的罪人嘴臉，把臉湊近凱薩。那張臉上有咖啡和香菸的味道。

「您結婚了嗎？」

凱薩暗自屏住呼吸，點點頭。

「其實我跟我老婆之間有點……」

「要不然今天諮詢也可以喔。」

「今天不行啦。」所長朝手錶投以一瞥。「已經和小孩約好了。」

從丈的視線中，凱薩讀出準備行動的暗號。

「可惜……」凱薩開口。「今天的球賽之約還是得請你先取消了。」

說完這句話的同時，凱薩從外套內袋裡掏出駱馬卡曼奇。

與一秒前的世界正式訣別。

打開保險栓，慢慢舉起槍口，頂在所長雙眉之間。一切就像慢動作畫面，清清楚楚。

所長和帶路職員還沒搞清楚發生了什麼事，臉上浮現滑稽的表情，像是想問：這是在開什麼玩笑。

「如果是夫妻問題。」凱薩舉著手槍說。「我真的可以給你意見喔。」

自願接受諮詢的受刑人們陸續集合在圖書室前的走廊上。

燕子和菊池兩人霸占了一條四人座長椅，沒有人敢抱怨。需要接受諮詢的那種傢伙，沒有半個命中注定要走上險惡的江湖。

乍看之下，他們盡是些內心抱有某種煩惱的人。自己無法應付的某些問題，每天晚上都在身體裡流竄，對精神造成打擊。牧師或精神分析師的洗腦或許才是唯一能治療他們的方法。

燕子抬頭看那些臉色蒼白的罪人。

過去，歇斯底里症被認為是女人才會罹患的病。這是指西洋那邊的情形。歇斯底里這個字的原意，並非被附身似的哭號或失控的行為。身體明明沒有異狀，卻有一部分完全動彈不得，這才是歇斯底里的原意。聽說人們原本認為這種症狀的成因是子宮在體內亂跑的關係。所以，是只有女人才會得的病。

——話說回來，那個……

如果子宮會在體內亂跑的話，陰囊……不，睪丸又怎有不會在體內亂跑的道理。燕子心想。反正都是要洗腦，不如把責任推給睪丸吧？這麼做的好處是什麼？每次小便時，低頭就能確認睪丸還好好待在該待的地方。親眼就能看到罣丸並沒有跑出去四處散步，由此可知，眼下困擾自己的一切只不過是錯覺。罣丸既然這麼安分，自己就沒理由那麼痛苦。再來，或許就是得消除宗教之間的對立吧。明明所有宗教的目標都是拯救靈魂，彼此卻又互相對立，簡直像是兩間開在隔壁的丸子老店互相搶生意一樣。這時候，身為宗教的罣……

「喂！」

菊池的聲音把燕子拉了回來。

「你在發什麼呆啊。」

「沒……咦？」

看到原本想報名諮詢而聚集的人群正逐漸散去。

「怎麼了嗎？」

「沒聽見廣播嗎你？」

「什麼事啊？」

菊池嘆口氣。「今天的面對面諮詢取消囉。」

「為什麼啊？」

「誰知道。」

燕子出神地望著煩惱的小羊們做鳥獸散。

人潮在走廊轉角處分流。

鶴立雞群的三行高舉雙手，指著燕子咧嘴笑。背後隱約看得見被擋住的阿百。

凱薩坐在電腦前。

丈放下麥克風，從凱薩身後窺看電腦螢幕。

管理室裡所有人都被綁起來了，他們讓其中三人坐在接待區沙發上，另外三人則坐在靠近入口處。

把所有人集中在一處固然有方便監視的好處，但也容易讓他們團結起來共謀生路。話雖如此，全部分散開不但難以監視，更可能產生看不到的死角。結果還是這麼做最好。

除了門已上鎖外，所有與管理室相通的出入口也全部上鎖，並切斷外線電話的線路。

凱薩挪動滑鼠，游標箭頭在畫面上不順暢地遊走。點擊紅色攝影機圖示，大型螢幕上立刻映出該監視攝影機拍到的影像。一道鐵柵欄門旁，有個職員正在看書。凱薩試著點擊另一個攝影機圖示。

「這好像是餐廳？」丈說。

餐廳裡只有五、六個正在收拾餐具的受刑者。

再按按其他攝影機圖示。看到的是沿著長長的走廊一字排開的受刑者房門。有些人正在進出房間，也有人站在走廊上交談。有朝鏡頭方向走來的人，也有朝另一個方向走開的人。

忘了在哪部電影看過類似場景了，凱薩這麼想。或許是那部叫做《亞特蘭翠大逃亡》的電影吧。畫面就類似這樣。點擊螢幕下方的擴音器圖示，聲音就從管理室內的喇叭傳出。

「會不會是這個？」

丈指著畫面上的「COMMAND」字樣。凱薩讓游標滑過去，點擊。

畫面轉移。

「上面寫什麼?」

凱薩瞇起眼睛。

丈湊近畫面。「有個輸入密碼的欄位。」

凱薩從口袋裡取出便條紙，上面是龍馬給的密碼。輸入。點擊。

電腦硬碟發出嘰哩嘰哩的聲音，兩人屏住呼吸，等待螢幕跳轉到下一個畫面。

The password is incorrect. Please enter the correct password and click the OK button.

「怎麼會這樣?」

「密碼不對……」

「總之，好像只有『ＯＫ』可以按了。」丈小心翼翼地看著凱薩的臉色。

按下「ＯＫ」，跳回原本的英文畫面。游標像什麼都沒發生過似的，停在輸入密碼的欄位上閃動。

「好像不對耶。」丈說。「龍馬兄給的那個。」

凱薩不發一語，將便條紙塞回外套口袋。思考了一會兒之後，忽地抓起放在鍵盤左邊的駱馬卡曼奇，起身朝沙發走去，撕下封住所長嘴巴的膠帶。

所長的表情因痛楚而扭曲。一看就知道染過的頭髮黏在汗水淋漓的額頭上。朝撕下來的膠帶一看，上面粘著大量鬍鬚。鬍子被扯下後，臉上留下一點一點紅腫突起的痕跡，果凍狀的眼淚盈滿眼眶。

凱薩命令所長從沙發上站起來，坐在電腦前。手指敲擊螢幕：「請告訴我這裡該輸入什麼密碼。」

所長瞪著凱薩，臉上紅腫的突起已開始滲血。

「你、你們是什麼人？目的到底是什麼？」

「麻煩你了。」丈蹲下來，視線與所長齊高。「密碼。」

所長緊閉雙唇。

凱薩和丈面面相覷。

——該怎麼做呢……

如果是專業的恐怖分子，或許此時該殺掉一個人，營造自己不是開玩笑的形象。像電影裡的大壞蛋那樣，說些符合這個時機該說的話，緩解緊張的氣氛後「砰！砰！砰！」朝對方腦袋連開三槍。再面無表情地從口袋裡取出手帕，用誇張的動作擦掉濺在臉上的血。此時唇邊若再浮現一抹微笑，說不定效果更好。

——如果是勞勃．狄尼洛會怎麼做？

像電影《計程車司機》裡那樣皺起眉頭，指著自己問「你在說我嗎？」，逼近對方的臉再問一次「你在說我嗎？」，試著這樣威嚇看看好像也不錯。或者也可以像《鐵面無私》裡那樣，說些笑話逗樂滿桌的黑道，再突然用球棒打爛其中一人的頭。記得有這麼一幕。看著發黑的血在白色桌巾上渲染開來，狄尼洛飾演的卡彭擦掉飛濺到自己臉上的血。

——首先得先說些符合這時機該的話……

安靜的管理室內，響起微弱的電子音。

一時之間，凱薩沒發現那是手機的來電鈴聲。

望向所長——聲音的源頭。

丈在所長外套內側口袋裡翻找，掏出一支手機，鈴聲瞬間變得清晰。

凱薩朝丈手中的電話螢幕望去，上面顯示著來電者的名字和電話號碼。

丈把電話拿給所長看：「是個叫仁美的人打來的。」

所長臉色鐵青，用幾乎聽不見的聲音說：「是內人。」

凱薩接過手機，想了一下，放在耳邊。

「喂？不、我……不、不是的……所長現在有點走不開……不……我不太清楚……是、是……請是……我知道了……好的，會轉告他……好的、好……」

掛上電話，管理室內膨脹的寂靜排山倒海而來，感覺連牆上時鐘秒針的聲音都變大了。

所長用眼神尋求答案。

「她說，之後有什麼話就跟律師說。」說完，凱薩坐在椅子上。

「不要緊的啦，女人鬧彆扭的時候，通常不是有什麼想要的東西，就是有什麼欲望沒有得到滿足。人家不是說『夫妻吵架和脫軌的拉門一樣』嗎？」丈吹噓著說：「只要插準就好了。」

沙發那邊傳出笑聲。

——等一下，不對喔？

凱薩像觸電一樣從椅子上跳起來。

往接待區跑去，在職員身上摸索。其中一人的衣服內袋裡放有手機。

「丈兄！請檢查看看入口處那邊的人身上有沒有手機！」

丈朝入口處飛奔。

——怎麼會這樣！

聽見「啊」的一聲驚呼，凱薩回頭一看，正好看見丈被一名職員從上面壓住。

好不容易起身，丈對著凱薩高舉剛搶來的行動電話。

「他剛才送出了訊息！」丈迅速檢查了寄件履歷。「有了！」

凱薩把手放在丈手上，探頭過去看手機螢幕。上面寫著「EMERGENCY!PHASE AA 6/2 NO.9」。內容很好猜測。想必是「對方有兩人，人質有六人，是ＡＡ級的緊急狀況！」

凱薩和丈僵立在原地。

那個三十五歲左右的職員目光一直盯著眼前這兩個恐怖分子，眼神彷彿在說，你們馬上就會被包圍了。從胸前銀色的名牌得知，他的名字叫「西嶋」。

西嶋的視線令凱薩焦慮煩躁。

管理室的空氣倏地轉變，所有職員的期待之情正逐漸驅趕不安。

——如果是凱薩．索澤會怎麼做？

飯島好孝腦中最先浮現的是這個念頭。

在家人遭受黑幫凌辱之後，凱薩．索澤親手擊斃活下來的家人，為的是不再讓他們遭受痛苦。一等家人的葬禮結束，凱薩立刻秉持「鋼鐵般的意志力」追殺黑幫成員及其妻子、父母和朋友，燒毀他們的家園，甚至連借錢給黑幫的人都不放過，堅持找出來殺害。

無關這場景是否符合時機，飯島好孝想。真正需要的不是那種東西。

用神父為死囚祈禱般的聲音，所長說：「夠了，別再做傻事……」

——傻事？

凱薩望向所長。

「現在收手還有酌情發落的餘地喔。」

所長的脖子微微泛紅。令他脖子脹紅的原因是什麼，飯島好孝雖然不得而知，卻看得很不順眼。

——鋼鐵般的意志力……

半分出於下意識，手中的槍對準職員西嶋。

「你、你要做什麼……」所長睜大雙眼。「住手！」

那聲音缺乏緊迫性。明明是身為所長此時該說的話，從他嘴裡說出來卻顯得制式化，彷彿只是公事公辦。

「西嶋先生？」丈從手機螢幕上抬起頭。「你那封郵件是寄給『西日本治安維護主導機關』吧？」

飯島好孝依然舉著手槍，只有視線轉向丈。

嘴上貼著膠布的西嶋一邊眨眼，一邊緩緩點頭。勉強維持眼裡象徵反抗精神的火焰不熄滅。

「應該已經緊急出動了喔。」所長說。「現在停手還能算是未遂。」

——未遂？

食指加重力道。

——開什麼玩笑！

「緊急出動？」丈輕輕把手放在飯島好孝握槍的手上，將螢幕放在他眼前。「恐怕沒有出動喔。」

凝視了螢幕一會兒，飯島好孝只垂下眼光睥睨西嶋。然後，在心中慢慢從一數到十。

「為什麼?怎麼回事!」

數完時，耳邊幾乎同時傳來所長怒吼的聲音。西嶋的眼神宛如季節更迭般慢慢改變了顏色。

「西嶋先生。」飯島好孝平靜地開口。「西嶋鶴子小姐……在通訊錄裡排在你試圖寄信的對象前一個，你那封信好像是寄給了她……她是你的太太嗎?」

所長的表情像踩到地雷一樣僵硬。睜大的雙眼發紅充血。「你說說看啊西嶋，是你太太嗎?」

西嶋全身發抖。

所長額上青筋暴露。

飯島好孝的視線落在所長開始朝稀疏邁進的頭頂。

西嶋、西日本、西嶋、西日本……所長口中喃喃低語。彷彿相信只要能在三十秒內複誦個一百次，情況就能獲得扭轉。

「怎麼樣?」丈屈膝彎身，慢慢撕下西嶋嘴上的膠布。「是你太太嗎?」

「沒錯!」所長高聲大喊。「他太太立刻就會報警了!剩下的只是時間的問題!」

飯島好孝望向西嶋失去血色的嘴唇，那兩片嘴唇看起來就像兩隻瀕臨死亡的毛毛蟲。

「……母。」在所長怒吼的聲音掩蓋下，西嶋說的話只勉強聽得到最後一個字。

所有人屏住呼吸。

西嶋咬住顫抖的嘴唇，再重複一次。「是我……祖母。」

所長一時震撼得說不出話，即使如此，他並未輕易放棄希望。「就、就算是他祖母，也會馬上報警……」

「祖母她……」這次輪到西嶋的聲音掩蓋所長的語尾。「英文字母只認識到C……」

從所長的嘴型就知道他大受打擊，而從雙眼就知道他正在詛咒自己的厄運。鼻孔擴張，好像想表示「至少讓我自由呼吸新鮮空氣吧」。耳朵則如一隻服從的敗犬。

——現在這就是符合時機的場景！

飯島好孝再次舉起手槍，將力氣匯聚在指頭上。彈匣慢慢旋轉。

出乎意料的打擊瓦解了眾人的安心感，具現了惡夢，謀殺了意義，在所長室門上的海報開了一個洞。

「請輸入密碼。」凱薩手中還在冒煙的駱馬卡曼奇這次指向所長。接著，扳起擊錘，槍口朝西嶋揮了揮。「還是說，你要先犧牲一名勇敢的部下？」

電子音拖著長長的尾巴，在圖書室外的走廊上迴響。

三行正好在講非洲輪盤的笑話——在非洲的某部落，若是觸犯某項禁忌，就會有五個女人過來，必須從中選一個幫你口交。問題在於，五個女人之中，有一個是食人族。

阿百嘖了一聲。從長椅上站起來時，也聽見圖書室裡傳來一齊拖動椅子的聲音。

四人把手放在頭上。監視攝影機發出低沉的鳴響，緩緩擺動。紅色的電源燈令燕子莫名煩躁。

「誰在睡前打架嗎？」三行說。「真會幹好事。」

「這裡也有一個剛從獨居房回來的人呢。」菊池瞧了燕子一眼。微暗的走廊上，義眼發出微光。

「看這時間，該不是為了爭捅屁眼吧？」阿百說。

就寢前發生爭執不是稀奇的事，也無須正當理由。搶屁眼，搶老二……值得爭的東西也就這些了。

「啊、對了，阿百。」燕子轉向阿百。「上次那個笑話的結局是什麼，你還沒說完。」

「哪個？」

「就是在圖書室撞見川原被張捅屁眼那天說的啊。」

「喔喔！」三行加入談話。「對對對，那個金髮女人和律師？還是醫生？反正就是在飛機上偶遇的那個。」

「彼此出謎題給對方，答不出來的人就要給錢那個。」

「喔，那個啊。」

「後來咧？」

電子音的節奏改變了。

燕子收回原本要說的話。

「喂喂喂。」不知道誰這麼說。

依然高舉雙手，四人面面相覷。

「進來時不是有說明過嗎？」三行說。

其他三人也點頭。接著各自環視走廊。除了四人之外，圖書室內只有另外幾個人，看來完全沒有誰正在起衝突。

「第三階段之後……」燕子說。

電子音響個不停。

「該不會是……欸？」菊池說。

緊張的氣氛稍微緩解。正確來說，是所有人勉強自己認為已經緩解。是啊，該不會是那樣吧，就算是那樣也應該跟我們無關吧……

電子音的節奏再次改變。

四人陷入沉默。

阿百眼神游移。

「到底在幹嘛啊！」三行朝監視攝影機怒吼。

「咦？」

聲音裡有驚訝，也含有某種預感。至少燕子聽起來是如此。也許該說是期待。明知或許會死，還是踩下油門。對，就像是性的欲望與死亡衝動聯手發出的聲音。

所有人望向菊池保的臉。

一開始燕子還以為是錯覺，否則就是自己眼睛有問題。因此，他揉了揉雙眼。

然而，菊池的表情正明顯一點一滴地改變。

三人的視線集中在菊池的雙眼。

菊池口中發出擠出乾燥空氣的嘶嘶聲，雙手舉到臉前。眼球左右不規則地顫抖，有如抽搐一般，一點一點向外突出。

啊啊啊啊……燕子連這是誰的叫聲都分辨不出了。或許是自己的也不一定。不過那種事已經不再重要。

「為什麼……」

菊池淌著口水，呼吸加速，汗水從每一個毛孔噴發，五官扭曲。

燕子在電視上看過因美國發射衰變鈾彈而導致眼球突出的伊朗兒童。眼前菊池保的情形就和那些孩子一樣。眼皮逐漸變形為袋口狀，眼珠就從袋口用力擠出來。

回過神的三行再次對著攝影機怒吼：「搞什麼！想想辦法啊！」

菊池不斷抓頭，連指尖都在顫抖，咬破的下唇滲出鮮血。

先掉下來的是右邊的義眼。

那顆眼珠先在亞麻油地氈上彈跳，而後滾落燕子腳邊。燕子無法思考，低頭看著那個，總覺得好像應該撿起來比較好。

義眼上儼然菊池註冊商標的大麻圖案朝上。燕子彎下腰，菊池的臉離開視野的那一瞬間，耳邊傳來一個黏糊糊的聲音，緊接著是菊池的哀號刺穿耳膜。

三行發出不明意義的怒吼。

義眼彈出指尖，從菊池雙腿之間滾過，一直滾到牆邊。

起身時，第一個映入燕子眼簾的是自己映在門玻璃上那張蒼白的臉。

阿百轉頭不敢看菊池，一手撐著牆壁嘔吐。

菊池的身體倒下，燕子用雙手接住他。

雙手摀在臉上，菊池指縫間露出的眼窩像個深不見底的隕坑。

7

留下菊池保，燕子他們三人穿過四面八方湧現的恐懼、混亂與瘋狂，一口氣衝向餐廳。

──到底發生了什麼事？

三行順著狂奔的氣勢一腳踹開門。瞬間，巨漢高大的身軀騰空，隨後直接重摔在地。

四腳朝天的三行睜大雙眼。刺激鼻孔的是嘔吐物的臭味。三行腳底是被踩扁的眼球，四周有許多摀著臉團團轉的人渣。

幾乎所有受刑人都聚集在這裡，但沒有人注意到燕子他們。

──怎麼回事？

從地上爬起來的三行，身上的工作褲腰頭附近被茶色的嘔吐物濡濕。

餐廳像個坩堝，裡面混合了淒厲的叫聲、嘔吐物和迸出眼眶的眼球。水果雞尾酒裡的荔枝。燕子腦中第一個浮現的是這個。從嘔吐物中浮現的白濁色半透明眼球。幾顆從原本主人眼中迸出的眼珠，正在凝視著他。

餐廳東側入口前，朴志豪和他的夥伴團團圍住所裡的職員，若松吾郎也在那裡。殺氣隨時可能破表。

川原昇的身影也在人群中。被張武伊摟著肩膀的川原正用手壓住屁股。

燕子撥開人群，揪起一名職員的衣領。「到底是怎麼回事？」

沒有用。一片混亂。從那名職員臉上讀到的訊息只有這個。

「喂。」朴志豪把手放在燕子肩膀上。

拍掉他的手，燕子對著朴的側臉就是一拳。「少隨便碰我。」

三行一腳踹在被打得飛出去的朴志豪肚子上，朴就這麼繼續飛出三公尺左右。

臉紅脖子粗的燕子轉向朴，腦袋像散熱片故障的汽車水箱一樣燙。

桌椅翻倒的聲音，擴大了食堂內的殺氣。朴的夥伴們衝上來，用韓語怒罵。

阿百手中的叉杓柄刺進其中一個人的屁股，三行揮拳揍上去。

爬起來的朴低下頭，用全身衝撞燕子。

燕子雙手交握，用力搥打在朴背上。一下、兩下……接著雙手抱住朴的頭，膝蓋正面頂上他的臉。

朴的鼻梁斷了，噴出鮮血。

兩人交纏扭打，撞翻放餐具的桌子。

朴暫時朝後方縱身一躍，同夥之一將一把手柄削尖的叉杓交給他。舔了舔鼻血，朴志豪眼中閃現不懷好意的光。

「很好。」燕子也反手接過阿百遞來的叉杓。

幾乎與此同時，擴音器裡傳來咳嗽清嗓的聲音。

兩人保持對峙姿勢，將全副注意力貫注在擴音器上。整個餐廳裡的視線都朝掛在天花板上的「RAMSA」擴音器集中。

「各位應該已經理解我們不是開玩笑了。現在迸出眼球的是等級超過兩個A的受刑人。不過，隨機殺人及恐怖行動並非我們的目的。下一次迸出來的，會是A級受刑人的眼球。」一瞬的沉默之後。「除非把川原昇帶過來。我看看……二十分鐘好了。二十分鐘之內，請把川原昇活著帶過來。就這樣。」擴音器陷入死滅般的寂靜後不久，又再次甦生：「帶來中央管理室。以上。」

沒有半個人搞懂狀況。川原昇、眼球、A級、二十分鐘、管理室……幾個關鍵字難以溶解地懸浮在半空中。

即使如此，餐廳裡的氣氛仍清楚地一分為二。一邊是火燒屁股的A級受刑人，一邊是其他人。所有人的視線尖銳地朝川原昇的方向投射。這是必然的結果。然而，原本川原昇所在的位置，現在只剩下張武伊站在那裡，他聳聳肩。

「川原！」A級的男人朴志豪大叫，接著又用韓語嚷了些什麼。

張武伊舉起雙手做出投降的姿勢，指了指身後的門。

朴等人發出怒罵聲，一群人滾雪球似的衝向那扇門。被推開的張武伊語帶風涼：「Take it easy, men～」

跑出建築物外的川原沒跑多遠已喘不過氣，不到十分鐘就被朴等人逮住。

在餐廳的監視攝影機下，眾人團團將川原圍在中央。被朴志豪揍得鼻青臉腫的查理士・布朗遜低垂著頭，眼鏡框扭曲，鏡片也裂了。

「我們帶他回來了！」A級受刑人代表朴志豪對著攝影機大吼。「快把門鎖打開！」

「川原……你應該不知道我們是誰吧。就算報上名字，想必你也一點印象都沒有。」擴音器裡傳出鎮定但壓抑不住激動的聲音。「我們是被你殺死那些女孩的父親。」

川原的頭微微一動。

燕子、三行和阿百坐在離監視器稍遠處的桌邊。

「原來是這麼回事。」阿百將雙臂盤在胸前點頭。「身為父親，這麼做算是很偉大。」

「不過，我說三行哥，看你好像不太緊張。」燕子說。「為什麼？」

沒有回應。擴音器裡傳出自我陶醉的演說。三行雙手抱胸，閉眼似乎聽得入神。

燕子輕輕聳肩。「話說回來，親眼目睹實在還是……」

「承受不住呢。」阿百幫忙接話。

「晚上搞不好會做惡夢。」

「夢到像眼球老爹那樣的？」[6]

「太可怕了。」

「不過，是說，燕子哥啊。」阿百歪了歪頭。「為什麼他們要做這種事呢。」

「這還用說，不就是為了復仇嗎？」

「不，我不是那個意思。我是說，他們為什麼不直接對川原的眼球下手？」

「那當然是因為……」

這麼說來，也有道理……為什麼啊？燕子也歪了歪頭。因為想親手殺死他？還是準備用更恐怖的嚴刑拷打對付他？比方說當著川原本人的面，把他的老二切成一段一段之類的。

「啊，對了。」阿百拍打大腿。「是因為密碼的關係吧？」

「什麼意思？」
「想扯出我們的眼球，不是需要密碼嗎？」
「是喔？」
「我在猜，X級的密碼可能和我們不一樣。這只是我的推測啦。」
「這麼說起來，X級的密碼好像會不定期更換是吧？」
「對對對，X級感覺就是與眾不同。」
只不過，現在那個與眾不同的人正被朴志豪拳打腳踢。
「不管怎麼說都太好了呢。」
「嗯。」
「我們會不會上新聞啊。」
阿百整張臉都亮了起來。「搞不好會。」
「還有啊……」
燕子好像聽見誰在叫自己的名字。不經意地往人群方向望去，只見所有人都用相同表情對自己行注目禮。
「幹嘛，怎麼了？」不好的預感從背後爬上來。環顧四周，目光正好和三行筆直的視線撞個正著。「怎樣啦？」

6 漫畫《鬼太郎》中主角鬼太郎的父親，是個眼球外型的妖怪。

「人家指名你喔。」三行說。

「啥？」

「川原說，如果不是讓你帶的話就不去管理室。」

「咦？」

「恐怖分子要我們其中一個人帶川原過去。」

「欸，那為什麼是我？」

「川原欽點的。」

「何必啊，叫他自己去就好了啊？」

「萬一在抵達管理大樓前逃跑怎麼辦？」

「也可以叫職員帶他過去吧？」

「恐怖分子不答應讓職員帶，順便告訴你，A級囚犯也不行。是說，這也是理所當然的事啦。」

「沒問題啊，只要讓職員穿上我們的制服……」

三行指指天花板。攝影機的鏡頭正對準了他們。

「懂了吧。」

「我才不要！我不去！」

三行又指了指人群。朴志豪那夥人眼看都要噴火了，正狠狠瞪著這邊不放。

「就是這麼回事。」

朴志豪的同夥從人群中拖出川原昇。

渾身是傷的查理士・布朗遜露出求助的視線，燕子絲毫不在意。不過，耳朵看似就要冒煙的朴志豪眼露兇光，倒是令人難以忽視。

「王八蛋。」燕子嘆口氣，仰起頭。「有沒搞錯啊。」

兩人凝視著螢幕畫面。

管理室內安靜得鴉雀無聲。丈的嘴唇微微顫抖，凱薩其實也一樣。

「凱薩兄？」

凱薩盯著螢幕不動，連眼皮也不眨一下。

「凱薩兄？」

轉頭望向丈，這才察覺自己張著嘴巴，凱薩使勁闔攏下巴。

「你沒事吧？」

——沒事嗎？

Yes或No。怎麼可能沒事。凱薩把視線從丈身上移開。雖說是不得不採取的行動，自己和那些受害者明明沒有直接恩怨，卻從此奪走他們的光明。為了達到目標，他們只是途經的中間點。最終目標是……殺人。

今天，在這個地方，那一瞬間，一秒前的自己可說已經消滅了吧。無論以何種形式，在下一個自己成型之前，還需要花上一段時間。現在的自己是一片空白。凱薩心想。現在是過去與未來之間的斷層。性衝動的無限奴隸。同時。這也意味著自戀情結的無限滿足。

「凱薩兄？」

凱薩沒有回應。

「沒事吧？」

「你指什麼？」

「還有什麼……你的表情……」

隔著丈的肩膀，看見房間角落的鏡子。試著左右甩頭，鏡中人跟著做出一樣的動作。

凱薩睜大雙眼。視覺捕捉到不動如山的證據，無法找藉口搪塞的表情。那一瞬間，過去的殘渣一掃而空。

——這是……

「凱薩兄，你沒事吧？」

——在笑？

不，不是那回事。自己的臉看起來像個面具，那不是笑容。凱薩挖出所有詞彙，然而，除了陶醉之外，找不到別的形容詞。

8

倉促之中，燕子邁出右腳。

正想往前跑的川原煞車不及往前摔，臉正好撞上滅火器。走廊上響起鈍重的撞擊聲。

「我說你啊……」抓著川原的衣領，用力將他拉起來。「差不多一點好嗎。」

「我、我被人殺死你也無所謂嗎？」川原激動地把臉湊近。

一股酸腐的汗臭味。左眼上方裂開了一點，臉上還有鼻血。或許因為這個緣故，他那張臉看起來是愈來愈像查理士．布朗遜。

臉脹得像鮭魚一樣紅的川原伸手揪緊燕子的衣襟。「我、我們難道不是朋友嗎？」

燕子擦掉他噴在自己臉上的口水，別過頭。心想，那應該是初期的牙齦化膿無誤。

輕輕一扭，川原的手發出火柴棒折斷的聲音，輕易就放開了。燕子推得川原整個人轉了半圈，再伸手抓住他的領子，踏上通往管理室的階梯。

從樓梯間可看見建築外的情形。那裡是停車場，目前停著三輛Sedan，兩輛輕型客車，一輛黑色廂型車，還有一輛中型機車。燕子拖著川原，直接走上五樓。

天花板上等距設置的日光燈，令人聯想起道路中央分隔線。走廊往左右兩邊延伸，燕子不想隨便選一邊前進，左顧右盼，又立刻發現正面有個指示牌。根據上面的指示圖，目的地應該往左邊走。

往亞麻油地氈一蹬，燕子跑了起來。走廊兩側規律排列的門接二連三消失在眼角餘光中。中央管理室的位置幾乎位於走廊左側的正中央。

燕子試著戳戳門右邊的面板，沒有反應。川原像隻領悟到自己將被丟棄的狗，低垂著頭。

「我們走吧，川原大師。」

沒有回應。

燕子微微聳肩，敲了門。「我把他帶來了！」

不長不短的停頓之後，看似沉重的門驚人輕巧地打開。

燕子一眼從管理室的這個角落掃視到另一個角落，並不覺得裡面的氣氛劍拔弩張。至少，沒有想像中的緊張。

三名被捆綁的職員滾倒在地。右邊的沙發上有另外三人。正面的大型螢幕前，一個高瘦男人和一個微胖微禿的男人站在那裡。高個子穿淺米色的外套，灰色襯衫沒有打領帶。微胖的穿泛白卡其褲和綠色系的夏威夷襯衫。

燕子四處張望，打量整間管理室。到處都沒有看到想像中穿得一身黑的恐怖分子。一手舉著衝鋒槍，腰間掛著手榴彈，鬍碴下的嘴邊掛著嘲諷的笑容，怎麼看也無法在這裡找到那種類型的傢伙。燕子的目光在高瘦男人和微胖男人之間來回。

——是他們嗎……？

「請問……」正想說什麼時，微胖男人忽然用槍口對準燕子。

「哇！」燕子立刻朝上筆直高舉雙手。

——真的是他們……

微胖男人的手發抖，臉泛潮紅。頭頂的日光燈照得額頭上的汗水閃閃發光。

「川原。」高個子平靜開口。「終於見到你了。」

川原始終低著頭，鏡片反射日光燈的光，使他的眼睛看起來像融在光暈中。

「有一種蟲叫做蛔蟲，這種蟲有兩張嘴。」

——他想講什麼啊……？

「那兩張嘴呢，會搶吃食物，結果自己把自己給咬死了。」停下來做一個深呼吸。「你懂嗎？」

完全不懂。依然高舉雙手，燕子心想。他是打算說些聽起來言之有物，實際上莫名其妙的話唬弄川原，然後趁機殺死他嗎？得在被流彈打到前先告退才行啊……話雖如此，現在打斷他的話頭也很可怕。

擊錘的聲音響起。

燕子心頭一驚，回過神來。「那個，我差不多該告辭……」

然而，高個子男人又繼續發表了三十分鐘的演說。一下子是令人感到肛門發癢的不知道是蛔蟲還是蟯蟲的話題，一下子又說起自己的生活如何遭到破壞，不然就是闡述起佛教的地獄觀，內容不外乎這類廢話。

燕子好幾次想告辭，卻一直找不到好時機，畢竟對方採取的是自殺式攻擊，偏偏又喜歡發表演說。儘管對方應該是眼看勝利就在眼前，沉浸於喜悅之中才會展開如此長篇大論，自己要是一個不小心說錯話，難保不會受到子彈波及。

話說回來，為什麼人類這種生物只要一站上優勢，就會忍不住想講言之有物的話呢。燕子想。是想證明什麼嗎？電影也是，壞蛋總不馬上下手殺死主角。明明早下手早了事，卻喜歡在那裡滔滔不絕，下場就是被主角一舉扭轉劣勢。

——那個啦，這傢伙在家一定是長子沒錯。

大部分的長子都會把喜歡吃的食物留在最後享用。至於做弟弟妹妹的，因為不知道什麼時候好吃的東西會被上面的兄姊搶走，所以一開始就會先吃掉。這麼一想，在這種情境下，相對來說長男搞砸事態的機率是否比較高？

「那麼。」高瘦男人說。

如果要形容他的聲音，或許可說和酒足飯飽後那句「買單吧」有共通之處。換句話說，就是心滿意足。

燕子抬起頭。

——差不多了是嗎……

燕子斜眼偷瞥川原。他依然垂著頭，嘴唇看來微微顫動。

就是這時開始感到不對勁的。川原昇嘴巴的動作並不規律。說得清楚一點，那不是顫抖的動作，說是在祈禱嘛，隱約聽到的聲音又太單調。

微胖男人雙手握緊手槍，步步趨近。

燕子雙眼不離槍口，身體側著移動兩、三步。

「向在另一個世界的女孩們道歉。」高瘦男人的聲音冷冽響起。

雙手伸直的微胖男人已逼近到子彈除了川原雙眉之間，不可能射向其他地方的距離。擊錘一直是扳開的。

燕子對即將首次目睹的光景——人類腦漿炸裂的瞬間——感到興奮期待，同時也有一絲罪惡感。

川原的身體並未發抖。因為低頭的關係，看不到他的眼睛。不過，嘴唇一直在動。

燕子的眼神在微胖男人滿頭大汗的禿頂、勾住扳機的濃毛手指，以及川原嘴唇之間來回游移。

微胖男人睜大充血的眼睛，當眾人以為變態川原終於死到臨頭時，川原的身體忽然用力一抖，瞬間，管理室內充斥一股異味。

微胖男人深深皺起眉頭，站在他身後的高瘦男人嘴角上揚。

幾乎所有人同時理解發生了什麼事。

微胖男人脹紅了臉，滿意地瞇起眼睛。燕子的視線落在川原腳下。

深色水漬已全面占領川原的工作褲，連白色帆布球鞋也濕了，地上積了一灘水。

彷彿聆聽福音。看著微胖男人的臉，燕子這麼想。也可以說是陶醉其中。微胖男人連耳朵都發紅，喜悅如川原的小便一般流淌。

微胖男人的手臂肌肉鬆弛了。如果現在有人說臉部肌肉和手臂肌肉是相連的，燕子一定毫不懷疑。男人手中的槍口微微下垂。

「ㄅ、ㄅ……」

燕子斜眼朝川原投以一瞥。他在笑？

川原嘴角上揚。當燕子的耳朵終於聽清楚「ㄅ」指的是什麼時，川原的身體正好騰空跳起。

「脖子！他要刺你的脖子！」

在察覺異狀的高瘦男人大叫聲中，川原手中叉杓的杓柄已插上微胖男人的脖子。

高瘦男人踢翻椅子站起來，卻無法前進幾步，彷彿地板是用黏膠作成的。

抓住微胖男人脖子的川原將叉杓往前轉了半圈。

燕子的第一個念頭是，原來頸動脈就算被割斷，也不會像《椿十三郎》裡的仲代達矢那樣噴濺鮮血啊。相較之下，血液比較像壞掉的馬桶湧出混雜糞便的水，從男人的脖子流出體外。

川原將微胖男人推開，男人伸手去摸還插在自己脖子上的叉杓。

被對方噴了一臉血的川原眼神異樣閃亮，身手矯健如山貓般朝高瘦男人撲。撞翻桌子，椅子也被撞飛。

微胖男人睜大雙眼，眼神徬徨於現實與夢境之間，像是剛從淺眠中醒來的眼睛。然而，他的耳朵還是紅的，嘴角也還留有愉悅笑容的殘渣。或許可解釋為他試圖用嘴角的笑容來混淆眼睛看到的現實。

壓住脖子，表情的上半部與下半部缺乏連貫性的微胖男人踩著踉蹌的腳步走向燕子。

燕子不假思索地後退。

明明腳下沒有任何障礙物，微胖男人卻絆了一跤，身體重摔在地。手依然按住脖子，拚命想辦法要抬起頭，臉終究還是埋進一分鐘前帶來福音的川原小便中，就此一動也不動了。

血的濕氣吸收了恐懼、興奮與問號，管理室內的溫度至少上升了三度。燕子連同汗水一起撩起額頭上的頭髮。微胖男人脖子上緩緩流出的血，逐漸驅逐了維他命色的小便。

燕子伸手摀住嘴巴，血腥味讓他胃部緊縮。隨著微胖男人倒下的動作，視線被他拋在面前的東西吸引。耳邊聽見椅子翻覆的聲音，肉塊相撞的聲音，只傳達了情感卻毫無意義的話語，電腦螢幕掉在地上破碎的聲音，電線短路的聲音……

燕子慢慢蹲下，將那東西拿起來，環顧管理室內。

地上是電腦螢幕的殘骸和正逐步占據白色地面的血液，插在微胖男人脖子上的叉杓、職員們畏怯的眼神、和川原糾纏扭打的恐怖分子、保存槍枝的櫃子、貼在旁邊那扇門上的海報……一切如幻燈片般投影在腦中。

——WHY ME？

「放開他，川原。」

燕子的視線從海報上轉移。

——這還用問？

燕子將槍口對準恐怖分子。

——因為，我就是能一舉扭轉劣勢的男人！

川原只要一激動就容易口吃。有時他發出的笑聲很像驢子嘲笑人類時的吸氣式笑聲，雖然正好符合川原給人的印象，卻令燕子老是一陣煩躁。

「我、我、我記得喔，你的女兒。」川原蹲在身材高瘦的恐怖分子面前。「是、是海之日那個女生對吧？她、她抵抗得可頑強了……所以，我就先、先殺了她。」

這個有姦屍癖的混帳。燕子在香菸瀰漫的煙霧中打量川原。遠看也看得出川原就像一隻興奮的猴子，插在口袋中的右手正握住勃起的陰莖，更是一目了然的事。

雙手遭到捆綁的恐怖分子別過頭。從燕子所站的位置，看不到他臉上的表情。

——別過頭不看川原，代表他不願正視的是現實，還是自己？

「我說你啊……」燕子受不了地開口。「別太過分了。」

然而，川原似乎沒有聽進去。

「她長得和你一模一樣……沒、沒記錯的話，是十二歲吧？沒、沒錯，是十二歲。」

燕子嘖了一聲站起來，走到川原背後，把點燃的菸頭壓上去。「我叫你住口沒聽到啊！」

油膩膩的川原頭髮滋滋燃燒，發出刺鼻的硫磺味。

「好燙！」川原跳起來摸頭。「你、你做什麼啦！」

話雖如此，從他眼中流露出某種親暱情感。就像漫才搭檔裡裝傻的一方被搭檔吐嘈時的感覺。

「你這傢伙啊……」燕子反射性地別開視線。「該不會是故意尿褲子的吧？」

無視自己得意微笑的嘴角，川原眼中瞬間蒙上一層落寞的眼神，不過，在嘴巴察覺之前，那眼神已沉入眼瞳深處。

「我、我從小就會這麼做。」

「從小？你……」

「最、最、最早發現這法則是四歲的時候。只、只要我一尿褲子，媽、媽媽就會非常生氣，還會揍我，可、可是媽、媽媽眼裡最後總是會出、出現一絲悲傷。」

燕子皺起眉頭。

「只、只要媽媽露出那、那種眼神，我、我就知道處罰快結束了。」

「處罰是指……」

「媽、媽媽會把我、我的指甲給……」

川原將雙手放在臉前，手背朝外。燕子一看就皺起眉頭。沒有一片指甲是完好的，不是呈垂直扭曲就是呈水平扭曲，再不然就是幾乎糊成一片，而且十片指甲都白得嚇人。

「只、只要尿褲子，很快就Game over了……尿褲子是一種自我防衛喔。不、不是什麼丟臉的事。臭、臭鼬不也是這樣嗎？牠們放屁不是因為想放屁。很、很可怕的唷。」

「蟬噴尿也是？」

「對、對啊。只要我一尿、尿褲子，大家就……」川原望向微胖的男人。「剛、剛才你也看到這傢伙的表情了吧？大、大家都會露出一樣的表情。」

燕子不知道該說什麼才好。

那是稍微思考一下就能明白的事。別輕易被外表欺騙。就算殺的只是小女孩，殺死十五個人的川原可不是普通的人渣，也不是會悶不吭聲任人踩在腳下的類型。

燕子凝視川原。

不，正確來說，他是試圖改變自己被人踩在腳下的人生軌道。儘管現在這條軌道只會通往毀滅，又有什麼不行？反正不管往哪走都是支離破碎的人生。想做什麼就放手去做做看吧。腦子裡想的和實際上做的完全無關，做了的事與那件事代表的意義更是毫不相干，忘了什麼時候張武伊這麼說過了，好像是尼采的話。換句話說，套用尼采的話來說，川原做出的變態行為和他腦子裡的東西無關。如果只把腦袋裡的東西拿出來看，燕子只能得出川原和自己其實一樣的結論。

——這道裡也不是說不通啦……

從川原身上轉移視線，巡視整間管理室。微胖男人的血泊反射天花板上的日光燈，發出果凍般冷冽的光。

所長的眼神彷彿控訴著什麼，姑且裝作沒看見。川原脫下其中一名職員的長褲，露出莫名蒼白光滑的腿。那名職員胸前的名牌寫著「西嶋」兩字。

一隻大蒼蠅不知從哪飛來，四處盤旋。

朝現在穿在川原身上，原本屬於西嶋的深藍色長褲看了一眼，燕子轉頭望向恐怖分子。

「差一步就成功了呢。」

燕子扶起翻倒的椅子來坐。掏出一根香菸點火，深吸一口後遞出去。

恐怖分子轉動眼珠，視線停留在燕子臉上。

燕子調侃地挑高眉毛。

短短五、六秒間，兩人視線交纏。接著，恐怖分子打開嘴巴。

燕子讓他叼住那根菸。

恐怖分子先連續呼了兩口氣，再深深吸一口。菸頭奮力燃燒。

「你們……」隔著自己的肩膀，燕子朝身後的川原比了比拇指。「是那變態的受害者？」

恐怖分子閉起眼睛。

燕子伸手去拿那包駱駝牌香菸。「隨便，我都無所謂啦。」

兩人默默抽菸，一根又一根。不甚寬敞的室內迅速煙霧瀰漫。

恐怖分子望著燕子，抬了抬下巴，以眼神示意「幫我取下香菸」。燕子從他口中拿掉香菸，丟在地上，用腳踩熄。

「你的朋友……」說到一半，恐怖分子噤口不語，用力吞下口水，重新開口：「眼睛……」

朋友這個詞彙聽起來很微妙。燕子有點不知如何回應。

在這封閉的空間裡，交友或樹敵或許沒什麼太大不同。全都只是在打發時間。燕子心想。要如何稱呼那些與自己有關的人都可以吧？說不定，以打發時間的對象這個定義來說，就連朴志豪也可以算是朋友。問題在於菊池受到的傷害是否令自己火大，自己是否因此想殺了眼前這傢伙？

「不。」燕子說。「幸好沒有。」

「那太好了。」

恐怖分子似乎打從心底鬆了一口氣。但究竟是因為慶幸免於遭受報復，還是為了逃避良心苛責，燕子就不得而知了。

「可以問你一件事嗎？」

「要看是什麼事。」恐怖分子說。

「為什麼要繞這麼一大圈呢？我的意思是說，為什麼不直接弄掉川原的眼珠？」

恐怖分子朝天花板仰頭。「可以再給我一根菸嗎？」

燕子點了一根菸，放進他嘴裡。在叼起香菸前，恐怖分子的表情有一瞬間顯得放鬆。至少看在燕子眼中是這樣。

「如果是你會怎麼做？」煙霧和話語一起吐出。「這種狀況下，如果想親手殺死一個人，你會怎麼做？」

燕子搖頭。

「第一件事就是增加選項。最麻煩的事……」香菸前端滋滋燃燒。「就是我們被當成只以川原為目標的良心人士。一旦被這麼認定，能選擇的範圍就會大幅縮小。為了推翻已經成型的既定關係，才會被迫做出那麼殘忍的事，或許。」

——關係啊……真想讓張武伊也來聽聽。

「所以才連不相關的人也下手？」

「這是想得到的最好的權宜之計。再說。」恐怖分子停頓了一個呼吸。「反正不管怎麼走，等在前面的都是地獄。」

就算橫豎都是地獄，現在這個地獄和三十分鐘前的地獄完全不同。燕子這麼想。三十分鐘前，嗯，是英雄會下的地獄。那裡至少一定有菸有酒吧。說不定閻羅王有時還會叫滾石合唱團來開個演唱會。但是現在呢？現在他面臨的是敗犬被人踹著屁股跌下去的地獄。在那裡的只有大便、嘔吐物、同性戀和後悔。

「你們所做的事。」燕子說。「我認為很有勇氣。」

——可惜你們只掌握了川原的生殺大權三十分鐘。相較之下，被殺害的女兒失去的卻是永遠的時間……

「有好幾條路可選擇，問題是……」

恐怖分子抬起下巴，燕子取走他口中的香菸。

「光從客觀的角度判斷，不知道哪個才是最佳選項。」

「對自己來說的最佳選項？」

「對，對自己來說。」

「敢碰那個我就殺了你。」

「你、你幹嘛生氣啊，燕子。」

川原縮回想去拿手槍的手。

「這傢伙殺了十五個人。」恐怖分子說。「然而，並非所有受害者家屬都採取行動。他們和我們有什麼不同？」

——有什麼不同啊……

對關係的接受與反抗。容易接受的體質和容易反抗的體質。兩者有根本上的不同嗎？英雄式的反抗難道就比消極式的接受更偉大？反過來說也一樣令人存疑。嘲弄型的接受與衝動型的反抗，在本質上並沒有不同。

——一樣都是反抗，像張武伊那種捅人屁眼的方式，造成的傷害還比較少，說不定更好。

「算了……」燕子將手槍插入腰間，自言自語：「那種事怎樣都無所謂啦。」

燕子保持坐姿，抬起頭斜眼看川原。「你幹嘛？」

「怎麼辦？」

「什麼怎麼辦？」

「還問什麼……當然是接下來的事。」

「…………」

沙發區傳來呻吟聲。

轉頭一看，發出聲音的人反覆發出誇張的呻吟。燕子走過去，撕下對方嘴上的膠布。

嘴巴脫離膠布的瞬間，發出聲音的人「嘶」地倒抽了一口氣，表情因痛楚而扭曲。拿起膠布一看，上面黏著大量鬍鬚。那個人鼻子底下的鬍鬚所剩不多。

「所長……」

「辛、辛苦了。」所長眼眶泛淚，人中有點滲血。「來吧，快幫所有職員鬆綁，剩下的事交給我們就好。」

燕子朝地上兩臺電腦螢幕的殘骸看了一眼，接著望向還活著的三臺電腦螢幕。其中一臺沒打開電源，另外兩臺則散發朦朧藍光，游標停在某個輸入欄位上閃爍。

燕子吐出最後一口煙圈，將香菸扔在地上。

「快，快點幫我們鬆綁，我可以縮短你的刑期，也可以動用所長權限讓你外出。」

從椅子上站起來時，背後傳來聲音。

「那是輸入密碼的欄位。」回頭一看，恐怖分子筆直的視線朝燕子投射。「要不要做個交易？」

「交易？」

恐怖分子眼睛連眨也不眨一下。

所長口中發出不明所以的呻吟。

「等一下，你們該不會……」燕子再次用膠布貼住所長的嘴巴，迅速往電腦前飛奔。「讓開！」

踹倒坐在那裡的川原，再次抓起椅子。從口袋裡取出眼鏡，視線掃過畫面。腦中匆忙將英語轉換為日語。「我看看……什麼時候需要輸入密碼……連上指令頁面時，啟動『瞠目』時，讓『瞠目』進入休眠狀態時，解除晶片程式時……」

燕子臉泛潮紅。

——等一下，想清楚，有幾種可能？

第一，密碼這件事本身是個謊言。第二，就算對方所言不假，密碼也可能有誤。第三，這件事是真的。如果和這傢伙交易，他說的又是真的，對我而言好處就是剩餘十八年的刑期可以一筆勾銷。燕子以近幾年來最快速度動著腦筋。和恐怖分子交易卻行動失敗的話，刑期會延長多久？嘴角自然浮起笑容。吃屎吧，反正都要關十八年了，多延長個一兩年又怎樣？

「那麼……」燕子把椅子轉了半圈，身體面向恐怖分子。「在下該做什麼才好呢？」

燕子移動滑鼠游標，隨便對準一個攝影機圖示，點擊。

電腦螢幕上出現畫面的同時，室內的大型螢幕上也投影出同樣的畫面。

「喔喔，是圖書室。沒半個人在啊，也難怪啦。」

接下來，再把游標移到一個看似調整音量的圖示，朝畫面右邊拖放。

螢幕上的影像跑得很順暢。在圖書室牆上的時鐘上點擊兩下，螢幕上就出現放大的時鐘，顯示時間剛過下午兩點五分。

燕子抬起頭，看看管理室內的時鐘。

「原來如此。」

視線重回螢幕。

點擊擴音器圖示，喇叭裡立刻傳出聲音。

「這超簡單的嘛。」燕子操作游標拉出其他攝影機。「不過，我還是辦不到。」

「為什麼。」

「因為我沒有理由殺死川原啊？」

大型螢幕上出現餐廳的影像。

「喔喔！」

聚集在攝影機前的人看似減少了幾分。朴志豪和他的同夥一臉癡呆，抬頭望著攝影鏡頭。操作攝影鏡頭，使其左右擺動，可以看到不少人坐在桌邊。將畫面拉近、放大。找到趴在桌上的阿百。點擊兩下。

「竟然在睡覺……」

「要不然，你放開我。」恐怖分子說。「我來殺。」

兩個選擇。一是殺死川原，獲得密碼。二是放開恐怖分子，獲得密碼。

「要是那麼做的話，我會被殺吧。」

「我保證讓你活著。」

「不是說會被你殺啦。」

燕子放開滑鼠，從香菸盒裡掏出最後一根駱駝牌。將空的菸盒揉成一團，丟進垃圾桶。菸盒打中垃圾桶邊緣彈開，掉在地上。

「聽好了，我整理一下狀況。首先，殺死川原不在我的選項裡。我不可能為了能不能用都不知道……不，連是否存在都不確定的密碼殺人。就算真有密碼，我也不做這種事。」

燕子瞄了川原一眼。川原傷痕累累的臉愈來愈紅。

「放開你也不行。要是這麼做的話，大概走出管理室兩分鐘後，我就會被那群陷入混亂的人渣……」腦中首先浮現的具體畫面是朴志豪的臉。竟然在菊池保之前先想到朴志豪，儘管燕子無法接受這樣的自己，暫且還是先把話說完吧。「從脖子或頭上刺下去了吧。就是這麼回事。你的要求我沒有一點能辦到。換句話說，這場談判似乎只會以破裂收場？不過，讓我們試著回到原點。」

燕子讓恐怖分子抽一口菸。

「你們的目的是殺死川原。但是，如果現在被逮住怎麼辦？好好服刑，在監獄裡從長計議似乎也是個不壞的主意啦。要是不想那樣的話，你就得想個辦法離開這裡……我指的是除了被裝在屍袋裡搬出去之外的辦法。你把密碼告訴我，我讓你握住刀子，趁我逃走的時候，你自己想辦法割斷那條繩子，趁這裡還沒被警察伯伯包圍，趕快逃之夭夭。這是唯一的辦法。」燕子做一個深呼吸。「是吧？」

恐怖分子的視線鎖在燕子身上，皺起眉頭。

「有想到什麼的話，別客氣儘管說。」

這麼說著，燕子重新轉身面對電腦螢幕。

「我憑甚麼相信你？」

「好問題。因為，姑且不論你做的事是對是錯……」燕子豎起右手食指，轉身面對恐怖分子，咧嘴一笑：「我喜歡。」

肥大的蒼蠅繞著微胖男人的屍體，拍動翅膀發出嗡嗡聲響，旁若無人地在管理室內飛來飛去。看在燕子眼中，逐漸冰冷的微胖男人簡直就像一隻被拔掉翅膀的蒼蠅。或許微胖男人無法成佛的靈魂化作那隻蒼蠅了也說不定。

「西班牙製？」燕子玩弄手槍。「這是駱馬卡曼奇手槍對吧？」

沒有回應。

「點三五七麥格農彈？為什麼選了這麼古典的武器啊？」只是隨口問問，並未期待得到答案。「我原本也有一把貝瑞塔，你知道嗎？貝瑞塔手槍？」

「義大利製。」

燕子故作誇張地睜大眼睛。「是我的馬來西亞人夥伴跟他跑船的麻吉買來的，像玩具一樣的槍。雖然不難用，或許該說不太適合我……」

隔著工作褲，燕子撫摸屁股上的槍傷。

蒼蠅停在電腦螢幕上。半是理所當然的，燕子伸手趕走牠。蒼蠅像小小的子彈般飛起，在管理室內四處磕磕碰碰，最後又停回同一個地方。

蒼蠅三度飛回同一個地方。忘了在哪聽說過這種事，內心興起想確認的衝動。再次朝蒼蠅揮手，這次牠沒有飛起來，伸出前腳專心撫摸觸角。燕子嘖了一聲，把手伸過去。這次蒼蠅飛起來了，帶給燕子小小的滿足。目光追隨蒼蠅在空中不規律地飛行軌道，叼著香菸的恐怖分子的臉從右邊往左邊離開視野，川原的臉則從左邊往右邊離開視野。

蒼蠅第三次停在電腦螢幕上，吸引了燕子的目光。看來那個說法是真的。蒼蠅前腳併攏。即使朝牠伸手，牠也沒有想逃的意思。

瞥見恐怖分子嗤之以鼻的笑容，彷彿代替蒼蠅發笑。

這觸動了燕子內心的某個開關。

用力砸上電腦螢幕。打扁蒼蠅的噁心感覺衝破腦門，腦中同時想像起自己的手映在蒼蠅無數複眼中的畫面，內心竊笑。

踢翻椅子站起來。椅子倒地的聲音宛如展開什麼之前的禮炮。慢慢抽出腰間的手槍，瞄準目標。香菸從恐怖分子嘴裡掉下來。

手指用力，彈匣緩緩旋轉。

「砰！砰！砰！砰！」嘴裡一邊這麼喊，燕子連續扣了四次扳機。

硝煙刺激昏昏欲睡的眼睛。嘴裡充滿鐵鏽味。

搞不清楚狀況的視線，換句話說，管理室內所有人的視線朝燕子集中。

越過他們頭頂，燕子打開鎖頭被轟爛的武器櫃。

「左輪手槍……哇，有六把？子彈和頭盔、防彈背心……這是什麼？」

打火機、瑞士刀、警棍、電擊棒、電池、瓦斯面罩、橡膠手套、手銬，還有——

「看看這個。」

燕子抓起手榴彈，出示給恐怖分子看。「到底打算拿這東西做什麼啊」一邊這麼自言自語，一邊將手榴彈放回櫃子，取而代之的是拿出一把手槍。史密斯威森警探特裝型左輪手槍。打量了一會兒，取下彈匣，朝裝了子彈的盒子伸手。

「要拿來殺人的工具，美國製最好。」

川原發出怪聲，開始不分青紅皂白亂踢那些職員。

裝滿六發子彈，燕子再朝另一把槍伸手，同樣為這把槍裝滿子彈。接著，對站在接待區的川原說：「夠了沒啊你，帶著手機跟我來。」

川原像蒼蠅一樣用力從沙發上跳起來。

燕子蹲下來，讓視線與恐怖分子一樣高。「我這邊準備好了。」

恐怖分子的表情像當機的電腦。電腦當機了怎麼辦，沒錯，只能重開機。

燕子把卡曼奇放在恐怖分子大腿上。「凱撒的歸凱撒，恐怖分子的歸恐怖分子。」

「要、要選哪一個？」

回頭一看，雙手拿滿手機的川原站在那裡。燕子不發一語抓過其中一支，另外幾支電話從川原手中掉落，在亞麻油地氈上彈跳了幾下。

接待區傳出模糊的呻吟。很顯然地，對方說的是「好好考慮清楚」。只可惜對燕子而言，所長呼籲投降的聲音完全不值一聽。

「差不多該做決定了。」燕子望進恐怖分子的眼裡。接著，將瑞士刀放在他被捆綁的手上。「連蒼蠅都飛回同一個地方三次了唷。你一定也辦得到才對吧？」

「你……」恐怖分子開了口，聲音顫抖。「如果……如果那密碼不行怎麼辦？」

燕子的表情變得嚴峻。

「不、不是，我的意思是，如果密碼錯誤的話。」

「到時候……」燕子聳聳肩，斜眼朝所長投以一瞥。「只是回到日常罷了。」

9

一打開餐廳門，三行和阿百就衝上來。

餐具、玻璃碎片、嘔吐物和眼珠散落一地的餐廳裡已幾乎沒有人。只有手腕和腳踝被手銬交叉銬住的職員們躺在角落。

「怎麼這麼慢！」三行雙手抓住燕子肩膀。本來就已經夠壯觀的胸大肌，現在更因興奮與期待而劇烈起伏。「我們走吧！」

「咦？」

「快走吧！」阿百像個彈簧一樣跳起來。

「等、等一下啦。」燕子制止激動的兩人。「你們怎麼會知道？」

「怎麼會知道……」三行說著轉向阿百。「你說呢？」

「擴音機一直沒關喔。」

「咦，真的假的？」

「大家都走了。」阿百催促。「我們也……」

「等一下等一下，菊池先生呢？」

「他們組裡的人帶走他了。」阿百說。「先別管這個了……」

「我叫你等一下！我和三行哥就算了，你最好別跟來吧？」燕子交給三行一把手槍：「那裡面有六發子彈。」
「為什麼？」阿百噘起嘴。「為什麼要說這種話？」
「因為，你不是還剩一年而已嗎？」
「唔。」
「我說你啊。」燕子伸出食指，在阿百額頭上彈了兩下。「稍微用點腦子好嗎。」
「燕子。」川原說。
「三行哥，我們從菜園中間穿越過去吧。」
「喔喔，我也這麼想。」
「順利的話，只要出了國道，總有辦法弄到車子。」
三行瞇細眼睛點頭。
「燕子……」
「那就這樣囉，小不點，保重。」三行把手槍往腰間插。
「不要叫我小不點。」阿百說。
「那就這樣了，阿百。」
「燕子！」川原抬高音量。
「幹嘛啦！吵死了！」
川原垂下眼睛。「我、我也可以跟你們一起去嗎？」

「你自己看著辦。」

燕子的意思是「你自己隨便找個地方去」，聽了這句話的川原卻是頓時表情發光。

燕子愣住了一瞬間。真是失策。目光情不自禁游移，正好和若松吾郎的視線對個正著。

「燕子……」鼻血弄髒了嘴巴周圍，左眼腫脹得完全看不見的若松勉強擠出聲音。「燕子……別走，你和其他人不……」

「你想說我和其他人不同嗎？」燕子轉向若松。「先別說這個了。你沒事吧？」

「燕子，別做那種事，好嗎？反正你們一定逃不走的。」

「看來是沒事。」

若松又說了些什麼，聽不清楚。

「若松先生，我喜歡你這個人。」燕子把手槍插在腰間。「不過，我不是說過嗎？」

「燕子……」呻吟般的聲音，微弱得幾乎聽不見。

「狗改不了吃屎。」燕子大言不慚。「雖然不知道在你心目中，我是個什麼樣的人，可是，狗一看到籠門打開就想逃，一看到骨頭就會撲上去啃吧？」

若松吾郎凝視了燕子好一會兒，最後才垂下眼睛。

「那我們走吧？」三行說。

「嗯。」

燕子朝若松投以最後一瞥，和三行一起往外衝。甩掉腦中的雜念，以最快的速度飛奔。

川原也跟在他們身後。

阿百不發一語，目送三人背影離開。

張武伊那夥人和其他人應該往管理大樓正面去了吧。順利的話，或許能開走職員停在那裡的車。燕子原本也想走這條路，不過，這代表追兵第一個想到的一定也是這條路。

燕子和三行一口氣衝過操場，熟悉的長椅被雨水打溼，寂寥地立在那裡。

沿著圍牆朝菜園狂奔。川原的身影落在遙遠的後方。距離天亮還有一段時間，雨已經小很多了。

來到隔開菜園與「營地」的一公尺寬圍牆邊，燕子和三行停下腳步。

「三行哥……」燕子把手撐在膝蓋上，抬頭望向三行。氣喘吁吁，汗水與雨水沿臉頰滑落。「你想吃什麼？現在。」

汗水散發霧靄般的蒸氣，從三行黑色的身影微微飄散。他也一樣氣喘吁吁。「漢堡王？」

「漢堡王？不錯耶。還要來一杯熱咖啡。」燕子「呸」地吐出口水。「雖然沒錢。」

「有地方可去嗎？」

「哪裡都可以嗎？」

「中華街？」

「臺灣、中國、新加坡、馬來西亞。」

「上次說的那個朋友？」

「你說阿植？」

「我跟你一起去也沒關係嗎？」

燕子站直身子，攤開雙手。「華人是這樣的，朋友的朋友就是朋友。」

三行咧嘴一笑，下巴朝黑暗中抬了抬，那裡有個人影逐漸接近。

「我還是來了。」

「你是白痴嗎？」燕子說。

「小不點就是學不會忍耐。」這句是三行說的。

「不要叫我小不點。」阿百喘得肩膀起伏，看來是拚了命跑來的。他一邊擦著沿臉頰淌下的汗，一邊看了看燕子和三行。「不走嗎？」

「等一下川原。」三行說。

「為什麼？」

黑暗中，隱約聽得見川原彷彿用抖音唱歌一般呼喊燕子名字的聲音。

「終於來了。」燕子說。

從黑暗中現身的川原，就像被人從海底拖出來的深海魚。

「為什麼啦，為什麼要帶這種人一起走。」

「好了啦、沒關係啦。」三行勸阻阿百。

「你還好吧？」燕子說。

「你、你在等我嗎？」

「算吧……」燕子不置可否。

三行悄悄繞到川原身後。

「你、你是白痴嗎？」川原轉向阿百。「燕子，你要帶這小矮子一起走嗎？」

「不准你這麼說！」阿百一副要揪起川原領口的樣子。「你說誰小矮子啊！」

不過，在阿百動手前，三行已從背後舉起川原。

搞不清楚狀況的川原，垂著雙手任憑擺布。

三行就這樣邁著大步往前走，走到圍牆邊，把川原扛上肩膀。

「住、住手！」

三行毫不理會川原的吶喊，伸手將他朝圍牆外拋。

三人屏住氣息。

圍牆外，傳來川原身體掉進泥濘的聲音。

「好像沒事。」燕子說。「眼珠。」

「原來是這麼回事。」阿百點頭。

三行轉頭：「那我們走吧？」

「話說回來，那個啊。」三行說。「這裡完全沒有汽車經過耶。」

「那當然，這種鬼地方，更何況是現在這時間。」

「我睏了，好想睡覺。」阿百揉著眼睛。

「你不是睡過了嗎？」

「為什麼連這都知道……」

「一舉一動都瞞不過監視攝影機喔。」

一行人剛從寫著「距離九號營地還有五公里」的標示牌旁通過。

「要是有車經過，絕對要擋下來。」

從剛才到現在，這句話三行已經重複說了五次。

「啊！」燕子忽然沒頭沒腦大喊出聲，嚇得所有人倒抽一口氣。「阿百，那個的結局咧？」

走在最前面的三行轉身。「你是說金髮女人和律師那個？」

「說到哪裡了？」

「說到律師投降認輸，給了金髮女人五十美金還是一百美金那邊。」

「然後，律師問金髮女人答案到底是什麼，金髮女人就……」

不料，這次阿百還是無法把故事說完。

直線延伸的道路前方，兩道車頭燈正緩緩朝這邊接近。

「希望之光啊！」三行大叫。「絕對要擋下來喔！」

「川原。」燕子用安撫的語氣說。「別氣了啦？」

走在最後的川原昇什麼也不說，逕自從燕子身邊走過。正確來說，他並不是什麼都不說，其實嘴裡嘟嘟噥噥的，不知道嘀咕些什麼。

燕子聳聳肩，追上川原，和他並肩往前走。「我可以發誓，是三行哥擅自那麼做的。」

嘴上這麼說著，燕子的眼睛片刻不離逐漸靠近的車頭燈。

直視前方，滿身泥濘的川原說：「你為何不阻止他？」

「我要怎樣阻止？」

川原橫眼怒視燕子，加快腳步。

「川原。」燕子再次追上。「你看到那車頭燈了嗎？」

「廢話。」

「如果不擋下那輛車會怎麼樣？」

「…………」

車頭燈以一定速率確實接近。光暈從黑暗中切下一塊被雨淋濕的柏油路面，再往後面拋去。除了隱約可辨的引擎聲，只聽得到無精打采的青蛙叫。

「你能不被追兵逮住，用走的走到街上嗎？」

「…………」

「你想被逮住，回去當人家的性奴隸嗎？」

「你、你想要我怎麼做？」

燕子將全副精神集中在那兩道救贖之光，車頭燈看起來就像追著引擎聲跑。斑駁的中央分隔線隱隱浮現，黑暗逐漸稀釋。

「什麼都不用做啊。」

揣摩時機，只轉動視線，確定三行和阿百已經完全躲進偏離道路的草叢後。

「只是有件事……」

——還不到時候……

——再等一下……

燕子克制自己。

霧氣般的雨模糊了視線，車頭燈前映照出無數金絲。汽車引擎的聲音轟走了蛙鳴。

——就是現在！

對著光線瞇起眼睛，燕子伸出雙手，猛力朝川原昇推了一把。

緊咬著柏油路的輪胎發出尖叫聲，車頭燈如隕石般逼近。川原昇蒼白的臉映在燈光裡，下巴脫臼似的張大嘴佇立，眼珠因光反射而散發紅光。

川原得好好感謝開車的司機才行。

引擎吼得更大聲了，只見大燈一擺，右側車輪騰空，車頭朝三行他們的方向撞去。光線之中，三行和阿百露出宛如大便失禁的表情，分別朝左右兩旁跳開。

汽車飛越路旁水溝，先衝上路邊堤防後翻覆滑落。車頭衝撞水溝，車身再轉半圈，四個輪胎才重回柏油路面。

四下充斥著橡膠味。

無視一旁呆若木雞的川原，燕子朝汽車衝去。奔向駕駛座，拉出裡面的司機。司機掉進泥濘之中，泥水噴進燕子眼睛。

滿身是泥的三行和阿百從草叢裡衝出來。

鑽進駕駛座的燕子把手伸向鑰匙，試圖發動引擎。然而，經歷了這番突如其來的特技飛行，引擎似乎受到驚訝，不輕易受擺布。

「幹！」

踩下油門，持續使勁扭動鑰匙。到了第五次，引擎終於發出期待之中的咆哮。幾乎與此同時，三行與阿百也衝上車了。

「GO！」三行吼叫。

以幾乎要將沒關上的後車門拋在原地的氣勢，車輪發出尖銳的摩擦聲。車身迴轉，在強烈的離心力作用下，三行的頭撞上窗玻璃兩次。

此時變速箱跳檔，引擎發出憤怒的聲音。燕子在轉速表指針歸零前用力踩下離合器，抓住排檔桿切入二檔。排檔像個正在咳痰的老人，排回正確檔位的感覺貫穿全身。

「幹！」

油門踩到底，轉速指針一口氣快轉，像被男人踹開仍不死心攀住對方大腿的女人，車速緊追著轉速表。可惜只有聲音聽起來很英勇，實際速度頂多只能說是爬坡中的三輪車。

燕子不斷發出不耐的嘖聲。

阿百拉長身體，想抓住依然大開的後車門把，整個人在燕子視野裡不斷左右搖擺。川原昇的身影閃過車頭燈前，只見他像隻青蛙一樣蹲踞蜷縮。

伴隨著一陣撞擊，車身倏地向前傾。

「好痛！」

迅速瞥了一眼，只見一團黑影直擊阿百的臉，被撞飛的阿百由左往右，消失在後照鏡之外。

「川原！」三行大叫。

燕子放鬆踩油門的腳。握住方向盤的手一晃，後車廂門便自行關上了。

被阿百牙齒撞破額頭的川原睜大的雙眼占據整面照後鏡。不過，阿百的腳隨即把那雙眼睛踢出照後鏡外。流著鼻血的阿百看起來就像一隻青鬼。

燕子猶豫了一下，才再次踩下油門。

紅色的ALTO WORKS壓過水窪，衝進夜色中。

載著四個人的ALTO，順利地馳騁於單線道上。

車內的電子時鐘熠熠發光。時間是早上四點五十分。儀表板上有一包菸。是一毫克的Salem Pianissimo。

「女人的菸？」三行說。

「剛才那個駕駛，是個阿姨喔。」

燕子叼起一根Salem，整包遞給副駕駛座的三行。三行也叼起一根，再整包丟給後座的阿百。

燕子開窗，三行也這麼做。風闖入車內，帶走香菸的煙。

「燕、燕燕……」川原開口。「燕、燕子想殺、殺了我吧。」

所有人的動作瞬間停止，彷彿身體被川原剛才說的話纏住。

燕子嘖了一聲。

「你、你只想要自己得救，打算殺、殺了我吧。」

「我並不是想殺你。」

「以、以結果來說，我、我可能會死耶！」

那是平靜卻緊迫逼人的聲音。對微胖男人脖子下手時的川原身影閃過眼前，燕子暗自祈禱現在川原手中沒有叉杓。

「以結果來說不是皆大歡喜嗎？」燕子拚命鞭策愈來愈不靈光的腦袋。「那是我經過精密計算……」

ALTO加快速度。

「你、你騙人！」

「沒有騙人喔。」不負努力，大腦以及與其相連的嘴巴慢慢找回靈活度。「我不是放慢速度，好讓你即時跳上車了嗎？」

「…………」

三行和阿百都不吭聲，默默聽他們對話。

「我利用了你是事實沒錯，可我並沒有只想著自己得救就好。」

「反、反……」川原頓了一頓，嗓門沒那麼大了。「反正我、我會記住這件事就對了。」

那彷彿從丹田深處竄出的聲音，讓燕子內心的加速器一口氣掉到紅字區。

踩下煞車，為了營造自己很冷靜的形象，緩緩將車停在路肩。

引擎空轉的震動傳遍整個車內。

聽見三行吞口水的聲音。甚至覺得聽見阿百眨眼的聲音。

燕子為自己保留足夠的時間後，才用完全不帶感情的眼神望向照後鏡中的川原。

「好啊，你說會記住這件事，然後想怎樣？」

川原什麼也不說，凝視著燕子。

「我們把話說清楚。」燕子頭也不回地說。「我想做的是擋下那輛車，可沒打算殺了你。以結果來說，或許你可能被車撞了，不知道變成什麼樣，可是，凡事難道只看結果來下定論嗎？」

「…………」

「尼采不是也說過類似的話？」燕子在內心感謝張武伊。「腦袋裡的東西和實際做出的事無關，不是嗎？」

雙手交握，放在方向盤上。發表無意義的言論時，就要配合無意義的動作。也可以仿照菊池的說法，把這當作這是一種規矩也行。這麼一來，即使是負面乘以負面的事態，結果也可能出現正面答案。燕子很清楚這一點。只要讓川原稍微嗅到哲學的味道就對了。

「只因為你做出的事與導致的結果，人們就把你視為變態。你能原諒這樣的社會嗎？」想說服自我意識過剩的人渣，最好的方法就是把責任推給社會。「現在的你和社會上其他人有什麼不同？」

川原的表情出現動搖，像隻上鉤的鰕虎魚。不過，他的眼神依然持續小小的抵抗。

「你想要的不就只是獲得自由嗎？」

燕子給川原夠多的時間思考，一直等到時鐘從五點三分顯示為五點五分。

「這就是自由。」燕子宛如舞臺劇演員般攤開雙手。「而我們所有人都為了自由付出該付出的代價了。說到底，不就只是這麼回事？」

後照鏡中，川原的眼神游移。

「怎麼樣?我跟你的交情不該談誰欠誰什麼吧。」燕子內心暗自竊笑。無論何時，能隨心所欲操弄人心都是一件愉快的事。抿緊嘴唇，往後座轉頭。「為了我們彼此的自由，不如你在這下車吧？」

川原低下頭，想逃開燕子的視線。

「看你怎麼打算囉?我都可以。」

川原縮得像被揉成一小團的垃圾。

「既然如此。」燕子停頓一個呼吸的時間。「在我心情恢復之前閉上你那張嘴。」

將剩下的哄騙工作交給沉默，燕子重新轉向前方，發動ALTO。

副駕駛座的三行搖搖頭，嘟噥了一句「真可怕」。

燕子聽見阿百嘖了一聲。

「三行哥，打開收音機吧。」

雜音取代了香菸的煙霧。沒聽到插播新聞之類的內容，只有聖經朗誦、三味線音樂、韓語教學、夏威夷樂曲……

「出來是出來了……」燕子把菸蒂拋向窗外。

「接下來怎麼辦?」三行朝駕駛座轉身。

「什麼?擔心將來的生活?你閃開一點啦!」阿百推開川原，自己往前座擠。「交給我就對了!」

「記得你老家就在這附近?」

「總之先去我們辦事處吧。」

「有個小不點老大的？」三行說。「叫什麼來著？」

「雷皮亞啦。」

燕子望向照後鏡裡的阿百。「那什麼意思？」

「一種雙面刃的短劍。」

「噗，短劍。」三行笑出來。「跟你的老二一樣？」

「混蛋，臭老頭……」

川原忍笑的聲音令車內瞬間陷入靜默。

「不過，說真的啦。」三行點起今天第二支菸。「再來怎麼辦？」

「是啊……」燕子說。

「走嘛，燕子哥。我介紹大家給你們認識。」

「雷皮亞的大家嗎？」燕子歪了歪頭。「我怕怕。」

「所以呢？那是在哪？」三行問。

「碼頭那邊。」

「你覺得如何，三行哥？」

「阿植那邊呢？」

燕子伸手去轉收音機旋鈕。「首先得打電話到馬來西亞去才行。」

「去我們辦事處打啊。」

「也好……」

「那就恭敬不如從命囉？」

「這麼一來，問題是……」燕子一邊用手指輕輕敲打方向盤，一邊朝後座撇了幾眼。接著，斜眼望向身旁的三行。「怎麼辦好？」

「喔……」了一聲，三行不置可否地轉移視線。

「這種人。」阿百不屑地說。「找個地方丟下不就好了。」

川原抬起頭，用祈求菩薩垂憐般的眼神注視燕子。

「我想想……」燕子從照後鏡上別開視線。「那樣做好像又太可憐了？」

這當中一半是真心話。不過，另外一半，其實是打著或許可以拿川原的命去換檢舉獎金的主意。接下來要怎麼辦也還沒有頭緒，只有一件事可以肯定，那就是在這樣的狀態下，只有錢能搞定一切。

川原揚起嘴角，臉上滿是扭曲的笑容。

「三行哥覺得呢？」

「我沒意見……」

「我說阿百。」燕子說。「總之先帶著他不行嗎？」

盯著後照鏡中的燕子看了好一會兒。阿百才嘖了一聲，重新把身體靠上後座椅墊。「真拿你沒辦法。」

「好，那就這麼決定了。」三行發出幹勁十足的聲音，像是拉開了一顆慶賀彩球。

燕子點點頭。收音機裡傳出中板節奏的歌曲，嘴巴自然跟著做出反應。「……彷彿夏天結束時～的那片天空～」

「喔喔。」三行的聲音裡帶有驚嘆號。「你喜歡 THE ROOSTERS？」

「怎麼？」燕子的聲音裡除了驚嘆號，更多了一點什麼。「三行哥也喜歡嗎？」

樂曲進入間奏。

「你看了《爆裂都市》嗎？」

「三行錄影帶收藏室裡就有這部電影喔。」

「電影本身是一部垃圾就是了。」

「音樂倒是很不錯。」

「什麼什麼？」阿百插入話題。「最近的歌手？」

「這首歌。」三行摸著下巴上的鬍子說。「歌名叫什麼來著？」

「呃……咦？什麼來著？」

間奏結束，燕子荒腔走板的歌聲與三行低沉沙啞的聲音，掩蓋收音機流洩的歌曲。

東方天空開始泛白。

即將掀起嶄新的序幕。

雨停了，濕漉漉的柏油路反射曙光。ALTO在這條路上往東滑行。

我有個壞毛病
不由分說破壞身邊的一切　失控到天明
我有個壞毛病
不管碰到誰都要出手　一整晚幹個不停

我有個壞毛病
只要能獲得想要的東西　無論多難看的事也做

總有一天美好的早晨會來臨
一如夏天結束時的天空

10

ALTO開入福岡縣境內。

從剛才開始，燕子已偷瞄了後照鏡好幾次。一輛銀色的賓士一直跟在後面。

「阿百。」燕子將視線轉回前方柏油路上，然後將手機往後座丟。「先打個電話給你朋友。」

「也對，說得也是，總需要先換衣服什麼的嘛。」阿百從座椅上起身。「燕子哥身高多高？」

「一百八十二。」

「大叔咧？」

「八十七。對了，你跟那個恐怖分子說了些什麼？」

「嗯……」燕子含混帶過。現在實在沒有力氣自說自唱，太累了。「一些有的沒的。」

最少要先睡上八小時，肚子也餓了。再說，後面那輛賓士也叫人放心不下。還有，前面那輛在保險桿上貼著「我要用全世界的語言污衊你」貼紙的小貨車也很礙眼。香菸沒了，燕子捏扁Salem Pianissimo的紙盒。

三行一個人講個不停。

說川原是自作自受，說自己基本上不討厭恐怖分子的做法，說如果自己有女兒的話，原則上二十歲前的門禁，再怎麼妥協最晚也只能到七點。接著他又說，追求自己女兒的男人至少該記住的事是不能看也不能摸女兒脖子以下的部位，除非女兒放棄這段關係，否則對方不能先放棄。兩人交往時不能坐在床上、沙發上或任何比漆上可口可樂廣告的木製長椅更軟的地方，不能去視線所及之處看不到父母、老師、警察、和尚、神父或尼僧的地方，不能去陰暗場所及肢體密切接觸的場所，也不能在溫暖得只需要穿一件T恤、運動背心或細肩帶背心的地方約會。如果去看電影，基本上只能看阿諾．史瓦辛格演的片子。最後，三行表示自己的叔叔持有獵槍和一座山，在山裡挖個洞對他來說也完全不是問題。

阿百一邊操作電話，一邊對三行說的話哈哈大笑，適時答腔，罵了川原四次「變態」，針對「男女一起去看電鋸頻繁出現的恐怖電影」一事發表簡短的褒貶評論。

川原半翻著白眼，難以判斷他是醒的還是睡了。他始終遵守燕子的吩咐，一句話也不說。連被阿百罵「變態」時散發的殺氣，也在剛才減弱了。

前面那輛MARCH第三次錯過右轉機會，後面那輛賓士按了喇叭。至少超過五秒，那刺耳的聲音都沒有停下。彷彿在怒吼「MARCH會這麼吊人胃口都是你們的錯」。

三行和阿百同時嘖了一聲，向後轉頭。比他們慢半拍的川原也轉過頭。

強行變換車道，讓ALTO插入直行車陣之間。不顧號誌燈即將變色，賓士竟也學著做了一樣的事。

燕子用力踩下煞車，力道大得差點連底盤都要踹破。

輪胎發出尖叫聲。

燕子的胸口壓上方向盤，三行的臉則撞上擋風玻璃，阿百與川原屁股騰空。

賓士撞上來，脖子直接承受了撞擊力。跟在後方的車輛紛紛按響喇叭。

三行的禿頭比他那巨大的身軀慢了一拍才回到副駕駛座。阿百摀著鼻子。川原卡在後座和副駕駛座中間。

輪胎冒煙。

不過，四人絲毫不在意這件事。看看彼此，瞬間獲得確信。

——不是自己想太多！

電子音正以令人不愉快的強度掠過頭蓋骨。

「這、這是怎麼回事！」三行怒吼。

「按、按了這個之後就變這樣……」阿百戰戰兢兢遞出手機。「該不會，這顆按鈕是……」

「給我！」燕子搶過電話。

四顆腦袋同時湊向螢幕。

畫面上，眼球圖案的插畫，正緩緩掀開眼皮。

「哇啊！」燕子抬起頭。「這、這不是清醒者嗎？」

眼球差不多半睜半閉時，電子音開始從拖長尾音的方式改成以一定間隔中斷的「第二階段」。

「快、快想想辦法！」三行抓亂頭髮。「不快一點的話……」

「快、快、快阻、阻、阻止……」川原已經無法顧及燕子的吩咐。

燕子死命轉動滾輪。以眼球圖案為背景，各種圖示浮現又消失。

「快、快點！」三行雙手咚咚敲打儀表板。

「眼睛、我的眼睛……」

眼球終於全部打開，耳邊響起「清醒者」的旋律。

熟悉的旋律。手指一邊著火似的轉動滾輪，燕子的心思仍不自覺被那首反覆播放的旋律牽走。終於想起那是Wham!合唱團的〈*WAKE ME UP*〉時，腦中的電子音也幾乎同時進入「第三階段」。

汗水直流。腦中的喬治・麥可正在唱他們一九八〇年代的名曲。「在妳離去之前，請叫醒我……」輕快的旋律與短促間歇響起的電子音形成不協調的音色，對神經造成刺激。

「已經不行了！」

「啊啊啊……」阿百雙手蒙眼。

燕子繼續轉動滾輪，眼前閃過半張開嘴的菊池那對眼窩。

圖示不斷變換。「履歷」、「受刑人名單」、「密碼」、「行事曆」、「模式」、「旋律」、「初步設定」……

「啊、找到了！」燕子大叫。

「讓它停下來！」

「真的？真的嗎？」

「快、快快、快一點讓它停、停下來……」

燕子轉動滾輪，讓它停在寫著「瞠目」的圖示上，跳出兩個選項。一是「現在馬上瞠目」，另一個是「今天就先這樣吧」。

「應、應該選『今天就先這樣吧』？」

「什麼都好啦！」

「就、就是那個啦，燕、燕子哥，一、一定是那個！」

選好，點擊。跳出「BACK TO SLEEP？」的確認訊息，再次出現兩個選項。「YES or NO」。

——YES！YES！YES！

所有人緊盯著燕子掌心裡顯示「清醒者」的液晶螢幕。

眼球插畫緩緩閉起眼瞼，等到眼睛完全閉上，畫面上不時浮現「Zzzz……」的字母，與此同時，腦中的電子音也消失了。

燕子快速巡視每個人的表情，想從他們臉上得到確認。「停了吧？」

阿百最先點頭。

三行的禿頂脹得通紅，就算冒出煙來也不奇怪。「總覺得，好像還聽得到聲音……」

「原來不用密碼也能啟動清醒者啊……」

ALTO車內充滿鬆了一口氣的喟嘆聲，阿百做了總結。「又、又不是吉本……」

川原忽然發出「啊」的怪叫，把其他三人嚇了一大跳。還來不及跟隨川原眼神望去，耳朵先聽見有人敲打駕駛座窗戶的聲音。

那是個黑髮梳成飛機頭，一臉鬍碴，戴墨鏡，穿米白色雙排扣西裝配水藍色襯衫的男人，正用帶有深意的笑容往車內看。

燕子遲疑地打開窗戶。

「你好。」男人說著把臉湊上來。

燕子反射性地低下頭。

男人下巴朝賓士方向抬了抬。「那可是很貴的。」

四人隔著後座擋風玻璃望向賓士。保險桿稍微撞凹了一點。

不知是誰發出「哇啊啊」的聲音。

和賓士相比，ALTO右半側完全凹陷，車體傾斜，正冒著白煙。

——哎呀……

「撞都撞下去了也沒辦法，讓我看看你的駕照。」

——哎呀……

轉頭看三行，他搖搖頭。

轉回去看男人，燕子說：「沒帶。」

「無照駕駛？」

男人表情瞬間發光，故意做出同情的樣子，一頭鑽進ALTO駕駛座。

「這樣的話，到我們辦事處來談談吧？」

——辦事處？

燕子想了一下，看了看三行。知道三行腦中想法尚未成型，於是望向阿百。阿百輕輕點頭。燕子確信阿百和自己想的是一樣的事。視線回到三行身上時，他已露出恍然大悟的眼神。換句話說，能從眼前這一幕得利的人，可不只這個賓士男。

只要迅速瞥一眼車道就知道，比起ALTO，那輛賓士對交通造成更大的妨礙。不過，一看到從賓士車上下來的男人長相，沒有哪個駕駛敢按喇叭。一群女高中生隔著對向車道站在人行道上觀看事態發展。尚未開始營業的肯德基前，有個上班族將行動電話拿在耳邊。

——得快點才行……

燕子用眼神表示「開始行動」，三行率先開口：「你是流氓？」

「你說啥？混帳！」

「混哪裡的？」燕子問。

男人緊皺眉頭。「混哪裡關你屁事！」

「仔細想想，是你先撞上來的吧？」

「你說啥？」男人瞪視阿百。「喂，有種再說一次！」

「肇事原因是你沒注意到前方車輛狀態吧。」

「那傢伙是怎樣？」男人再次轉向燕子。「你們幾個這是什麼態度？」

「好了好了。」燕子說。「冷靜點、冷靜點。」

男人揪起燕子衣領。

「那傢伙只是智力發展比較遲緩啦。」

「你講這樣太過分囉，燕子哥。」

燕子瞪了後照鏡裡的阿百一眼。「別喊名字啊，白痴！」

「白痴。」三行附和。

「怎麼連大叔都這樣啦。」

燕子往副駕駛座探身，在三行耳邊輕聲低語。三行發出輕笑。

「你們幾個，少瞧不起人！」男人上半身鑽進駕駛座。「聽好了，給我下車……」

一臉不為所動的表情，燕子扭轉對方的手，輕易使其脫臼。

「痛痛痛……搞什麼，混帳，放開我……」

抓住那抹了滿滿髮蠟的頭髮，啟動關窗鈕。電動車窗發出悅耳的嗡嗡聲，玻璃陷入男人的脖子，喉嚨發出喝水時不小心把水吸進氣管的嗆咳聲。

「我說你啊。」燕子拿掉男人臉上的墨鏡。「連我們不是善良百姓都看不出來的話，還是別學人家當流氓比較好。」

男人翻白眼，流口水，臉色脹得發紫，額頭浮出青筋。

燕子將窗戶稍微搖下一點。

「眼睛不好嗎？還是墨鏡不好？」重新為他戴上墨鏡，轉頭朝向副駕駛座。「如何？」

「這樣好像香港的偶像明星呢。」三行發表肆無忌憚的感想。

「混、混蛋……給我等著……」

「那麼，我們換車吧？」

「我我我！」阿百舉手。「讓我開！」

燕子朝男人投以一瞥，什麼也沒說。因為想不出該說什麼好。燕子知道，說不出帥氣的話時，保持沉默才是最酷的事。既然說不出帥氣的話，那就閉嘴。燕子認為可以把這條列入自己的人生規矩。

「三行哥，我從你那邊下車。」

「給、給我等等……」

從後照鏡中看到阿百和川原已換乘上那輛賓士。

「三行哥？」

「這套……」三行朝駕駛座探身，湊到男人臉前發出認真到不行的疑問：「是亞曼尼的嗎？」

真是好車，燕子心想。好車可以建立人的自我認同。俗話說「乞討三天就戒不了當乞丐」，這句話有點難理解，說不定應該改成「開名車三天，就能構成那個人的原始印象」才對。好車、好西裝、好女人。通往墮落的三大事物。換個方式形容，這些東西就是老大，而毒品、賭博、不動產，就是為老大賣命的小弟。至於人類嘛，則是再為那些小弟賣命的跑腿嘍囉。

打開車頂的賓士SL500敞篷車，在行經福岡縣外圍幾個城市後，很快就要進入福岡市區了。

「這車跑起來就是不一樣。」阿百將左手肘伸出窗外，只用右手操縱方向盤。凡賽斯的墨鏡反射早晨的陽光。「不愧是賓士大大。」

「三行哥。」坐在後座的燕子說。「為什麼你會覺得那傢伙的西裝是亞曼尼啊？」

「啥？喔？因為跟以前看過的電視影集主角穿的很像。」

男人那套西裝對三行來說太小了，所以，他只拿走水藍色的襯衫，胸口緊得隨時可能綳開。可惜西裝也不是燕子喜歡的類型，結果只有阿百拿了西裝外套和墨鏡。

「是《邁阿密風雲》嗎？」

副駕駛座上的三行轉過頭。「你看過？」

「他是想模仿裡面的角色桑尼吧？」

「『只要有二十五分錢就會對我開槍，有七十五分錢就會割我的喉嚨，有一元五十分錢就會把我裝進水泥桶丟下海的男人』。」三行這麼說。「用《邁阿密風雲》裡的方式來說，剛那位桑尼大概就是這種人吧。」

「也是啦。」燕子說。「如果只看臉的話。」

「確實，如果只看臉的話，這傢伙看起來還不是很像查理士・布朗遜。」

川原昇用「不好笑」的眼神瞥了三行一眼。

雖說梅雨季還有一陣子才結束，升起的朝陽、陽光的角度、漸高的氣溫、輕透斷續的薄雲、輪胎輾過柏油路面時的乾燥觸感，以及收音機裡歡暢的廣播節目主持人，一切的一切都令人感受不到濕氣。

11

對岸是成排的銀色塔狀大型儲藏槽。

儲藏槽中段印著黑色的「博多港倉庫」字樣。黑色船身上寫著白色大字「LNG」的船，在儲藏槽前下錨。三行說，運油船也會開進來嗎？阿百說，那個叫做LNG船。三行又說，你只是照上面寫的唸而已吧。阿百告訴他，LNG船就是運送液態瓦斯的船。

碼頭西側，搬運貨櫃的卡車與貨車進進出出，這裡是陸運公司及海運公司林立的地帶。

賓士開在右方的貨櫃山和左方的大海之間，朝太陽的方向奔馳。

白色豪華客船的側面船身印著「SUN CRUISE」字樣，煙囪裡湧出雲朵狀的白煙。身穿深藍色西式翻領外套，胸前別著英氣煥發的徽章，排成一列的船務員們在柔和的日光下等待某些人或某些東西。

陽光普照的世界。儘管這形容了無新意，燕子還是認為，無論船務員們等的是人還是東西，眼前就是個陽光普照的世界。

收音機裡傳來慢板饒舌歌。

阿百默默握著方向盤，後照鏡中只看得到他筋疲力盡的飛機頭。

三行在放倒椅背的副駕駛座上打盹。後座的川原被他放倒的椅背壓得走投無路。

成排廢棄的倉庫一直延伸到碼頭東側，只是安安靜靜地佇立於此。相同表情的倉庫、像安裝了定時裝置的規律海浪聲、鐵鏽與石油的氣味，這就是全部。朝陽凸顯了倉庫的陰影，將世界撕裂為光明與黑暗。投射在柏油路上的深濃黑影彷彿從好久以前就滲透地面，今後也將永不離開似的。

轉了不知道第幾個彎時，賓士銀色的車身駛向一輛失去所有輪胎的廢棄車，停在車尾後方。拉起手煞車時的嘰噫聲蓋過了空轉的引擎聲。

「鏘～鏘！」

阿百回過頭，轉動車鑰匙熄火。廣播戛然中止。

隔著道路，對面有三座紅磚倉庫聳立。無論哪一座倉庫牆上都用噴漆畫了滿滿色彩鮮艷的塗鴉。勉強能判讀出其中包括雷皮亞的英文拼寫「RAPIER」。

正中央的倉庫右前方，有三臺用鐵欄杆框起來的自動販賣機、兩輛機車，還有一臺紫色的雪佛蘭科爾維特跑車。

倉庫正面兩側各有幾級短階梯，前面有個穿黑色登山褲的男人，正拿著水桶朝不知是嘔吐物還是什麼潑水。上了階梯的平臺中間是一扇高達將近十公尺的生鏽鐵門，旁邊還有另一扇進出用的小門。

「嗯？……到了？」

三行邊打哈欠邊問，問完又躺回椅背。川原大嘆了一口氣。

鐵門上掛著沒點亮的霓虹燈管，坐鎮其上的是一塊寫著「KOOL & KOOL MILDS」的招牌。右鄰的倉庫二樓還有另一塊寫著「龍翔TATOO」的招牌向外突出。

輕柔的海風吹過倉庫街。

燕子將遮住眼睛的頭髮往後扒梳，打了一個大呵欠，再順勢伸一個懶腰，然後下車踏上柏油路。海風吹亂頭髮，在關上車門之前，燕子看見自己的腳踩在一汪混合了油和嘔吐物的水窪裡。

燕子原本說「我們是不是先在車子裡等比較好」，阿百卻說沒關係，也找不到反對他的理由。走在幾公尺前方的阿百已經越過車道上斑駁的中央分隔線了。

燕子和三行並肩前進，川原應該跟在身後吧，不過，就算沒跟上來也無所謂。

單手提著塑膠水桶的男人中斷工作站起來。就在阿百要從他身邊經過時，男人舉起右手，輕輕放在阿百胸口往後推，嘴上說了些什麼。

燕子停下來，把鞋子上沾到的嘔吐物蹭在地上。

倉庫的影子正好在阿百和男人之間拉出一條界線。男人視線落在阿百腳邊，又說了兩三句話。或許是不讓他跨過那條界線的意思。

阿百伸出雙手，將男人強行往後推。

喂喂喂，三行說。

男人一個踉蹌，手中水桶掉落，空洞的聲響在倉庫街上迴盪。

男人保持平衡，站穩身子後攤開雙手，慢慢朝阿百走去。歪著頭，嘴邊雖浮起誇大的笑容，遠遠望去仍可看出他並未掉以輕心，與阿百保持固定距離。

喂喂喂喂，三行又說。

忽然聽見一個精神抖擻的聲音。阿百指著自己心臟附近：「RAPIER IS HERE！」

不知所措的不只燕子和三行，男人也有一瞬間露出驚嚇的表情。接著，他立刻換上完全不同的表情，攤開的雙手改為舉起，表示投降。

「RAPER IS HERE？」

阿百聞言轉頭一瞪。「是RAPIER啦，臭大叔，雷．皮．亞！被你講得像強姦犯一樣。」

再次轉向那個男人，阿百用拇指指了指那輛科爾維特：「陽在嗎？」

「啊、是，在辦事處。」

男人奉承地抬眼看了看阿百，隨即低下頭，一副搞懂乞丐其實是王子的模樣。

「阿百？」燕子一邊對男人點頭回禮，一邊說：「我看我們還是在車子裡等比較好吧？」

「是啊。」三行也說。「看你這樣子，很難說等一下會發生什麼事啊。」

「不許你們胡說，沒問題的。」

「跟你原本說的完全不一樣嘛。」

「哪裡不一樣。」

「你啊。」三行搖搖頭。「在這裡根本吃不開啊？」

「才、才不是咧，這傢伙是新來的啦。」

「真的嗎？」

「別、別鬧了，大叔。我啊……你這傢伙！」阿百轉向那個男人。「你認識我對吧？」

「啊……呃……啊……是！」

「…………」

三行自言自語地嘟噥：「我就知道。」

「你、你這王八蛋，別害我丟臉！」

「對、對不起……」

「老實說，你老實說，不用怕，好嗎？」三行把手放在男人肩膀上。「其實你不認識這傢伙對嗎？」

「沒這回事……我認識他……」

「你夠了喔，臭大叔！」

三行故意不理會阿百。「說真的，到底怎樣？」

「不、真的……因為健哥他……」

「健哥？」

「我啦，就是在說我！」阿百說。

「健？你名字叫健喔？」

「不行嗎！」

「總之。」三行名符其實低頭睥睨阿百。「反正你這傢伙一定只是個小嘍囉。」

「你說什麼啊，臭大叔，王八蛋……」

不知何時，亮出一口黃牙咧嘴微笑的川原來到一旁。那浮腫的眼皮隔著油膩的鏡片看來蒼白得詭異。川原那張像是樂在其中的臉，看起來就像剛被吐出，猶有餘溫的嘔吐物。燕子別開頭，裝作沒看見。

阿百率先邁步踏上倉庫旁的鋼筋階梯。

辦事處位於倉庫三樓。

也不敲門，阿百嘴裡喊聲「唷」，用力把門推開。屋內圍著一張圓桌的四個男人頓時踢翻椅子起身，其中三人拔出手槍。唯一一個沒拔手槍的人，手上抱著嬰兒。

大叫一聲「哇！」，燕子和三行雙手筆直高舉。舉手投降的原因當然是因為對方拔槍，發出怪叫聲的原因則不只是這樣。

川原嘴裡的牙齒格格打顫。

一邊小心翼翼窺看屋內狀況，阿百一邊以戒慎恐懼的聲音問：「……陽？」

「啊？」

屋內，一個三十歲左右，穿著紫色外套和淺粉紅色襯衫的男人轉頭望過來。男人的黑髮和阿百一樣向後梳成飛機頭，為長相添色的不只下巴的鬍鬚，從右側太陽穴到臉頰上有一條閃電般的刀疤。

「健！是你啊！」

「陽？」阿百一臉彷彿踩到大便的表情，手摀著嘴。「你在幹嘛？」

「什麼，咦？這怎麼回事……我才想問你在幹嘛咧！」阿百口中那個叫「陽」的男人嘖了一聲。「可惡，我看起來像在幹嘛？」

「你這麼問我也……」

「我現在正忙著呢。咲子那傢伙離家出走了啦。」

圍著圓桌的四人表情放鬆下來，將手槍收進外套口袋。

阿百確信燕子、三行還有川原也都看到同樣的東西。

——真的假的……

放下雙手的燕子陷入輕微的既視感。男人暴露在眼前的黝黑屁股，令他想起張武伊的屁股。

屁股縫裡挾著一件皮製的丁字褲。還不光只是這樣而已，被屁股擋住看不見的地方，應該有個人跪在與腰部等高的位置，就在這顆屁股前幹某件事。

「不是叫你們幾個把門鎖上嗎！」陽朝圓桌方向怒吼。

桌旁四人面面相覷，有人聳肩，有人翻唇咧嘴，有人忍俊不住。不知是誰說了一聲「你說鎖？不是鎖上了嗎？」引起所有人哄堂大笑。

陽怒目而視，然而，抱著嬰兒的男人悻悻然的一句話，立刻壓抑了他尚未爆發的怒氣。「噓～好不容易才哄睡了。」

裡面那間房間傳來沙啞的咳嗽聲。不是陽的聲音。如果說聲音來自那間門敞開的房間，咳嗽的除了蹲在陽面前那人之外，別無其他可能。事實上，燕子如此確信，三行大概也有一樣想法。

聽見唸咒般莫名其妙的聲音，轉頭一看，川原正用雙手抓頭。歪掉的眼鏡斜斜卡在額頭上。燕子猜想，他應該是想起張武伊對他幹的好事。

所有人的視線集中在川原身上，連那跪在陽身前的人也不例外。一個鼻下蓄著白鬍，臉上戴著老花眼鏡的禿頭老先生，從陽的屁股另一端探出頭來。

「陽？」各種打擊直襲阿百。「你、你在做什麼……」

不過，阿百一句話還沒說完，燕子就聽見金屬彈開的微細聲響。

「打開了嗎？」陽立刻追問。

禿頭老先生手插在腰上，吃力地站起來。看似剛做完一件勞心勞力的工作，鼻頭滾落大滴汗珠。他穿著一件白色圍裙，胸口印有「世界鎖行」的字樣。

在老先生完全挺直腰前，陽已用手壓著丁字褲衝進後面的房間。

圓桌方向傳來笑聲。

「他老婆啊……」桌邊某人說。「跑掉之前趁陽睡著的時候給他穿上貞操帶啦。」

「這已經是第三次了。」世界鎖行的老先生一邊將一根細鐵絲狀的工具收進胸前口袋，一邊這麼說。「真是有完沒完。」

「我才想抱怨呢。」抱著嬰兒的男人答腔。「每次咲子一離家出走，我就得負責照顧美紅，體會一下我的心情好嗎。」

世界鎖行的老先生嘆口氣，慢慢走向圓桌，伸手去拿放在上面的工具箱。

「開鎖的！」正在紫色長褲腰頭繫皮帶的陽走出來。「幫我打一把備用鑰匙。」

世界鎖行的老先生收下開鎖費，先看了陽一眼，才打開辦事處的門。門完全闔上前，聽到他又嘀咕了一次：「真是有完沒完。」

三行聳聳肩。恍神的川原感覺還差一步就要進入悟道的境界。或許是光線的影響，總覺得他頭髮的顏色好像淡了點。

「所以呢？」陽攤開雙手。「現在是什麼情形？」

「喔……」阿百眨著眼，宛如大夢初醒。「難怪……」

陽瞇起眼睛。

「不是啦……剛才樓下那個人跟我說『現在社長誰也不見』。」

「不是不見。」圓桌那邊又有人大聲說。「正確來說，是不能見才對。」

忍笑的聲音像四處爬動的昆蟲，陽則一副吃了黃連的表情瞪著圓桌邊的眾人，用眼神催促阿百說話。

「在那之前，先讓我們吃點東西吧，陽。」阿百說。「還有，也需要可以替換的衣服。」

陽默默凝視阿百，接著，宛如探照燈的視線依序掃過三行、燕子和川原。目光在川原臉上停留了一會兒，皺起眉頭像是想起了什麼。最後似乎沒想起來，甩甩頭，轉而朝圓桌方向點頭。其中一人起身走進後方房間後，陽的視線回到川原臉上。

燕子大概猜得到陽試圖想起的是什麼。

陽的雙眼如同大霧散去後的晴朗天空一般澄澈，與此相反地是眉間深深的皺紋。

「他是川原昇喔。」阿百說。「幾年前吧，有沒有，那個假日開膛手。」

不知是否錯覺，陽的眼睛看起來往上吊高。川原不安的視線在自己腳下游移，燕子開始後悔帶他一起來。

抱嬰兒的男人起身，發出椅子翻倒的聲音。川原身體一顫。

陽激昂地往前跨出一步。

「總之。」阿百先快速瞥了燕子一眼，出言制止陽。「等一下會好好說明清楚。」

陽望進阿百眼中，語帶深意地說：「所以？現在什麼情況？」

阿百再次振奮起來，得意洋洋地用雙手拍拍自己胸脯。不過，才剛要開口，陽的拳頭已對準阿百腦門敲下。頭骨撞上水泥牆的笨重聲音在室內迴響。

燕子與三行彼此斜眼瞥了對方一眼。

陽豎起食指，指著按住頭的阿百鼻頭。「該叫陽舅舅才對吧？」

剛才走進後面房間的男人回來了，說著「只有這種衣服」，將拿來的東西放在沙發前的茶几上。

燕子和三行不知所措地站在原地。

陽摟住阿百肩膀，露出稱不上溫柔但還算親切的笑容。「我是這個笨蛋的舅舅。」

穿上一樣的白色T恤，燕子與三行在陽的帶領下，坐在灰色沙發上。T恤背後印著手寫字體的「STINKY PINKY」。裸著上半身的阿百背對半圓形大窗，大剌剌地翹著二郎腿，坐在陽身邊。

現在換陽抱在手上的嬰兒，除了頭髮較稀疏及眼神太犀利之外，從五官看來，長大之後鐵定是個美女。小嘴巴裡正不斷淌出口水，教人擔心她最後會不會被自己的口水淹死。嫩黃色的口水兜上，刺著「PEANUTS GANG」字樣的刺繡。

美耐板貼皮的藍色茶几上，放著兩份六罐裝Coors啤酒，四塊披薩，滿滿一籃炸雞和一堆小山高的炸薯條。

「好囉，吃吧。」

大搖大擺地說著，阿百為燕子和三行拉開拉環，啤酒潑撒出來。

陽讓嬰兒抓住一塊披薩，自己並不伸手拿啤酒，只以迫不及待的表情迅速環視在場所有人。

阿百嘴裡咀嚼食物，用「傷腦筋啊」作為說明事態的開場白。

事情從阿百在夜店刺殺一名秘魯人開始講起，幸運的是秘魯人撿回一條命，阿百只以殺人未遂的罪名被關進「九號營地」。在那裡，第一個和他說話的人就是同房的三行。一開始阿百還以為三行是同性戀，最初一個月睡覺時都在懷裡偷揣著一把叉杓。接著，他又說起自己在獄中並不討厭戶外勞動，以及韓國人試圖圍毆他時，幸虧有人出手相救。後來才從三行那裡聽說，原來那個人就是燕子。雖然稱不上結黨成派，和人脈相對來說較廣的燕子混在一起之後，阿百就比較少和別人起爭執了。另外，受到燕子和三行的影響，自己也開始重訓健身，現在在健身椅上已可舉起七十五公斤的重量。一手拿著啤酒，一手拿著炸雞，阿百又說了一夥人經常在圖書室讀笑話大全，以及燕子會說中文和英文的事。

「講重點！」在陽的這聲叱喝下，阿百才輕描淡寫地說明了這二十四小時內發生的事。

講到菊池爆眼球那段時，還特意加入咕嚕、啪嘰之類的狀聲詞，聽得圓桌那邊陸續有人發出不愉快的呻吟。講到搶奪賓士車的過程時，所有人都聽得哄堂大笑。當陽罵他「你明明只剩下一年，為什麼就是這麼忍不住」時，阿百反駁的理由是「我才不想以處男的身分迎向二十歲呢」。

陽的夥伴們圍著圓桌，一邊吃花生，一邊傾聽這邊的交談內容。

川原被安排和那些男人們坐在一起。燕子心想，如果不是在這種情況下，川原一定會用貪婪的眼神凝視那嬰兒吧。事實上，川原確實盯著嬰兒，只不過，他的眼神追逐的是嬰兒小手上握住的大塊披薩。看來，川原也需要一件口水兜。

電視開著沒關，只把音量調小聲了點。

說明告一段落時，燕子第三次伸手去拿啤酒。

「對了。」陽在外套口袋裡摸索，接著，朝圓桌方向大喊：「香菸！」

接過香菸，陽先敬了三行一根，然後是燕子。阿百自己從被丟在茶几上的包包裡拿出一根菸，四顆頭湊在一起，用陽的打火機點燃叼在口中的香菸。

「我家這笨蛋承蒙兩位照顧了。」

四人一齊吞雲吐霧，照進室內的光線中飄浮著細細的塵埃，香菸的煙霧蓋過了那個。

「這傢伙從小就黏著我。」陽抓著阿百的脖子，搖著他說。「結果卻變成這樣……健，都是你這傢伙害的，正月大家聚在一起時，我被姊姊狠狠教訓了一頓！」

嚼著炸雞的阿百聽到，瞬間停止嘴裡的動作。「老媽還好嗎？」

「她哭著說不知道是哪裡把你教錯。其實全部都是我的錯。」陽朝燕子他們望去。「不是開玩笑的，我可是花了不少精神在教育這傢伙，甚至買了迪士尼的錄影帶全集給他看呢。」

「賣掉偷來的摩托車，用那錢買的對吧。」

「笨蛋！錢就是錢，你懂不懂。」陽用力瞪了阿百一眼。「結果，你們知道這傢伙做了什麼？」

燕子聳聳肩。

「他把錄影帶拿去小學賣給同學，一捲一千！真不敢相信。」

圓桌那邊又爆出笑聲。

「不過，說真的，你們幾個接下來打算怎麼辦？」陽往前坐。「總不能一直待在這裡……如果想離開日本，應該也不會找不到管道，只是需要錢就是了。」

「大概需要多少？」三行問。

「人蛇販子從中國帶一個人來的價碼大概是兩百萬到三百萬，你們的狀況不一樣，大概會被敲更多吧。」陽這麼說。

「連對中國的窮人都這麼獅子大開口，跟日本人要的不知道會是那價碼的幾倍。」

「陽！」圓桌那邊有人大喊。

其中一人站起來，調高電視音量。

所有人的眼光，同時集中在昏暗的辦事處角落，工業用大型電風扇旁那散發微微藍光的電視螢幕。

畫面裡是熟悉的景物，如今擠滿了採訪記者。螢幕右上角有該新聞節目的地球圖案標誌。

……記者再重複一次。今日，也就是七月十三日凌晨，九號營地發生受刑人集體逃脫事件。是的……警方正在追查原因，同時在主要幹道實施臨檢，除此之外，並呼籲附近民眾加強警戒。詳細狀況尚未釐清，目前正在進行逃脫者名單及逃亡路線的確認工作。根據了解，獄方職員無人受傷，但從中央管理室運出一具身分不明的屍體……是的……根據了解，驗屍報告出來後縣警將召開記者會說明。今後問題的焦點將集中在兩年前殺害十五名女童的人犯川原昇下落，以及追查為何犯人逃亡時，防止逃獄的系統，也就是一般稱為「瞠目」的程式沒有即時啟動。警方正在衡量是否公開監視攝影機畫面，這也連帶影響了受害者保護組織GOV今後的動向，本臺將繼續追蹤……

新聞播報途中，畫面上斷續打出川原的黑白照片，彷彿要將川原的臉烙印在全體國民的潛意識中。那張眼神凶狠，梳著三七分髮型的大頭照每次在螢幕上放大，圓桌周圍就會爆發歡呼，花生殼如碎紙屑飛舞。

川原泛紅的臉上，像個始終默默努力，終於獲得在百老匯出道機會的演員，充滿期待、自信與不安。

「中、中央管理室那具屍體，也、也是被、被我幹掉的！」

圓桌邊的不知道誰大喊：「唷～假日開膛手！」

抱住嬰兒的陽手臂變得僵硬。

燕子猶豫了一下，不知道該不該說出川原這條命可能換得到懸賞金的事。不過，最後還是沒有說出口。因為他不認為一個擔心女兒安危的父親，會做出任何讓嬰兒暴露在危險之中的事。

陽重新抱好懷裡的嬰兒，靜靜地從沙發上站起來。嬰兒抓在手裡亂揮的披薩擦過陽的左肩，使那個部位顯得油膩發亮。不過，陽似乎無心在意這個，嘴唇抿成一條線，抱著孩子走進後面房間。嬰兒從陽的肩膀上探出頭，揮著手說「嘛嘛、嘛嘛」。

燕子看了阿百一眼，一手拿著啤酒的阿百聳聳肩。川原在圓桌那邊說了些什麼，引起一陣笑聲。

陽左手抱著嬰兒，右手拿著一條類似皮帶的東西，很快地走了回來。嬰兒揮舞雙手，想去抓那條皮帶。陽直視圓桌，從燕子身後走過。所到之處，飄過一陣含有披薩與香水氣味的風。

陽將皮帶丟在圓桌上，薄薄的花生皮飛起來。坐在圓桌邊的所有人，包括川原都閉上嘴。

電視聲音比剛才清晰了一些。

嬰兒依然發出「嘛嘛、嘛嘛」的聲音，掙扎著想衝進那座花生小山。

陽使個眼色，最早抱著嬰兒的那個男人站了起來。男人看著陽的眼睛，嘴裡說著「美紅來抱抱、美紅來抱抱」，將嬰兒接過去。

「二選一。看你是要立刻離開這裡……」陽指著那條皮帶，對川原說：「還是要穿上這條貞操帶。」

12

飯廳裡的三人盯著無聲的電視螢幕看。

出現在畫面上的是國會議事堂。前方道路滿是人車，無數標語牌，布條與旗幟飛揚。統一身穿橘色T恤的GOV運動者及支持者占據了整個畫面右方。T恤正面大大印上被川原昇殺害的女童黑白大頭照，背面則印著「TURD ON THE RUN」字樣。和「九號營地」的囚犯制服相同配色。

凱薩出神地望著那一片橘色的畫面。

——TURD ON THE RUN，人渣正在逃跑啊……

這三天來，電視每天都在做相關報導。監視攝影畫面公開了，「九號營地」防止入侵的警衛體制有所缺失一事也引發一番話題討論。警方已對身為此次入侵行動執行犯之一的飯島好孝發布全國通緝警報。

政府召開臨時國會，與會者一致對「局部開放執行清醒者」提案表示贊成，如此一來，搜查警員可跳過繁瑣的法律步驟，依照自身判斷決定是否執行「清醒者」。討論內容於是轉移到將「瞠目」從睡眠狀態解除的「清醒者一號電波」是否該以全國範圍發射。最大的贊成派是公民團體GOV，連日來，與持反對意見的幾個人權組織領袖、電視名嘴及法學專家在電視節目上爭論不休。

不過，無論平時如何，在面對這波緊急事態時，GOV的聲勢顯然打從一開始就居於上風。發射「清醒者一號電波」並不會危害到任何人的性命，只要明白這個事實，輕易就能獲得大多數國民的同意。GOV

發起全國規模的示威遊行，要求政府發射「清醒者一號電波」，更不忘趁機提出團體向來的主旨：「恢復死刑」訴求。

一副自詡救世主口吻的主播在電視上說：「示威遊行或許是廢除死刑導致的必然結果。」

「我去看一下網頁。」丟下這句話，龍馬起身離開餐桌，走進沒開燈的昏暗走廊，樓梯隨即傳來吱嘎作響的聲音。

「沒時間了……」蝙蝠喃喃低語。

「對不起。」凱薩從包包裡拿出一根香菸。「明明還差一步就要成功了，都是我的錯。」

「不是凱薩兄的錯。GOV裡有贊同我們行動的人，除了他們提供的情報，龍馬兄的網頁那邊也不斷收到電子郵件，一定沒問題的。」

「但是，只能乾等實在是……」

「還有許多對我們的行動表示理解的國民，有時等待也是很重要的喔。」

凱薩低著頭，噴出一口煙。總覺得這三天來，香菸的煙完全沒有消散，全都囤積在這張桌子底下。滿是焦痕的桌面上有空啤酒罐、燒酎空瓶、茶杯、吃到一半的便利商店便當、熱水壺、兩包MILD SEVEN香菸和百圓打火機、這三天來從未清空的菸灰缸，還有隨意丟在那裡的兩把駱馬卡曼奇及一把史密斯威森。

根據新聞報導，「九號營地」的一百八十二名受刑人中，逃脫的有一百零十四人。二十四小時內已有二十一人被臨檢攔下，十六人主動到派出所自首，在第二個二十四小時中有七人拜「局部開放執行清醒者」之賜眼球爆出眼眶，四人遭警察擊斃，三人死於不知名人士之手，兩人被自己人檢舉逮捕。

第一天，陽和他的手下離開辦事處後，燕子立刻打電話到馬來西亞。阿植的妹妹說不知道哥哥去哪裡工作，也聯絡不上人，燕子只好請她傳話，一接到阿植那個混蛋聯絡，就要他立刻回電。

這段期間，三行和阿百一直盯著電視不放。興奮的阿百本想打電話給所有朋友炫耀，被三行勉強阻止了。川原躺在沙發上睡覺，那股天塌下來也不為所動的踐樣倒是令燕子相當佩服。

看完傍晚六點半的新聞，三人才各自找地方躺下。

不確定沙發上的阿百怎樣，但燕子知道，三行只花一分鐘就陷入熟睡。開始打盹前，外頭傳來汽車防盜器使人神經斷線的警報聲，最後一次看了時鐘，當時是九點四十分。再下一次看時鐘的時間是十點五分。接下來是三行起身小便的凌晨十二點五十五分，到此為止，燕子始終躺在黑暗中與三行的鼾聲及樓下夜店撞上天花板的節拍聲搏鬥，焦慮、苦惱，敲打牆壁，詛咒老天，或者如一縷遊魂般四處走動。上完廁所回來的三行爬上上鋪，啐了一句：「吵死了，根本睡不著，乾脆來喝啤酒。」

辦事處裡的阿百正在呼呼大睡。川原昇的手與那臺工業用電扇以手銬相連，人躺在鋪在電視機前的墊子上。陽為什麼會持有手銬，燕子也沒問。

兩人走出屋外，下樓。

三行和白天差點跟阿百吵起來那個小哥借了黑色的登山褲。原本設計寬鬆的登山褲，穿在三行身上，長度勉強到小腿。燕子跟陽借了蠟染圖案的短褲。兩人在附近晃盪四十分鐘，好不容易找到有賣酒的便利商店，不料要結帳的時候才發現，彼此身上都沒有半毛錢。無可奈何之餘，只好沿著海岸散步回辦事處。

白天時沒有發現，原來碼頭的東西兩側一到晚上就和白天對調。西側的商業區大樓燈火熄滅，停滿整齊的卡車，一切都佇立在黑暗中。相對地，東側的倉庫街上全是倉庫改造的夜店和地下酒吧，隨著夜幕低垂而復活。霓虹燈、喧囂、酒、女人、震耳欲聾的引擎聲……

儘管到處都是外觀相似的倉庫，遠遠就能看見「KOOL & KOOL MILDS」的招牌。鐵門上方「STINKY PINKY」的霓虹燈散發粉紅色的光芒。倉庫前停著十幾輛摩托車。聚集在自動販賣機前的年輕人、從佐世保一帶來的美軍和攀在他們身上，穿著暴露的女人。燕子心想，一般人大概不會靠近這一區吧。

在出入口前收票的，是白天那個小哥。經過他身邊時，明明也沒拜託什麼，他便擅自說了「請進」，把門推開。瞬間，差點被潮水一般的重搖滾音樂淹沒。

店內來客大概七分滿，正面有條半圓形的長吧檯。吧檯裡，五名調酒師正忙得團團轉。牆上的酒架排了滿滿四層酒瓶，陽說光是龍舌蘭就有兩百種。

酒架上方以等距間隔立著六把燃燒的火把，更上面還有個巨大的十字架。釘在十字架正中央接受酷刑的是一具哈雷引擎。挑高的空間裡掛著一幅大螢幕，從二樓座位區望過去，正好可以看得一清二楚。現在正在播放的是AC／DC的演唱會。穿著熟悉短褲的安格斯．楊正一邊彈著吉他，一邊在螢幕上恣意蹦跳。

燕子和三行只待了三十秒就離開。「能在這種狀態下睡著的阿百神經到底有多粗。」三行這麼說。收票小哥跑來道歉「剛才忘了告訴你」，把一張寫了電話號碼的紙條塞給燕子，說是有人從中國打電話給他。

燕子和三行二話不說衝回辦事處，朝電話飛撲。

果然是阿植。

他說自己正在中國福建省一個叫長樂的地方。內行的人都知道，長樂是偷渡氾濫的地方，也可說是人蛇集團活躍的大前線。阿植說他將從那裡帶著十七個人出發。「時機正巧！」電話那頭的阿植大叫。那聲音一如往常地親暱，嘴上卻是不斷用髒話辱罵同胞。說他們又臭又髒，又窮又是文盲。他打算從長崎進入日本，最晚十七日前會到，還打包票說之後可以用走私船帶燕子他們離開，想去哪一國就去哪一國。無論如何，還是決定等見了面再討論。燕子對阿植提了三行的事，另外提出想吃榴槤的要求。雜訊嚴重的電話另一端，阿植說：「一切包在我身上！」

「美紅來，美紅來。」

三行把美紅高舉到自己面前，對她突出厚厚的下唇。美紅一笑，口水就滴到三行胸口。

「在拉扯了喔。」

「啊！」燕子重新拿穩釣竿。

塗上螢光顏料的浮標在黑暗的海面上載浮載沉。算準浮標再往下沉了一段的時機，燕子用力立起釣竿。浮標散發的綠光彷彿將夜空劃破了一道裂口。

「喔喔！」

三行左手抱著美紅，右手舉起撈網。

晚上十點五分。從現在到差不多兩點過後，是「STINKY PINKY」生意最好的時段。

起初兩天都在睡眠中度過。

燕子睡在辦事處沙發上，三行和阿百睡在後方倉庫的上下鋪。雖然陽原本堅持把床讓給客人睡，第一天晚上，燕子首次產生真想殺了三行的心情。於是，從第二天起，燕子就和阿百交換睡覺的地方。燕子相信打呼是某種疾病，三行的身體肯定哪裡有毛病。能滿不在乎和這樣的三行睡在一起的阿百神經也粗得令人難以置信。

這三天來，燕子與三行每天這時間都抱著美紅在碼頭區東岸垂釣。

雨看起來隨時都會落下，卻始終沒有下下來。

雖是因為睡不著才來釣魚，睡不著的原因卻不是因為太興奮。最重要的原因是「STINKY PINKY」那六個分別裝在一樓吧檯兩側和二樓四個角落的超大揚聲器，超越一般音量的巨響幾乎要掀了天花板，也引起屁股不斷共振。

第二個原因是迷信。燕子算是比較相信占卜之類事物的人，三行也是。開始釣魚的第一晚，警察無預警地上門臨檢「STINKY PINKY」。原來，警方從「九號營地」的監視攝影畫面查出阿百→陽→「STINKY PINKY」這條線，迅速而正確地執行公務。後來聽陽說，總共來了兩輛警車，除了適度的警告外，警察也提到剛在臨時國會中通過的「局部開放執行清醒者」權已經行使。

雖然共產黨派的議員仍強硬反對，「清醒者一號電波」在全國範圍內發射只是時間的問題。所以，燕子判斷，現在警方一點也不急。比起和逃亡的人渣起無謂衝突，如果只需要按一個按鈕就能做好工作，誰都會選擇後者。嗶！工作結束。

換句話說，當燕子、三行和川原三人一臉癡呆地望著水面上的螢光浮標時，宛如一陣暴風雨的警察來了又走。至於阿百，按照陽的說法是「去找他的豬朋狗友」，當時也不在辦事處。對燕子和三行來說，將釣魚視為帶來好運的關鍵也半是理所當然的事。

燕子提著水桶和釣竿，三行抱著酣眠中的美紅，一起走上樓梯。

辦事處的門打開的瞬間，一陣甜美的香氣撲面湧來。

陽正坐在圓桌邊對帳。旁邊放著一瓶波旁酒、一個冰塊開始融化的酒杯，還有菸灰缸。菸灰缸裡飄出輕煙，看看時鐘，剛過十一點。

「釣到了？」陽從帳簿上抬起頭，伸手拿大麻菸。輕輕一吸一吐，滿不在乎地將還剩超過一半的菸捻進菸灰缸。接著朝沙發怒吼：「喂！」

沙發上的兩人沒有回應，陽立刻捻熄大麻菸，把窗戶大大敞開。

「睡了？」

三行把懷裡的美紅往上舉了點。

陽站起來，探頭往水桶裡看。「鰕虎魚？」

燕子把手上的水桶往上提了點。

三行一邊讓美紅在嬰兒床上躺好一邊問：「阿百……健呢？」

「健？」陽為美紅蓋上毛巾被。那是一條有著滿版花生圖案與「PEANUTS GANG」字樣的毛巾被。「那混帳的豬朋狗友來找他，不知道跑哪去了。」

燕子看了一會兒工業用電扇才問：「川原呢？」

「健把他帶走了喔。」纏著金鏈子的手輕拍美紅胸口，陽站直身子。「說要帶去給那群豬朋狗友看。」

燕子和三行在圓桌旁的椅子上坐下。

陽打開嬰兒床旁的空氣清淨機，再打開嬰兒床上的夾式電扇。拉上掛在嬰兒床周圍，醫院大病房常見的那種從天花板上垂下的簾子後，才走回圓桌旁，收起帳簿，蓋好白鐵罐。

燕子指著那個原本裝ＯＫ繃的罐子問：「這什麼？」

「Northern lights。」[7]

「STINKY PINKY」的辦公室，是個開放吸食大麻的毒品樂園。陽曾不只一次說過，這裡就算沒有香菸也不可能沒有大麻。

「我很清楚你有多注意美紅的健康。」三行說。「可是，這裡不是嬰兒該在的地方。話說回來，你老婆到底為何離家出走？」

陽張開嘴想說什麼，最後只是深深嘆了一口氣。沙發那邊傳來一句「因為做老公的不可靠啦」，陽脖子上立刻冒出青筋。

「咲子最介意的就是你們這種態度啦！到底當我是什麼？我可是雷皮亞的老大欸？咲子之所以說我不可靠，還不是因為賺來的錢都被你們花光的關係！」

「別那麼大聲，會吵醒美紅。」聽到沙發那邊的人應了這句話，陽脖子上的青筋脹得幾乎要爆裂。正當燕子以為陽打算用暴力解決時，只聽得他長長一聲嘆息，彷彿瓦斯漏氣一般，脖子上的青筋也消了。

「剛才我打電話去咲子娘家。」再次打起精神的陽這麼說。「結果你猜他們說什麼？」

燕子搖搖頭。

「說『咲子和朋友去夏威夷了』。」

「真的假的？」三行憤憤不平地說。「丟下孩子去夏威夷？」

「光是這樣也就算了。後來對方竟然又說『搭的是大韓航空的飛機唷』。真想讓你們聽聽那個語氣，完全就是在暗暗諷刺我不可靠，讓她搭不起日本航空。她全家都瞧不起我啦。」

沙發那邊傳出笑聲，陽狠狠瞪了他們一眼。

「不是開玩笑的，知不知道我得多拚命才能維持這間店……」陽依序看了看燕子和三行。「對你們也一樣，要是可以的話，我真的很想資助你們……」

「不要想那麼多啦。」三行說。「能讓我們待在這裡就很感謝你了。」

陽露出一臉融化的表情點頭。

「社長？」辦事處的門打開，收票小哥走進來。「美軍說……」

被打斷談話的陽嘖了一聲。「要『草』是吧？」

「是。還說他們要的是『那個』……」

「喂！」陽對沙發上的兩人大喊。「去處理一下。」

沙發上的兩人嘆口氣，雖然有點不耐煩，還是立刻起身隨小哥離開。

鋼筋階梯上的腳步聲逐漸遠去後，燕子才從門口收回視線。「『那個』是什麼？」

陽伸手拿起酒杯，一口喝光冰塊融化變稀的波旁。

抓起波旁酒瓶，燕子打開瓶蓋，鼻端湊近瓶口。先享受那清爽但徹底確實的香氣後，直接將酒灌入喉嚨。溫潤的液體滲入喉嚨深處，從鼻子緩緩吐氣，鼻孔內滿是甜美的氣味。

「他怎麼了啊？」三行問。

燕子再喝一口，這次是淺淺啜飲。「應該是去拿『那個』了吧？」

---

7 大麻的別稱之一。

約莫五分鐘後，陽帶著一小包油紙包回來。拉開椅子坐下，將紙包放在桌上。

「就是這個？」三行說。

燕子什麼也沒說，輕輕舉起酒瓶。

陽點點頭，打開紙包。

裡面是裝在塑膠袋裡的大麻。

取出一撮，陽以熟練的手勢捲好一根大麻菸，在燕子眼前揚了揚。「吸吸看。」

燕子放下酒瓶，照陽說的叼住那根菸。

陽擦亮手中的火柴。

第一管永遠是最新鮮的。第一管菸燒出的煙擁有獨特的密度，美妙地燻著肺部。蛇狀的煙霧從燕子鼻孔鑽出來。

可是，說不上有什麼特別之處。不只如此，覺得好像還少了一點風味。心想不可能有這種事，於是繼續吸食了一會兒。然而不管等多久，還是感覺不到有什麼特別。就燕子看來，頂多只能說是普通，甚至比普通還不如的便宜貨。

「怎麼回事？」燕子抬起頭。

眼前的陽咧開嘴角，笑得很得意。

「這到底有哪裡稱得上特別……」

話沒說完就察覺到不對勁。但是——

——是什麼？

環顧屋內，沒有任何異狀。不過，感覺就是有什麼不對。這點肯定沒錯。

「如何？」陽問三行。

「好厲害。」

——厲害？

燕子望向陽，掛在他身後的時鐘紅色秒針映入眼簾。那根紅色的秒針看起來就像從陽淺笑的臉上長出來似的。

十一點四十分。

看看自己的手指，大麻菸消失了，只留下指尖輕微灼燒的痕跡。

燕子抓住陽的左手腕，ROLEX DAYTONA的手錶指針剛繞過十一點四十分。

腦袋很清醒，絕對沒有打瞌睡。問題是，現在距離哈第一管的時間已經過了將近二十分鐘。

「……真假？」

陽雙手一攤，臉上露出「看吧」的表情。

「我剛才怎麼了？」

「什麼事也沒。」三行說。「就是一直低著頭，嘴裡不知道碎碎唸什麼。」

「真假？」

「怕了吧？」陽看來像是正努力克制自己大呼快哉的衝動。

「怕什麼啊……」燕子再看一次時鐘。接著抓起波旁酒瓶，仰頭灌下一口。

「截至目前為止，只有安浦組獨家銷售。」陽以吊人胃口的態度從ＯＫ繃罐子裡再次抽出一根他口中的

「Northern lights」，叼進嘴裡。「只要有這東西好賣，我就可以擺脫不可靠丈夫的身分了。」

「這東西到底是什麼？」

陽沒有回答，消失在嬰兒床後方。空氣清淨機的聲音隨著改變，聽在燕子耳中幾乎和吸塵器的音量沒有兩樣。

慢慢走回來的陽，為叼在嘴上的大麻菸點火。深吸一口之後，紅色火苗變得更加熾紅，發出滋滋聲燃燒。

燕子和三行靜靜等待陽要說的話。

陽暫時讓煙和話語在肺內兜了一圈，然後才張口吐出。伴隨著濃密的煙霧，將那熟悉的名字緩緩說出口。

13

雨下得像是有人拿水管從天上灑水刷洗窗玻璃。

陽從圓桌邊起身，走向電視調高音量。聽說遙控器在電視機買回來的第二天，就被美紅丟出窗外。當事人美紅現在正坐在嬰兒床上，拿著奶嘴放進嘴裡又吐出來，就這麼反覆玩了二十分鐘，看來一點也不害怕窗外的風聲。

主播站在藍色的天氣圖前播報颱風消息。產生於菲律賓海面的熱帶性低氣壓行經臺灣與東中國海，於昨日深夜登陸九州。今天早上，九州北部已進入暴風圈內。

陽打開辦事處附近的開關，天花板上兩臺燻黑的淺綠色風扇像被鞭策的老人，發出聲響開始轉動。

燕子啜飲了一口鳳梨椰奶酒，視線回到還沒讀完的雜誌上。

第八名處女座　「絕對不要心急。容易發生出乎預料的事，甚至惹上麻煩」

整體來說不受月亮眷顧，一有什麼閃失就很可能大禍臨頭。因為太專注於某事而忘記其他事情的狀況也不少，不時回頭檢視自己的行動是很重要的。注意受傷的可能性。接觸異性時態度請小心謹慎。從七月底開始進入運勢低迷期。想提昇運氣請多穿戴黃色衣物飾品。

戀愛運♥♥♥　財運$$　健康運★　幸運物「原子筆」

——原子筆嗎……

燕子老是對占卜裡的「幸運物」存疑。簡單來說，並非世上存在的一切事物都能拿來當幸運物。別的不提，違法物品就會先從幸運物的範疇剔除。從來沒在「今天的幸運物排行榜」上看過安非他命或大麻等，對某些人來說堪稱超級幸運星的物品。看在燕子眼中，現代媒體迎合政府的意圖顯而易見。再者，日本沒有的東西也從來沒上榜過。舉例來說，巴布亞紐幾內亞男人穿戴的陰莖套就不可能出現。燕子認為，從這裡又能看出現代媒體信奉國家主義的一面。第三點，即使是日本找得到也不違法的東西，也有從未上榜的物品。像是保險套啦，電動陽具之類的。佛洛伊德學派的燕子認為，由此可見現代媒體的佛洛伊德式壓抑。此外，關於幸運物的使用方法也從未詳述。到底是只要持有就好呢，還是得用了才能發揮幸運效果，完全不得而知。若是必須使用，又是該按照正常方式使用呢，還是有什麼特殊用法……

「大家好～」

穿著ＮＢＡ球衣的阿百衝進事務所，頭上纏著黑色頭巾。

「喂！健！」圓桌邊的陽大吼。「不是叫你少去外頭亂跑！」

「反正最後都要自首，在那之前得好好享受假期啊。」

阿百一坐下來，沙發就一陣晃動。鳳梨椰奶酒從燕子手上特大杯的雞尾酒杯裡灑了一點出來。

「阿植有聯絡嗎？」

燕子搖頭。「你每天都在幹嘛？」

「哎呀，很多事做啊。」阿百伸手拿報紙，原因只是因為報紙擋住他放腳的位置。「噯，燕子哥，你有聽過男女方程式嗎？」

「喔喔！」燕子眼神發亮。「新笑話？」

阿百咧嘴一笑，準備發表新哏。「聰明男人和聰明女人交往，會發生什麼事？」

燕子裝作思考的樣子，過了一會兒才用眼神催促阿百講答案。

「一段羅曼史。」阿百說。

「原來如此。」

「那聰明男人和愚蠢女人交往呢？」

燕子搖頭。

「不倫外遇。」

燕子嘴角上揚。

「愚蠢男人和聰明女人呢？」

「不知道耶……」

「結婚。」

嗤之以鼻。

「那……愚蠢男人和愚蠢女人交往呢？」

燕子認真地想了三十秒，最後還是投降。

「懷孕。」

燕子放聲大笑。原本想稱讚阿百，你雖然是個小不點又是處男，講笑話的品味還不錯。不過，這時忽然發現一件事，這話就沒說出口了。

「好香的味道。」

「你說這個？」阿百一副正中下懷的表情，眼角下垂。「YSL的。」

「你買的？」

「人家給的。」

「誰？」

阿百抬起眼神，拋給燕子一個若有深意的視線。

「女人？」

「朋友介紹的。她說這種香味最能襯托我的魅力。」

「所以你才會講什麼男女方程式喔？」

「嘿嘿嘿。」

「隨便怎樣都好，別把人家肚子搞大。」燕子重新打開差點閉上的壞嘴。「先別管那個了，為防萬一，把你的手機號碼告訴我。」

阿百似乎還希望燕子深入打探更多，燕子卻就此閉上嘴巴，視線重回雜誌。

上面是一篇呼籲寄送文具給尼泊爾小孩的報導。

尼泊爾的小學嚴重不足，即使有幸能上學，也有很多孩子買不起筆和簿子等文具。報導裡的照片是小學裡的上課情形，照片中，三個孩子正共用一本翻得破破爛爛的教科書，臉上掛著天真無邪的笑容。

將自己用不到的文具寄到尼泊爾，燕子認為這是個很棒的主意。首先，這不會構成太大的負擔，也不需要用自己的名義寄送。沒有別人知道，只屬於自己的小小自我滿足。

燕子從雜誌上抬起頭。三行伸著懶腰從辦事處倉庫出來。趿著拖鞋從沙發前走過，繞到美紅的嬰兒床邊。美紅拍起手來，三行一邊說「美紅來、美紅來」，一邊抱起美紅，美紅卻掙扎著想回床上。把美紅放回床上後，三行先調高電視音量，然後走到圓桌旁，在陽身邊坐下。

氣象預報已結束，畫面跳轉，棚內主播正在說「再次為您播報新聞」。畫面上打出「偷渡？船艙中發現中國男女！」的字樣。

主播用如喪考妣的語氣播報這起和自己完全無關的事件。

燕子張大了嘴巴，雙眼圓睜，彷彿魂魄就要被吸進電視機的真空管。

畫面中是一艘正在拖曳中的半沉貨船。船身傾斜，看似好不容易才能維持浮在水面上。鐵鏽的氣味，即使隔著螢幕幾乎都能聞見。

……十七日下午，接獲當地漁船報案，海上保安廳出動巡邏艦，在對馬海域發現一艘即將沉沒的馬來西亞籍貨船，將其拖曳至長崎港內。上船調查時，發現船艙內有疑似中國人的數名男女。根據海上保安廳的判斷，這數名男女極有可能為偷渡者，目前正將全體拘留，對船長進行盤問……

以時間來說，只是一段不到三十秒的花絮新聞。然而，對燕子來說，已經長得足夠將他腦中轟得一片空白。

廣告歌輕快響起。

燕子好不容易重拾思考，透過思考保持內心的平衡。如果不這麼做，恐怕會忍不住破口大罵，甚至抬起電視往地上砸。

「燕子哥？你有聽到我說的話嗎？」

燕子沒有回應。應該說，無法回應。

——什麼叫「一切包在我身上」啊……

「所以啊，她說我比較適合豪奢一點的香水……」

阿百身上散發殺蟲劑般的氣味，燕子對此已經一點也不在意。看看時鐘，時間剛過下午五點半。

——這個成事不足敗事有餘的大混蛋！

燕子轉頭望向三行，不費吹灰之力對上三行的視線。看著那對玻璃珠似的雙目，燕子感覺像在照鏡子。

悠哉的阿百還在繼續他的話題。「燕子哥要不要也搽搽看？」

三行一邊用右手按壓眼睛，一邊站起來。

——阿植這個王八蛋！

「我說你啊。」燕子闔上雜誌，往茶几上丟。無視還沒喝完的鳳梨椰奶酒，從沙發上站起來。「逃獄犯把自己搞得這麼高調是想怎樣？」

14

被風雨關在室內的隔天上午，燕子做了些什麼呢。幫美紅撿起丟到窗邊的鴨子玩偶三次，擦拭打翻的奶粉，泡了一百六十公升牛奶餵她喝，拍背三十分鐘等她打嗝，把黃色的「PEANUTS GANG」口水兜換成粉紅色的「PEANUTS GANG」，以及默默看著三行為了幫她拿出掉在沙發下的奶嘴而移動沙發兩次。

十九號颱風最後並未北上日本列島，只在九州恣意肆虐了一番，然後就往中國方向退散。九州各地紛紛傳出災情，屋內淹水、屋頂崩塌、牆壁倒坍、成排的樹木被風掃倒，農作物也面臨毀滅性的災害。聽說還死了幾個老人家。

然而，這一切都不算什麼。無論是沒米可吃還是死了老人，只要一和自己臉上那兩顆眼珠相比，全都輕微得像是宜人春風，不，就像是個屁。

傍晚四點十五分。

小雨濛濛的碼頭邊，燕子、三行和將頭上戴的聖路易紅雀隊棒球帽簷壓低，手上什麼也沒拿的川原一起站在那裡。

不知被誰丟棄的磷蝦乾因為浸了雨水再次泡軟，散發一股惡臭。一小時前怎麼看都像嘔吐物的那灘粉紅色物體，現在怎麼看也還是一攤嘔吐物。

「這附近，只有那間大學有農學部。」燕子朝水窪裡吐了口口水。「反正知道那女的叫什麼名字，去研究大樓的辦公室問一下就找到了。」

「還以為你怎麼了呢。看完新聞就衝出去，忽然又跑回來。」三行說。「結果你是幾點回來的？」

「應該過了兩點之後吧。」

「是兩點二十分喔。」

燕子和三行同時望向川原。

川原再嘀咕了一聲「兩點二十分」，視線轉向海面。「那時不是有狗叫嗎？我被吵醒了。」

燕子和三行面面相覷。

三人都以為接下來不是輪到自己說話的時候，就這樣陷入沉默。

「農學部的研究大樓啊。」三行說。「是二十四小時開放的嗎？」

燕子點頭。

「她叫野崎理子來著？」

「是啊。」

「然後咧？」

「十二點多就離開學校，回住的公寓去了。」

「長得跟菊池說的一樣？」

「你是想問像不像梅格．萊恩？」

「到底怎樣嘛？」

「有一張青蛙臉這點倒沒錯。」

背後傳來搬貨用推車的引擎聲。轉速快得不像空轉，夾雜著硬幣掉進洗衣機攪拌時的不自然喀啦聲。

燕子看了隨波浪起伏的塑膠袋一眼。

又過了好一段時間，誰也沒有開口。

燕子從記憶深處撈出與菊池保的對話中，關於野崎理子的片段。包括她會跆拳道的事，忘了是英文檢定還是什麼考過二級的事，是阿瑪利亞・羅德里格斯歌迷的事，還有野崎那個總是揍她的父親在她九歲時，正在揍她的當下不知道是大腦還是心臟出了毛病，就這麼猝死了的事，認識菊池那天就約他上賓館的事，不抽菸但抽大麻的事，以及右邊乳頭凹陷的事。

「你想她會有嗎？」三行問。

「當然會有吧。據說攝氏二十五到三十度是最適合發芽的氣溫，現在不正好是這季節嗎？既然適逢當季，想必已經大量採收，差不多也到該重新播種的時候。如果是溫室栽培就更不用說了。」

「你打算怎麼做？」

「先表明我們是菊池先生的朋友，走人情路線。要是不行的話，只好用錢解決看看……」

「等一下。」三行舉起一隻手，打斷燕子的話。「你沒跟陽說吧？怎麼用錢解決？」

「我有問過陽喔，如果有種子的話，他最多能出價到多少。」

「那他怎麼說？」

「他說如果是雌株，十顆可以出到七萬。」

「那傢伙這麼有錢？」

「他說，如果是龍魚的種子，就要賣掉那輛紫色雪佛蘭科爾維特跑車籌錢。」

聽聲音就知道搬貨用的推車動起來了。柴油引擎發出聲音，推車後方冒出柴油燃燒不全時產生的白煙。

「然後呢？」三行露出質問的眼神。「要是用錢也不能解決怎麼辦？」

「到時候。」燕子說。「只能用搶的囉？」

蝙蝠現在在川原昇老家監視。

從任務中解脫的凱薩多的是時間、體力和空轉的腦漿，一個人坐在飯廳裡。指尖挾著的香菸眼看就要掉落。

龍馬坐在二樓自己房間裡的電腦前。龍馬架設的網站每天都會收到將近一百封來自全國各地的電子郵件，內容有的是激勵，有的是共鳴，有的表達反感，有的恐嚇威脅。不過，截至目前為止，還沒有一封提供關於川原昇下落的線索。

一直緊緊拉上的窗簾縫隙間滲入一絲微微的光亮。聽不到雨聲很久了，雖然這並不代表雨已經停歇。

腦袋轉得很不靈光，胃痛，對時間的感覺一片紊亂。

閉上眼睛，手指按壓眼皮。壓了一下子才走進廚房。

打開冰箱。龍馬的生活或許也從妻子離家出走後就冰進冰箱保存了吧。裡面有六罐發泡酒、軟掉的青菜、番茄醬的污漬、去味劑、透明密封盒、蛋……不比普通更好也不更壞的生活。凱薩感覺得到，連這樣的生活也正緩慢但確實地腐壞。

離開自己家，開始住到這邊來之後，彷彿已經過了很長一段時間。當時還是春寒料峭時節，感覺就像出門散個步，順便自然而然地將日常生活延伸到這裡來。這個地方就是如此理所當然地為自己做好準備。

到現在還能清楚想起龍馬打開玄關大門的表情，要用言語形容當時的感受卻很難。龍馬微微睜大眼睛，把門打開，就這麼逕自上二樓。接下來那幾天，儘管感覺得到彼此的氣息，但兩人完全沒有打照面。

往茶壺裡裝水，放到瓦斯爐上。青色的火苗在燻黑的紅色茶壺下熊熊燃燒，與此相應的聲音充滿整個廚房。

一陣突如其來的不安驅使下，凱薩提心吊膽地環視廚房。內心湧現一股說不上來的感覺，會不會有什麼東西抓住水燒開之前這段短短的時間，趁隙悄悄逃跑了呢。

貼在冰箱門上的便條紙、髒兮兮的咖啡機、乾掉的砧板上乾硬的血跡。裝了粉紅色與白色金平糖的小罐、燒焦的底部彷彿快崩落的烤箱、地板上的麵包屑、蓋子打開後就沒闔上的電飯鍋、倒過來放的食物攪拌機。凱薩的眼神在這些宛如四散拼圖的生活碎片上徘徊。

最後抵達的終點餐具櫃。

那是淺藍色的直立長方形餐具櫃，可雙開的櫃門上，鑲嵌兩片好似水晶的正方形玻璃。凱薩的視線停留在倒映其中的自己臉上。

蒼白的臉，只有雙眼異常發光，確實和那天在「營地」中央管理室看到的自己有相通之處。

曾幾何時，丈用做夢似的眼神凝視自己。他躺在血泊中，那沒有責難，沒有憤怒也沒有迷惘的平靜眼神，宛如深水一般清澈。

凱薩很清楚，當川原刺殺了丈時，第一個衝上自己腦門的情感並非同情，甚至不是憂慮。

——是一股憎惡感……

那又如何？有哪裡不對？這難道不是極為正常的反應嗎？打從那天起，凱薩不知這麼說服了自己多少次。因為丈太輕敵才會導致計畫失敗，自己會對他產生憎惡心也不是什麼奇怪的事。然而，憎惡的矛也同時刺向自己。懷疑自己是否利用了夥伴？比起夥伴的性命，自己是否把計畫看得更重？

凱薩將兩件事結合起來思考。那就是自我陶醉與憎惡感。這麼一來，發現自己的思考無論如何只會指向一個疑問。

——這真的是為了夏海而進行的復仇行動嗎？

映在玻璃裡的自己逼近眼前。那無情的目光，眼看就要把自己拖進某個地方。

試圖從時間縫隙裡逃走的東西，正是被那股憎惡迫害的某個什麼。該如何稱呼這東西並不是太大的問題。只要憎惡一息尚存，就可能遭淘汰的情感。

凱薩緊握拳頭，直視玻璃裡自己的雙眼，右手用力往後拉。

倏忽之間，腦中莫名響起川原口中那名叫燕子的男人說話的聲音。

那個瞬間，不可思議的感覺束縛了凱薩。這種感覺就像時間向後跳了一步，又像按下重整按鈕。

那個男人這麼說。「姑且不論你們做的事是對是錯，但我喜歡。」

凱薩還清楚記得，這句話聽起來非常具有新鮮感，雖然不知原因是來自那男人散發的低溼度氛圍，還是自己走投無路的精神狀態導致。總之，唯一可以肯定的是，投入GOV活動整整兩年，那些運動家們沒有一個人會說這樣的話。換成他們，大概會這麼說吧：不論是對是錯，都需要死刑。不只他們，搞不好自己也會這麼說。

凱薩放下高舉的右手，從口袋裡拿出皺巴巴的MILD SEVEN菸盒。叼起最後一根菸，將空包裝揉成一團，朝流理臺旁怎麼看也無法再裝下一丁點東西的垃圾桶丟。垃圾反彈垃圾，掉在地上。

一如喜歡與需要乃是一體兩面的關係，陶醉與嫌惡的關係或許亦是如此。不過，算了。原本就沒有秩序可言，沒必要硬去整頓無秩序的狀態。

這麼說來，那男人還說了這樣的話。

「『隨便，無所謂』……是嗎。」

自己聲音中的虛矯，令凱薩情不自禁苦笑。即使如此，發出聲音說的話仍發揮類似藥用酒精的作用，奪去了溫度，留下冰涼的感覺。

把頭湊近瓦斯爐，用茶壺下的爐火點燃香菸。

身體還沒重新站直，手機就響了。

看到液晶螢幕上寄件人的名字，香菸依然叼在嘴邊，手指敲打電話按鍵。

眼角自然下垂。

慢慢下載到手機裡的圖片，是小女兒不定期傳來的照片。毫無疑問，那都是過去的生活殘渣。即使如此，飯島好孝怎麼也無法刪除她至今寄來的那些小狗、小貓和考一百分的試卷照片。

茶壺響笛發出水已沸騰的通知，飯島好孝關掉瓦斯爐的火。

照片裡，是美咲笑得像一大朵向日葵的表情特寫。

七月十八日（四）下午六點二十九分

寄件人：飯島美咲

主旨：我是美咲

您還好嗎？身體健康嗎？現在電視上播出了國體道路的畫面喔，那裡有好多GOV的人。美咲二年級的時候，也常和爸爸一起去參加呢。姊姊的忌日快到了，可是，今年不能去海邊了吧……我還是覺得姓「藤好」有點怪怪的。不過，等爸爸結束工作，我就能和媽媽一起重新姓「飯島」了對吧？

耳邊傳來夾雜興奮與顧慮的腳步聲，龍馬衝進廚房。

氣喘吁吁的龍馬不吭一聲，遞過來一張從電腦列印下來的紙，感覺就像這麼做已是他的極限。

飯島好孝用拿著手機的手接過那張紙，讀起這封從GOV轉寄過來的信。

七月十八日（四）下午五點五十七分

寄件人：GOV總部

主旨：FW.義憤。

敬啟者。在下是贊同貴團體活動理念的警界人士。此次，聽聞貴團體中有人譴責飯島好孝先生等人在「九號營地」的行為，敝人對此深感遺憾。敝人也為人父母者，在身為一名警察之前，希望以一個人的身分為他們做出一點貢獻，這是本次寄出這封信的原因。

根據「九號營地」監視畫面的分析結果，確定和川原昇共同逃亡的三人分別叫做三行讓、李燕與百崎健。其中百崎隸屬故鄉福岡街頭幫派「雷皮亞」，而「雷皮亞」的領袖正是百崎的舅舅高見陽一。我們警方研判這夥人和高見搭上線的可能性很高，將於本日晚間七點臨檢高見在博多碼頭經營的夜店

「STINKY PINKY」。事實上，其他分隊前幾天已經搜索過該場所，只是當時沒有任何收穫。在「清醒者一號電波」發射前，搜索行動只要做做樣子就好，這樣的想法正在警察單位之中蔓延，這是不可否認的事實。也因此，搜查行動並未得到落實，我個人為此感到非常可恥。

雖然只能暗中寄出這種信，附件檔案是該場所的詳細地點，敬請參考。

此上

——原來他叫李燕啊……

「這是我在總部的朋友佐伯轉寄過來的信。除了他之外，現在看過這封信的人只有我和凱薩兄。」龍馬調勻呼吸，凝視凱薩的臉。「你怎麼看？」

「看起來頗為可信，但這封信也可能只是我們收到的大量假情報中的一封，再說……」

「假設對方真的是警方的人。」龍馬搶過話頭。「這封信也可能是對我們設下的陷阱。」

凱薩深深點頭，闔上手機，放進胸前的口袋。翻開手中那張紙，迅速看了下面的第二張紙。那是博多港附近的地圖。在東側遠離港口的某處，以紅色圓圈標示著一個記號。

茶壺冒出細細的水蒸氣，在凱薩和龍馬之間形成一層薄幕。

「我們走吧。」

「可是已經來不及了。」

「就算是這樣。」短暫沉默之後，凱薩說。「難道我們還有其他選擇嗎？」

15

「STINKY PINKY」的辦事處從來沒這麼冷清過。

川原失魂落魄地盯著無聲的電視畫面。

逃獄至今，彷彿參加教學旅行的高中生般成了一匹脫韁野馬的阿百，今晚也帶著一身的YSL香水味，在如今戒備森嚴、風聲鶴唳的博多四處走跳，從傍晚就不見人影。

樓下隱隱傳來準備開店的聲音。吸塵器的低吼、斷斷續續的笑聲。似乎還放著什麼背景音樂，只是不到聽得清楚的音量。

三行看起來很不高興，這是有原因的。提著釣竿和水桶回到辦事處時，美紅已經被她母親帶走了。失落的三行從美紅床上拿起「PEANUTS GANG」的口水兜，聞聞味道，再偷偷收進自己胸前的口袋。

燕子看了坐在圓桌邊翻看帳簿的陽一眼，眼神飄向牆上的時鐘。

傍晚六點五十五分。

「三行哥，差不多該出發了。」

沒有回應。

「不管怎麼說，現在的我們需要錢。」燕子放低音量，眼神朝川原的方向示意。「雖然也想過或許可以用那變態換來檢舉獎金，但是在那之前臨時國會搞不好就會先通過使用一號電波的決議……總之沒時間了。還是你有其他方法？」

三行「唔」了一聲，雙手環抱在胸前，頓時，他的胸大肌就像用馬達灌了氣似的鼓脹隆起。

「臨時國會最好試試看。逃出來的人渣們不是立刻前往最近的派出所自首，就是寧可爆眼球也豁出去不回營地，再不然就只能逃到國外去了吧？」

三行深深皺起眉頭。

「幸好陽那邊有管道。在有錢好辦事的狀況下，眼前的樹上不正好掛著能幫我們弄到錢的果子嗎？」

「你說的……」三行的聲音從牙縫裡鑽出來。「只是假設而已吧？」

「是啊！」燕子忍不住吼起來，迅速瞥了陽和川原一眼，再次壓低音量。「只是假設沒錯。所以，我從剛才不就一直在和你討論要不要在這個假設上下賭注的問題嗎？」

像是被燕子的氣勢壓倒，三行正襟危坐。

這時，收票小哥以幾乎要把門撞翻的衝勁奔進辦事處。

鋁門在水泥牆上反彈的聲音，足以令屋內所有人時間暫停。

「是條子！」小哥大喊，一臉正被猛獸追趕的表情。「警車又來了！」

川原像隻兔子一樣跳起來。

從陽身旁跨出一步，燕子問：「幾輛？」

「兩輛。」

怒啐一聲「混帳」，陽的右手抓住手槍。

「店前面那群年輕人正上前找碴爭取時間，只是不知道能拖多久……」

川原一邊發出結結巴巴毫無意義的聲音，一邊像無頭蒼蠅四處亂竄，三行用力踹開他。被川原撞翻的電風扇先撞上美紅的床，再滾落地面。

「怎麼辦？」陽壓低聲音問。「這裡只有一個出口。」

小哥攀住窗口，脖子往外伸。

「怎麼辦？」三行雖未陷入混亂，但也遠稱不上冷靜。「可惡，到底該怎麼辦才好！」

始終盯著眼前狀況的燕子忽然對陽說：「陽，打電話給阿百，叫他別靠近這裡。」

陽愣了一瞬，立刻觸電似的跳起來，從屁股口袋裡掏出手機。

「三行哥。」燕子重新轉向三行。「你該明白了吧？」

「明白什麼啊！」三行咬牙切齒。「你老神在在個什麼勁啊你！」

「如果連可能性那麼低的假設都不去賭賭看，往後就會一直面臨這種事。這樣下去，逃出來究竟為的是什麼？」

三行瞪大眼睛，光頭上冒出水蒸氣般細小的汗珠。

窗邊的小哥發出「啊！」的警戒聲。

那叫聲宛如引發行動的暗號。「陽！」燕子大吼，陽的耳朵離開手機，朝他望去。

「你曾經說過，這裡就算沒菸可抽也不可能少了大麻對吧？」

陽儘管目光游移不定，依舊點了點頭。手機話筒傳出阿百的聲音。

「這樣的話，這裡一定有間用來藏大麻的房間囉？」燕子說。

陽猶豫了瞬間才回答。「在天花板裡。」

「怎麼進去？」

「從後面的倉庫……上鋪。」

「躲在那種地方又能怎樣！」三行咆哮。「要是警察進門搜查，豈不是無路可跑！」

燕子望進三行眼中。雖然很想一直這麼做到三行自行從中體會含意，實際上卻不可能。

小哥發出簡短的警告。「來了！」

「三行哥，你現在能做的就只有相信我。」燕子迅速說完，朝陽轉頭。「陽，聽好，把槍收起來。」

「可是……」

「聽我說！」燕子大喝一聲。「好好確認條子有沒有帶搜索票。我猜這次大概也沒帶，所以絕對不能讓他們進屋。」

「萬一……萬一有帶呢？」

「你們雷皮亞是幹什麼吃的？又不是土風舞社團！」燕子把問題丟回去。「該怎麼做，就交給你們判斷了。」

「快點，燕子哥。」小哥回來了。「他們已經到二樓了。」

「川原！」燕子怒吼。「過來！」

三行抓住正要開跑的燕子肩膀。此時川原已經像隻老鼠，一溜煙地竄進倉庫。

「他們根本不需要搜索票。」三行說。「只要靠『局部開放執行清醒者』，就能把我們的眼珠……」

三行說到這裡似乎驚覺什麼，倏地閉上嘴。

燕子回頭咧嘴笑，對三行拋了一個誇張的媚眼。

「我說警察大人，我可不打算請你們喝咖啡喔。」陽的聲音如氣球緩緩上升，被吸入通風管，以擴大好幾倍的音量傳入天花板裡的房間。「你們沒帶『票』吧？既然如此，有什麼權力妨礙老子做生意？」

「高見陽一。」一個聲音喊住他。「百崎健是你外甥的事，我們可是很清楚。」

「咦？真假？」小哥發出戲謔的聲音。「那種只有ＣＩＡ才知道的極機密情報，你們怎麼也知道？」

陽高聲大笑。

問題出在通風管，燕子心想。只要把那裡堵起來，應該就能隔絕店裡傳來的混蛋嘻哈樂。

「仔、仔細想想確、確實沒錯呢。」興奮的川原從剛才就一直自言自語。「只來兩、兩輛警車就表示沒、沒帶吧。那、那些條子現、現在應該人手不足才對。包圍我那時來了六臺警車，四、四臺轎車和一臺廂型車，至、至少十隻豬拿槍對、對著我。」

天花板裡這個房間的溫度，因為大型業務用冰箱散熱的關係，比樓下至少多了五度。冰箱旁邊堆著空的密封盒。再旁邊呢，該說是一定要的嗎？自豪地掛著一幅拉斯塔色的巴布馬利旗。

燕子看了貼在冰箱上的溫度計和溼度計。

室溫雖稱不上理想，拜設置大型除溼器之賜，在這梅雨季節仍將室內保持在百分之四十五的溼度，通風也算良好。

栽種的地點大概在其他地方吧，這間房間除了用來乾燥和保存大麻外，別無其他用途。

如乾燥花一般垂掛在屋頂下的大麻已開始變色，三十瓦燈泡的光線下看起來相當黑。看來明天，最晚後天就能置入密封盒，放進冰箱保存了。

房間角落理也堆著小山高的大麻。這裡根本就是阿爾卑斯山少女小蓮的房間嘛。這是爬上來時，燕子第一個浮現的念頭。

躺在小蓮那張稻草堆床上的三行不發一語，只是不斷盯著空氣看。就連靠近他也沒反應。無可奈何的燕子抓起一撮大麻葉，試著聞聞氣味。一股霉臭撲鼻，看來是不能拿去賣的東西。

「你應該知道吧？臨時國會已經通過『局部執行清醒者』了喔？」一個和剛才不同的聲音沿著通風管爬上來，落在地板上。「如果你怎麼樣都不肯合作，我們也只好行使這邊被賦予的權限。」

「試試看啊。」陽說。「看是誰的眼珠會跳出來。」

一陣沉默。

「比起這個，我說幾位啊。」這是小哥的聲音。「你們沒留半個人在警車上嗎？這附近很不安寧喔，講真的。要是沒留個人在車上，我看你們等一下搞不好回不去。」

「什麼意思？」

「輪胎被偷什麼的都還是小意思。好久以前發生過那種事呢，對吧，社長？」

「是啊。」陽接過話頭往下說。「曾經有過隨便跑進來的警車被燒掉的事。」

「想想看，沒車了會怎樣？或許你們覺得只要請求支援就好吧？不過，在支援的人來之前，搞不好會先被飆車族載走，痛打一頓或捅屁眼，最後再把你丟到海裡去唷。」

「你們想妨礙公務嗎？」

「這哪裡是妨礙公務，我們是在給各位忠告。」

川原雙手摀著嘴巴，硬是想把笑聲壓回去，搞得指縫間傳出詭異的聲音。驢子被捅屁眼的時候大概就是用那種聲音嘶啼的吧。燕子心想。

「沒問題嗎？」三行說。

「沒問題啦。已經用這東西把我們三人……」燕子從牛仔褲後臀口袋裡抓出「清醒者」，心情就像多啦A夢從口袋裡拿出神奇道具一樣昂揚。「設置為例外對象了。」

「我說的不是這個。」

「你是說種子的事？」

「對啊。」

「你擔心可能和菊池先生起衝突？」

燕子站著低頭看三行好一會兒。

最後，燕子終於領悟到，這就是自己和三行根本上的不同。像自己這種一再重蹈覆轍的慣犯，和三行那種因一時心神喪失而犯罪的人，看事物的眼光本就不可能一樣。

三行雖然靠魁梧的體型在「九號營地」裡占有一席之地，但僅只於此。他身而為人的情感部分尚未淪為人渣。這當然是三行的優點沒錯，但同時也是造成他在這種狀況下遲遲無法做出決斷的原因。

要是換成阿植，現在一定早就展開至少一兩樣行動。燕子試著想像三行和阿植認真幹架的話會有什麼後果。阿植比三行矮至少二十公分，體重也至少比他少了三十公斤。即使如此，萬一發展成拿命相拚的狀況，燕子無論如何都無法想像阿植會輸。

就是這麼回事。

三行的擔心非常容易理解，或許那才是正常人會做出的正常判斷。但是，就算這樣，要現在的燕子接受那種想法終究是不可能的事。再說，三行脖子上的烙印已經一輩子不可能消除，既然如此，倒不如早點適應這邊的做法，對他來說絕對是好事。

「不是說了一切都是假設？」燕子斬釘截鐵地說。「究竟會不會有問題，誰也不知道啊。」

兩人視線交錯。

這次燕子花了充分的時間，鉅細靡遺地觀察三行眼中神色逐漸變化的樣子。

摩托車震耳欲聾的引擎聲漸漸遠去，像是被那牽動一般，陽撂下一句不屑的「滿意了吧」，聲音沿著通風管傳進來。

爆炸聲在那三秒後響起。

三行跳起來，燕子心跳搶快一拍。

川原像隻猴子跨過大篩鋪成的床，上半身探出圓窗外，朝夜空嘶吼。

假日開膛手的吼叫聲、陽的笑聲、小哥的怒罵聲、警官氣憤的聲音、沸騰的歡呼聲……這些聲音像環繞音響一樣充斥整個天花板裡的房間。

揪著川原衣領，將他從窗外拉進來，燕子把臉湊到窗戶上。

紛飛的火星、竄起的黑煙。

並排停靠的兩輛警車中，有一臺正起火熊熊燃燒。

「我的個性就是沒辦法思考太細的事。」燕子視線依然盯著窗外，對身後的三行這麼說。「像阿百那樣把這次的事當作老天給的一次假期也是一種選擇。可是啊，要我回到那種地方，再過十八年被同性戀包圍，身上沾滿肥料的生活，那我寧可賭一賭可能性無限接近零的假設。」

也不知從哪湧出一群年輕人，大搖大擺地在「STINKY PINKY」前的大馬路上昂首闊步，穿著打扮和髮型都是白天沒看過的。

龍馬駕駛的豐田卡羅拉在碼頭附近緩緩環繞。

「警車只來兩輛，這表示……」直視前方，龍馬像是在自言自語。「說不定川原真的不在這。」凱薩轉頭去看逐漸遠離視野的那兩輛警車，直到再也看不見。這已經是第二圈了，周遭的狀況和繞第一圈時沒什麼兩樣。

「畢竟現在是非常時期，警方人手也不足吧。」凱薩吞口口水，想嚥下橫亙在鼻腔裡的咖啡味。「臨時國會之所以立刻通過局部開放執行清醒者，或許也是因為事先預測會有這種情形。」

「看來不能期待警方展開徹底搜索。」

龍馬左手抓著方向盤，右側腰部騰空，從屁股褲袋裡拉出手機。視線在馬路和螢幕之間來回，以右手拇指操作按鍵，再拿到耳邊。

「是蝙蝠兄嗎？」龍馬傾聽那一頭說的話，輕輕點頭後闔上手機，放在儀表板上。「他和那附近的鄰居說上話了。聽說從逃獄到現在，川原都沒有回家。」

龍馬將卡羅拉停靠在滿是塗鴉的停車場招牌下。黑色的「LOVE & PEACE」字樣上方，藍色的噴漆龍飛鳳舞地寫著「KINKY SEX SAVES THE WORLD（變態性交拯救世界）」。

「一旦確定將在全國範圍發射清醒者一號電波，川原就只有自首一途。」龍馬咬牙切齒地壓抑語氣中的焦慮。「那麼一來，就沒有我們下手的機會了。」

龍馬的話將自己早已隱約感覺卻不願正視的話具體說出來。其中融入的是能做的都做了的自負、希望早日獲得解脫的焦躁，以及對除了自身價值觀之外其他價值觀的牽制。而這些，都假憤怒與遺憾之名呈現。

一輛摩托車夾帶宛如戰鬥機的轟然噪音，從卡羅拉旁呼嘯而過。

瞬間，車內比剛才明亮了一些。

凱薩與龍馬同時朝後擋風玻璃轉頭。

閃光迫使瞳孔收縮。

龍馬一打開車門，爆炸聲就湧入車內。

並排停在「STINKY PINKY」前的兩輛警車之一，正陷入紫色火海之中。

耳邊傳來歡騰的低吼，輪胎燒焦的氣味掠過鼻尖。映入眼簾的是圍著著火的警車，正在仰頭大喝啤酒的飆車族。漫天飛舞的火星乘著攀升的氣流沒入黑夜中。

凱薩與龍馬同時對那聲音起了反應，仰望夜空。

恐怕沒有其他人察覺吧。畢竟爆炸聲是那麼淒厲，在充滿狂喜的歡呼聲掩蓋下，那聲音實在太小了。然而，一如狗不會漏聽犬哨的聲音，凱薩和龍馬也不可能聽不到那個聲音。

體內彷彿有什麼失控暴動。連眨眼都忘了，雙眼睜得老大。粗糙的感覺在喉嚨深處上上下下。

「凱薩兄……」龍馬的聲音嘶啞。

為了擺脫難以呼吸的感覺，凱薩用手背揉了好幾次眼睛。

毋庸置疑，那個從「STINKY PINKY」最上方小圓窗中探出上半身的人就是川原昇。

16

一個穿白色T恤黑長褲的光頭壯漢出現，鑽進停在離「STINKY PINKY」稍遠處的賓士車。

亮著大燈的賓士緩緩開過用鐵欄杆圍住的自動販賣機前時，站在自動販賣機旁陰暗處的兩個黑人便從光暈中浮現，彷彿他們是用某種會對光線起反應的特殊墨水畫成似的。

店門口收票的男人跑過來，把頭湊近駕駛座。男人直起身後指著被燒毀後便棄置在現場的警車張口大笑，然後才跑回自己工作的地方。

凱薩將一份西日本日報丟向後座，這份七月十九日的報紙報導了昨夜警車遭人以汽油彈引爆燒毀的事件。

卡羅拉和賓士朝相反方向行駛，分別停靠在各自的路邊。

約莫五分鐘後，另一個男人走下「STINKY PINKY」建築旁的樓梯。在他下樓前，男人不耐煩地撩起偏長的黑髮，朝樓上破口大吼。

凱薩記得這男人的臉。

燕子看似一點也不在意周遭，逕自鑽進副駕駛座。

「賓果！」龍馬只說了短短兩個字。

連滾帶爬下樓的川原，遮遮掩掩地坐上賓士車的後座。

龍馬的視線停留在川原身上，伸出右手，等待轉動車鑰匙發動引擎的時機。

晚上九點五分。

銀色賓士碾過路肩水窪，激起四濺水花，不知何處傳來瘋狗狂吠的聲音。陸續開過廢鐵廠、臨時工仲介所、拉麵店、便利商店後，隨即左轉開上大馬路。

龍馬開的卡羅拉也在最後一刻衝過閃黃燈的十字路口。

快速瞥了一眼，蝙蝠開的喜美正以流暢的弧線滑進後照鏡中。內心暗叫了一聲好，凱薩這才將視線轉回前方賓士。

順著前進方向，正前方有個Salem Lights的淺綠色廣告招牌，和下面髒兮兮的可口可樂招牌一起在聚光燈照射下浮現夜空。招牌下方的數位溫度計顯示「25.3℃」。

賓士再次左轉，開上國道三號，一路向東。

頭頂上的都市高速道與國道三號線呈立體交錯，奔馳其上的大型車輛引起的震動，在兩條車道間形成回音。

國道上的車不算多。

慢慢開了二十分鐘左右，賓士毫無預警地忽然來個迴轉，銀色車身插入對向車道的車流中。面對後方車輛爆發的喇叭聲，賓士車上副駕駛座的人伸出中指回應。

龍馬也趕緊跟進，但仍小心翼翼駕駛，謹慎地鑽入對向車道。

賓士在派出所前轉角處打亮左轉方向燈。不久後，卡羅拉和喜美也開上同一路線。

燕子有什麼理由非和川原在一起不可？凱薩思考這個問題。那兩人散發的氛圍相差太多。在管理室內那幾個小時，凱薩沒有看到任何顯示燕子與川原之間有什麼的跡象。燕子厭惡川原，這點肯定沒錯。燕子不但把燃燒的菸頭捻在川原頭上，還把川原從椅子上踢下來。

賓士沿著一道石磚圍牆前進。圍牆另一端似乎是某種設施。石牆中斷處出現該設施的出入口，賓士暫停了一下，車上的人似乎正在查看牆內的情形，隨後再次發動。

「昨天警車爆炸的騷動告一段落後，他們就已經來了這裡一次。」龍馬開口。「不過蝙蝠兄說，昨天只停留一下就立刻折返了。」

「為什麼今天要帶川原一起來呢。」

龍馬想了一下，最後還是沒有回答。

開到下一個出入口前，還是跟剛才一樣，賓士車停下查看牆內狀況後再次駛離。不過，這次只前進不到三十公尺就踩了煞車。銀色車身緩緩往牆邊停靠。

卡羅拉維持穩定速度，從賓士車旁通過。凱薩的視線從車門邊的側後視鏡轉向車內的中央照後鏡。

賓士車頭大燈熄滅。

卡羅拉停在無人的十字路口等紅綠燈。車一停下，凱薩與龍馬立刻同時朝後擋風玻璃轉頭。

賓士停在街燈下，鈉燈的光線令銀色車身散發黃暈，在柏油路面上投下濃黑的影子。

號誌燈轉變。

卡羅拉慢慢起動，在空曠的馬路上迴轉。

龍馬正想說什麼時，燕子從賓士車靠馬路那側的車門下車了，彷彿緊跟著他一般，川原也下了車。

川原的頭頂高度只到燕子胸口。川原的身高是一百六十二公分，這麼算來……凱薩判斷燕子的身高約在一百八十上下。

靠人行道那側的車門打開，光頭男跳下車。他比燕子更高，大概有一百九十公分吧。

卡羅拉緩慢地朝賓士接近。五十公尺、二十公尺、五公尺……焦距逐漸對準。

此時，燕子的視線朝凱薩投射。

來不及縮起身子，卡羅拉已再次從賓士車旁駛過。

——眼神對上了？

看起來確實如此。不過，那是不可能的事。他不可能連擋風玻璃後面都看見。凱薩這麼說服自己。再說，就算看到了，那又怎樣？

後擋風玻璃外，三人的身影愈來愈小，似乎就要走進設施內。

龍馬踩下油門，一旁的石磚圍牆加速流過。發出輕微摩擦聲的輪胎、狹窄的視野、搖擺的車頭大燈。繞著設施開了一圈，卡羅拉在建築暗處找了個從賓士車上看不到的死角停下。

「這裡面會有什麼呢……」龍馬轉動車鑰匙熄火。「Q大農學部。」

建築物紅磚色的牆壁上鑲嵌著黃銅做的招牌。靠近一看，上面寫的是「農學部研究大樓」。

三行伸手去推入口處的玻璃門，門只發出「喀」的一聲，宛如擁有鋼鐵般的意志，說不開就不開。不過，往後一拉就開了。

樓梯就在進去後的正前方。

「幾樓？」川原昇說。

「喂！」燕子對川原投以冷冷一瞥。「我剛才是怎麼說的？只有我說可以的時候你才能說話吧？我有說可以了嗎？」

川原低垂著頭，像隻習慣被踹的狗。背後傳來關上玻璃門的聲音。

「在車子裡吩咐了那麼多次還不夠啊？」三行說。「早知道就不要帶你來。」

「那種情況下能把他丟在那嗎？」燕子瞪了川原一眼。「你身上果然會散發黑色能量，還不是普通的黑喔。或許是像蒼蠅眼珠那種金龜色的，混了綠色的黑色。嬰兒都很敏感，所以分辨得出來。」

「哭成那樣真可憐。話說回來，陽的老婆到底在想什麼啊？」三行用嘆氣聲掩飾內心的竊喜。「以為她從夏威夷回來帶走美紅了，結果今晚又說什麼要參加同學會。」

「陽也很火大吧，見人就罵。」

「他又不是罵我們。」

「就是在罵我們啊。」燕子說得斬釘截鐵。「你怎麼還不懂？」

三行沒說話，川原倒是開了口：「丟下小孩不管的母親……」

「你想說她算什麼母親是嗎？」

川原閉上嘴。不過，馬上又重新開口。「我、我媽媽小、小時候被大狗咬過，到現在還很、很怕狗。只、只要看到狗、她總、總是會把我推過去……」

冷笑的剎那，燕子感受到排山倒海而來的殺意。

川原停下腳步。火災警報器映在他眼鏡片上的紅色燈光，看起來像是瞳孔。

川原踏出一步，燕子暗自警戒。

「小、小學二年級時，我、我和媽媽走在某個地方。看、看到一隻被、被拴在門口的大、大狗。對、對著我們吠，還、還想朝我們撲過來。因、因為被拴著，其、其實直接走過去就不會怎樣。沒、沒想到媽媽卻把、把我朝狗那邊推。」川原用手指撫摸自己的嘴唇。

「這、這個嘴巴不、不是天生這樣，是當、當時被狗咬的喔。」

燕子一盯著他看，川原就逃避地朝半空轉移視線。眼鏡上的紅色光點似乎渲暈了開。

「誰要你說自己的事？聽好了，我沒說可以就乖乖閉上你那張自豪的嘴。」

三行苦笑著說，又不是狗。

一上三樓，燕子就先左右查看走廊兩端。

一間間研究室並排的陰暗走廊上，右側除了盡頭的燈光，所有電燈皆已熄滅。燈光亮著的地方似乎是茶水間。左側則有一間研究室透出光亮。聽得見某種機械運轉的聲音，應該是來自右側兩間研究室的其中一間。低沉顫抖的聲音，但裡面並未傳出人的氣息。

燕子指向左側那間研究室。

三行輕輕點頭。

門上與眼睛齊高的位置貼著藍色的保險桿貼紙，上面以白色文字寫著「不去投票的傢伙少在那裡唧唧歪歪！」

三行咂了咂下巴。燕子從貼紙下方輕敲兩下。

感覺得出屋裡有人在動，但沒有得到回應。等了一下，再敲一次門。這次還是沒有回應。

此時，屋內傳出微弱但確實是玻璃破碎的聲音。

燕子一口氣拉開門。

日光燈照得滿室通明，室內比想像中來得寬敞。

屋裡有兩個男人，一個女人。

被高個男人抓住手臂的女人就是野崎理子了吧。一雙大眼朝門口望過來，眼神夾雜混亂與期盼。

「……燕子？」張武伊氣喘吁吁地說。接著，臉上綻放燦笑：「嗨，昇！」

朴志豪厚實的手掌摀住野崎的嘴巴。不過，意外的闖入者或許分散了他的注意力，手勁也鬆了點，野崎用力一甩頭，嘴巴立刻重新獲得自由，間不容髮之際，咬住眼前那隻多毛的手。

朴勉強忍住大叫，發出野獸般的低吼。掄起拳頭朝野崎後腦打去，野崎硬是承受了四拳，直到第五拳才鬆開下巴。混了鮮血的口水拖著長長的尾巴，在日光燈照耀下閃閃反光。

「你這隻豬！」

野崎發出怒吼，壓著自己手腕的朴也凶狠地吼回去：「婊子！」

野崎翻轉身軀，一度做出朝朴轉身的假動作，實際上卻對準張武伊的臉擊出一拳。手腕固定，往內側微微扭轉的這一拳打得漂亮。

鼻血飛濺。桌上的玻璃器具隨著張掃過的身體一同落地破碎。

燕子默默觀望眼前兩個大男人被纖瘦的女人玩弄於股掌之間，三行則時不時發出「喲～」「耶～」的吆喝聲。

一道鮮血沿著野崎臉頰滑落。用手背擦掉那抹血，一個轉身，順勢加速，對準朴的雙腿之間踢出自信的重重一擊。

眼前的亞馬遜女戰士雖然不是梅格．萊恩，不過她會跆拳道這事看來不假。

三行代替痛得時間暫停的朴發出呻吟。

朴志豪只是個紙老虎，這點燕子很清楚。還記得與阿植一起搶走安浦組收入時的事，當時朴志豪臉上的表情，以比實際窩囊十倍的扭曲程度浮現燕子腦海。這傢伙明明虛有其表，卻又莫名具備韓國人講義氣的性格。至少，在「九號營地」時，朴志豪在那群韓國人裡頗受愛戴。這也是當時燕子不想和他對立的原因。那群韓國人像一窩蜜蜂，只要惹惱一隻，就會整群傾巢而出。

野崎抿緊嘴唇，擺好架勢準備送張武伊上西天。

「看我踢扁你的鳥蛋，讓你連路都走不直！」

——鳥蛋被踢扁的話連路都走不直嗎……？

張武伊甩著頭試圖站起來，野崎朝他的腹部狂踢，張整個人被她踢得騰空。

有如全身寒毛倒豎一般殺氣騰騰，野崎臉上沒有表情，彷彿整個人只剩下專注到了極點的反射神經。

野崎的視線只離開過張一瞬間，望向門口，眼神像是在說「接下來就輪到你們了。」

燕子用力嚥下口水。時間實在太短，來不及讓她知道自己不是張武伊的同夥。就連三行此時也不敢再發出聲音，至於川原更不知道到底是否還活著。

兩下、三下……野崎一邊怒罵，一邊不斷狠踢張武伊。

正要踢第五下時，張武伊掀起嫩粉紅色的夏威夷襯衫，右手變魔術似的出現一把手槍。

一記槍響制止了野崎的動作。

「噫！」三行身後傳來川原發出的怪聲。

子彈削掉天花板上的水泥。

野崎像中了某種咒術，愣愣站在原地。

「我說妳啊……」搖搖晃晃起身的張武伊擦掉鼻血，摩挲肚子的同時，舉起手槍握柄朝野崎的臉猛砸。

「給我差不多一點。」

硬物相互撞擊的聲音響起。調整姿勢後，張朝趴倒在地的野崎腹部猛踢。

張武伊不斷地踢，簡直就像在練習踢法。燕子忍不住喊了聲「喂」，可惜徒勞無功。

始終蜷著身體忍受的野崎大聲呻吟，直到她吐出大量看似義大利麵的東西之後，張才心滿意足地收腿。

「喂……張。」

「咱們今晚是來開同學會的嗎？」肩膀上下起伏，張武伊以自誇的語氣說。「大家想的都是一樣的事嘛。是不？」

「什麼一樣……難道你……」

燕子往前踏出一步，張的槍口上下晃了晃。接著，聽見他冷靜但毫無談判餘地的聲音：

「進來，把門關上。」

「是啊……」龍馬改用左手拿手機。「我們會去……蝙蝠兄請留下來待命……對，這次由我和凱薩兄去……」

龍馬口中的「這次」令凱薩不甚滿意。那聲音裡下意識透露了對「上次」失敗的指責，也含有「還有下次」的輕率。

龍馬轉動車鑰匙，發動引擎。在儀表板各種量表散發綠光，車頭大燈照亮一排電線桿後，耳邊傳來點火的聲音。

卡羅拉先倒車，從電線桿旁駛過。龍馬把手機壓在臉上，只用右手操縱方向盤。未完全降低速度的卡羅拉在經過門口時用力彈跳了一下。

進入建築物腹地內，兩側種有低矮的植物，再往前走一會兒，道路分岔為兩條。其中一條路還在鋪設，潮濕的砂石路上有輪胎的痕跡與鞋印。

一邊降低車速，龍馬一邊向蝙蝠報告現在的所在地。點了兩次頭，再次確認「是右邊對吧」，卡羅拉的車頭便朝砂石路開去。

沿著這條緩緩向左彎曲的道路走到底，道路再次一分為二。左邊那條是砂石路的延伸，右邊那條則剛完成鋪設。輪胎痕和腳印都到此為止。

龍馬遵循電話裡的指示將方向盤往右切，輪胎輾過之處激起一灘水花。再往前直走了一會兒，霧雨中的車頭燈照出一棵松樹和一輛黑色轎車。卡羅拉緩緩從那輛黑色日產GLORIA旁開過。車內沒有人，車身在冰冷的雨中發出嘎吱聲。

凱薩搖下車窗。

一扇大玻璃門反射車頭燈的光。門旁牆上鑲嵌著一塊黃銅招牌，四下太暗了，看不出上面刻著什麼字。仰望右側向後流過的那棟建築物，只見三樓某間房間透出亮光。

「對……有……紅磚建築。」

卡羅拉慢慢從建築物旁開過。

「對……知不知道是哪一間呢？」龍馬側耳傾聽話筒中的聲音。「明白了，總之是這棟建築沒錯吧？」

前進三十公尺左右，卡羅拉亮起紅色煞車燈，不久後又拉起手煞車，引擎熄火。

「那幾個傢伙，昨天只在這棟建築四周走動，沒有進去的樣子。」

就在此時，一聲槍響劃破雨幕。

17

因為被要求坐在折疊椅上，看不到所有人的姿勢。不過，燕子心想，野崎理子原本那股對什麼都滿不在乎的氣質，或許和她看起來很平的胸部有關。一頭柔順的頭髮，長度大概到褪色的黑T恤胸口，若不是因為沾血黏膩，肯定聞得到洗髮精的香味。擦破的牛仔褲下，赤裸的腳套著一雙勃肯涼鞋。環繞她身旁的是清潔的，屬於與外界保持距離的人特有的那種氛圍。只不過，那種氛圍現在已被充血的眼睛和咬破的嘴唇破壞殆盡。

或許因為陷入輕微的休克狀態，野崎的身體微微顫抖。

張武伊夾在她和川原昇中間，身體傲慢地向後仰，大搖大擺地同樣坐在折疊椅上。夏威夷襯衫的肩頭有一點一點的血跡。

朴志豪穿著令人忍不住想問到底在哪買的奶油色夏季針織衫，儼然貼身保鑣似的站在張武伊背後，雙手盤在胸前。他的表情看起來有點不舒服，大概是鳥蛋還在痛吧。

川原躲在自己的殼內，嘴裡喃喃誦唸著什麼。低著頭，額前油膩的頭髮在蒼白的臉上投下深濃的黑影。也不能怪他。燕子內心暗自搖頭。誰料得到會在這種地方與性慾強烈的主人重逢呢……每當張武伊的視線射向他，川原就像被真正的針刺進屁股一樣繃緊身體。確認研究室門關上後，張武伊說的第一句話就是：「很好，把昇還給我吧。」看到燕子不發一語，張又說：「你有意見嗎？」燕子搖搖頭。既沒有意見，也覺得張的占有慾真可怕。如果是菲力普．馬羅，大概會這麼說吧。對張武伊而言，上過一次的對象就是自己的東西，上過兩次就敢揚言自己有權接收對方遺產，至於上過三次的對象，則完全形同他的奴隸。

「所以說現在是怎樣？你們打算當園丁嗎？」

張武伊翹起二郎腿，故意對站在野崎後面的朴志豪做出驚訝的表情。被奪走的兩把S＆W丟在桌上。朴揚起沉甸甸的厚唇，發出「嘻嘻」笑聲。

一邊擔心川原是不是又要倒噴小便耍漏尿招式，燕子一邊盡量用冷靜的聲音說：「怎麼可能是我們自己種。」

「等一下等一下。」三行插話。「難道你們不是嗎？」

「那麼悠閒的事，我們可連想都沒想過。是吧？」

張向後仰頭，徵求朴的同意。朴點點頭，嘴角帶著一抹冷笑。

三行一翹起腿，折疊椅發出嘎吱嘎吱的聲音。「要不然是怎樣？」

張凝視三行。不過，他似乎立刻得出沒什麼好隱瞞的結論，聳聳肩回答：「為了錢啊，所謂的贖金？」

三行喉頭咕嘟一聲。「你想綁架她啊？」

「我們要用那些錢回韓國大顯身手！」朴志豪用誇張的語調介入對話。「不過，既然被發現了，只好請你們去死囉。這就是我們這行的規矩，可別怪我們手下無情。」

你們那行是哪行啊，蠢東西。燕子在心中暗諷。明明是了無新意的臺詞，竟然講得一副像是自己原創的一樣。

燕子再次確認自己和張武伊之間的位置與距離。兩人中間隔著一張大黑桌，距離不到五公尺。不過，想撲上去搶回手槍是絕對不可能成功的事。

——好，當作沒手槍這回事吧。

伸手摸摸桌子。

從桌面冰涼的觸感看來，材質應該是金屬。桌腳則是木製。雖然看起來很重，對於能使用九十公斤健身椅的自己來說，不至於重得舉不起來。必要之時，或許可以拿桌面來當掩護。

視線轉向朴志豪掌中的手槍。那看起來應該是馬卡洛夫手槍。如果是的話，裝滿的彈匣將有八發子彈。如果朴志豪是那種總在膛室裡填入一發子彈的笨蛋，那就會有九發。

端看張武伊怎麼出手了。燕子心想。視狀況而定，或許只能從窗口跳下去。這裡是三樓。

——死是不會死啦……

「志豪，我說過很多次了吧？不要用那種口氣說話，只會凸顯自己的愚蠢罷了。」

「我一直想殺掉這傢伙。」朴壓低聲音說。「再說，要是他跑到菊池那裡去怎麼辦？」

「燕子不會做這種事，也不能。」張看了燕子一眼，補充說明：「用用你的腦袋，跑到菊池那裡去，對他們有什麼好處？」

「可是……」朴舉起左手，小指只剩下到第一關節為止的部分。「這仇不報，我嚥不下這口氣啊！」

張搖搖頭，用完全不帶感情的聲音說：「我懂你的心情。」

瞬間，朴眼中浮現期待的光芒。然而，張接下來說的那句話，等同將那光芒打入混沌的泥淖。

張這麼說：「不過，我們不殺燕子他們。」

朴雖然意外，又立刻像從泥淖裡沸騰噴發的沼氣般撂下狠話：「開什麼玩笑！要殺他只有現在這個機會了！」

張仰頭望向朴的臉。朴嘴唇扭曲，瞇起一邊眼睛瞪著張。

「你是白痴嗎？」張輕輕搖晃肩膀。「要是警方在這裡發現脖子上烙著數字的屍體，豈不是給我們自己找麻煩？」

「這話怎麼說？」

「志豪、志豪、志豪……」張閉起眼睛搖頭，語氣像在勸說不懂事的孩子：「你認為我們的計畫最缺乏的東西是什麼？」

朴回以石頭般僵硬的視線。

「是時間哪。」張給朴一段時間，好讓自己說的話滲透他的思考。「清醒者一號電波以全國範圍發射已經是遲早會發生的事，你還想讓這件事提早嗎？」

燕子發出嗤笑聲。

這一口氣點燃了朴的怒意。只見槍口左右搖晃，朴面無表情地舉起手槍。

「朴志豪！」張發出威嚇。

朴的身體一震，像個被父親斥責的孩子般怯怯放下手槍。

「我們會逃往韓國，船都打點好了。」張重新開啟話題。「你們打算怎麼辦？」

燕子和三行面面相覷。

「你說呢。」燕子聳聳肩，想起在中央管理室看到的那張海報。「乾脆去墨西哥好了。」

「不錯喔。墨西哥的貨幣是什麼來著？披索嗎？」

「誰會知道那種事啊。」

張探出身體，似乎想看盡燕子眼底的深意。兩人的視線就這麼交錯了好一會兒。

「你知道菊池先生的人生規矩第六條是什麼嗎？」

張攤開雙手，聳聳肩。

「是『不與他人有超乎必要的交流』喔。」燕子盯緊張的視線不放。「你以為菊池先生會為這女人付多少錢？拿出你的算盤再好好計算一次吧。」

野崎瞇起一邊眼睛，不過，從她的視線中感受不到戰鬥意欲。

「燕子。」張輕輕交握放在大腿上的雙手。「你談過戀愛嗎？」

「……………」

「我的確不知道菊池會付多少錢。可你想想，一個既失明又不與其他人有超乎必要交流的中年男人，他的餘生還有什麼樂趣可期待？大麻嗎？」張的眼神熱切起來。「當然是戀愛啊、戀愛。」

「你所謂的計畫是什麼？」燕子冷笑。「菊池先生的戀情也算在裡面嗎？」

「戀愛能改變男人喔。你知道有百分之幾的犯罪因女人而起？」

「百分之幾？」

「很多就是了。」張揚了揚下巴。「三行兄不也是嗎？」

房間角落的日光燈閃爍起來，像在咳嗽。

一抵達三樓，立刻找到目標的研究室。

走廊右手邊看似茶水間的角落彷彿一艘發光的太空船。其他地方則完全受黑暗法則支配。關起的門縫底下洩漏出談話聲，聲音在無人的走廊上擴散，聽起來就像噪音。

兩人放輕腳步，靠近研究室。

緊握槍柄的掌心沾滿黏糊糊的汗水，手指浮腫，感覺像戴著皮手套。

龍馬的呼吸愈來愈急促。

凱薩也一樣。有種呼吸聲和心臟跳動的聲音在走廊上迴響的錯覺。

凱薩和龍馬在離那間房間還有一小段距離的地方停下腳步，蹲在火災警報器發出的紅光下。牆壁冰冷無生命的觸感沿著脊髓往上爬，身體發顫。

汗水滲入眼中。雖然想調勻呼吸，卻像是永遠不可能辦到的事。

即使試圖回想各種事，浮現腦海的只有川原的臉，以及朝那雙眉之間射出一發子彈的自己。

這或許代表了某種預兆，凱薩這麼想。然而，真的會有人在這種時候看到這麼好的預兆嗎？

龍馬的手機無聲發出收到訊息的通知。迅速朝螢幕一瞥後，龍馬用眼神和表情點頭示意。

再做一次重複過無數次的步驟。拇指壓下Ｓ＆Ｗ的彈匣鎖，甩出彈匣。閃耀金色霧光的六發子彈。看到它們好好地在應該在的地方待命，內心重拾幾分冷靜。

身旁的龍馬也做了一樣的事。

艱難地嚥下口水，凱薩將彈匣靜靜壓回原位。

這時的手感，就像拼上最後一塊拼圖。

兩人幾乎同時起身。

距離地獄，不到十步之遙。

「你剛才說不是自己要種的？換句話說，就是另外有人要種囉？」

「這不關你的事。」

張舉起手制止正想往前踏一步的朴。

黑板上方，掛著醫院等地方常見的白色時鐘，顯示很快就要十點半了。

「所以呢？」燕子問。「你們要殺了那個女的嗎？」

野崎繃緊了肩膀。

「怎樣？你看不爽這種事？」張微微攤開雙手。「真偉大。」

不是那樣！燕子忍住雙手敲打桌面如此大喊的衝動。之所以那麼問，為的並非「偉大的」道德情操。正好相反，是因為出於害怕。燕子深知人一旦開槍殺人之後會變得多麼失控瘋狂。

第一次有那種感覺，是燕子最早抓狂那次——國中時用模型槍射擊同班同學，打瞎對方一隻眼睛時。看見眼前連滾帶爬逃走的對方，腦中只剩下「用子彈射他」這件事。那種無敵的感覺固然不壞，卻也帶來相當扭曲的錯愕感。

燕子用不感興趣的表情包裝內心的焦躁，望向映在窗玻璃中自己那張蒼白的臉。

很久之後，成為佛洛伊德信徒的燕子試著分析當年的自己。擔心有什麼即將毀壞、麻痺且無法阻止，這樣的恐懼或許就是當時那份錯愕感的真面目。讓毫無根據的無敵錯覺成為自己的原初印象，這絕對不是一件好事。正因直覺到這一點，為了不讓自己被毛孔中滲出的無敵錯覺控制，十四歲的自己才會改用模型槍的把柄毆打那個同學吧。

放鬆用力的眼瞳，縮小焦點，窗玻璃變成了鏡子，鉅細靡遺地映照出屋子裡的情形。

黑板上的公式看起來像浮在半空中。三行的光頭看起來宛如一塊岩石。川原的腦袋像小動物一般不安分地蠢動。張武伊透過玻璃反射試圖掌握自己的視線。站在張後方的朴志豪雖然將注意力放在野崎理子身上，臉上的表情仍然顯得不甚服氣。

「那傢伙……菊池是不會付錢的。」

所有人的視線霎時集中在同一個地方。

空洞的雙眼下，野崎撕裂的嘴唇微微翕動。

不過，在具體聽見她說什麼之前，燕子已察覺異狀。

眼角餘光瞥到有什麼正在變形。簡直就像黑夜變成了黑色的濃稠墨汁，緩緩流進屋內。

轉過頭，燕子的目光幾乎是下意識追隨被人慢慢拉開的門。

拜如今已完全敞開的門之賜，走廊上白色的水泥牆映入眼簾。火災警報器的紅色燈光宛如注入黑暗的血液，將整條走廊染成淡淡的紅色。

那灘血泊吐出兩個人影。

準星的另一端，好幾雙眼睛回頭望向自己。每一雙眼睛裡各蘊含著不同的思緒，可以說都是冰冷而均質也不為過的眼睛、眼睛、眼睛……

那幾秒的時間就像奶油融入咖啡時那麼濃稠難解，勒緊喉頭。緊張則像一把從天而降的巨大鎚子。

——可惡！

凱薩的雙眼宛如偵察兵，忙不迭的在房間裡巡繞。然而，即使是已高速旋轉的腦漿，仍無法處理完所有偵察兵傳送回的龐大情報。

——這些人是誰？

此時，均衡已被打破。

儼然按下暫停鍵的錄影帶畫面，那一剎那，全世界都靜止了。

只有入侵者高舉手槍的手，遵循著自己獨特的運動法則揮舞。

這時，其中一名入侵者突然怒吼：「不准動！」

這句話解除了暫停狀態。

所有人像一擊散開的撞球，朝四面八方分散。

槍聲響起，不知來自誰手上的槍。

朝側面縱身一跳，從張武伊面前抓起自己被丟在桌上的S＆W，燕子直接在桌面打個滾，腹部朝下著地。

張武伊反擊的手槍在燕子頭上噴火。

視野決稱不上良好，燕子以趴伏地面的姿勢架起手槍，連續朝看起來比實際距離更近的入侵者腿部開了兩槍。第二發擊中右腿，在膝蓋附近炸開。入侵者像堆高的積木垮下般癱軟倒地。

人類在面臨極限狀態時繃到極點的神經，令燕子同時理解兩件事。一是只要除掉張武伊，那女人就是自己的。二是自己這個念頭已被張武伊洞察。

為了搶得先機，意念與意念互角。

燕子一邊護住頭部，一邊扭轉身體，鑽進桌下。閃電般掠過頭頂的子彈，擊中零點一秒前自己所在的位置。白色閃光貫穿瞳孔，臉頰竄過一陣刺痛。

轉身的同時，燕子也朝張武伊扣下三次扳機。夾在地板與桌板間的槍聲穿透鼓膜。

「別追了，志豪！」張怒吼。「快帶那女人上車！」

凌厲的怒罵聲使燕子明白了一件事：自己朝張發射的三發子彈連擦都沒擦過他的身體。

燕子用盡全身力量掀翻桌子，躲在金屬製的桌板後方。

火災警報器爆裂，發出撕裂神經的歇斯底里警鈴聲。不久，從一個增加為兩個，兩個增加為三個，宛如整棟建築物都發出哀號。

即使某種程度可憑震耳欲聾的槍聲掌握敵人位置，卻無法連子彈飛來的軌道一併預測。抬起頭的瞬間，眼前的木製桌腳炸裂，木屑飛散。燕子再度低下頭，絞盡腦汁思索最後一發子彈該用在哪好。

「過來，昇！」

聽見張的咆哮，川原發出莫名其妙的，彷彿指甲刮過黑板的尖銳聲音。那完全是一隻處於瘋狂狀態之下的驢子所發出的悲痛嘶啼。

伏低身體，把臉貼在地上，看見入侵者在血液與尿液中游移的腳。還聽見他口中不斷呼喊的「混帳！混帳！」

張發射的子彈在桌板背後製造了幾處凸起，也擊碎窗玻璃。

燕子再度伏在地上。

朴志豪抱著野崎理子，同時朝這邊開槍示警。雖然不覺得他會過來，為了落實這一點，燕子倏地挺起上半身，將最後一發子彈給了朴。

儘管子彈射偏，用來踹高朴的屁股已十分足夠。

混帳東西！隨著這聲怒吼，朴志豪與野崎理子一同消失在黑暗中。

燕子從桌板最邊緣的位置架起已空無子彈的手槍，對準張武伊。

抱著虛脫無力的川原，張一度先奔出走廊。

燕子迅速環視室內一圈。這時，視野右下方出現一個具備壓倒性存在感的物體。

是三行的Ｓ＆Ｗ！

身體比思考更快做出反應。

跨過桌板，搶奪似的抓起Ｓ＆Ｗ時，燕子不知踩到什麼而失去平衡，臉直接撞上玻璃碎片散落的地板。星沙般的碎片毫不留情劃破臉頰，在尖銳的光芒刺進眼球前，燕子用力閉緊眼睛。

不覺得痛。左眼下方閃閃發光的玻璃確實割裂了肉，不過流出的血並未妨礙視線。比起這個，燕子直覺「要被擊中了」，卻遲遲沒有聽見槍聲。

踉蹌起身，再次奔向桌板背面時，耳邊傳來低微的金屬聲。那是自動手槍滑套迅速向後推放的聲音。

燕子確信，張已在空膛的馬卡洛夫中重新裝填子彈，並將子彈推入膛室。

下個瞬間，槍聲大作，桌板傳來「碰、碰」的撞擊力道，又多了幾處凸起。燕子重新調整姿勢，只朝桌板外伸出手，回擊兩槍。

屏氣凝神準備迎接下個動作，槍聲彷彿緩慢地被空氣吸收，四下籠罩於一片靜寂之中，什麼也沒發生。

舔舐從劃破的鼻尖流出的血，在舌頭上過了一圈後往地上唾。

硝煙逐漸散去。

「危機已過」。這滿懷期待的念頭才剛掠過腦海，耳邊就聽見張耍狠的聲音。

燕子嘖了一聲，身體緊繃。

一聲槍響。

燕子沒有動，因為那聲槍響的對象不是自己。這不是推測，而是事實。那是冷靜的，沒有多餘的動作，經過深思熟慮後開的槍。

走廊上的腳步聲愈來愈遠。

即使如此，燕子還是繼續在桌板後躲了一會兒。

直到槍聲完全分解，耳邊只剩下微弱的火災警報器聲。

毫無疑問的，狀況已經改變。只是，那究竟是什麼樣的改變，燕子難以判斷。

——可惡，那傢伙到底是何方神聖？

燕子隱約認得出，是那個丟下夥伴夾著尾巴逃跑的高瘦男人。雖然只看了一眼，當時光線又暗，無法斷言一定是他。總覺得那個人是自己熟悉的對象。

——不過，為什麼他會突然開槍？

愈思考頭腦愈混亂。燕子試圖把已確定的要素抽出來看。川原已經不在了。這點無所謂。問題是那個女的。王八蛋張武伊把會下金雞蛋的母雞搶走了！

甩出彈匣，裡面還剩下四顆耐心等候主人差遣的忠實僕人。確認這點之後，燕子左手握住槍柄，一鼓作氣站起來。

迅速朝四面八方展開戒備。

空氣中仍充滿槍聲的微粒。

深吸一口氣，停留在胸口一會兒之後再呼出。伴隨著太陽穴一陣痠麻的感覺，終於湧現暫時解除危機的確信。

環顧四周，野崎理子的研究室煙霧瀰漫，已毀壞為一堆破銅爛鐵。

原本就搞不清楚用途的器具，現在更被破壞得不可能推測出原狀。窗玻璃不是已經粉碎，就是只消用手指輕輕一戳便會碎成粉末。

下雨了。

硝煙熱辣地刺激著喉嚨深處，伸出舌頭想舔濕嘴唇，才發現連舌頭也是乾的。

首先映入燕子眼簾的，是被轟掉的半顆頭還微微冒出新鮮蒸氣的入侵者。淺綠色的牆壁上除了飛濺的血跡外，也看得到灰色的碎肉。

男人的雙眸盯在半空中，他的遺憾與恐懼化成血與尿，化成糞便的臭味，透過視覺與嗅覺傳達給燕子。

轉動眼球，想找出剛才令自己失去平衡的是什麼時，注意到白色窗簾上的血跡。

視線跟著血跡的方向走。

三行靜靜躺在那裡，轉過來的臉上滿是不解的表情。

可惡！一邊逃離現場，一邊用槍柄砸向第二具火災警報器。凱薩在心中不停怒罵。為什麼要亂動！

自己的腳步聲在空曠的走廊上迴盪。聽見背後傳來槍響，但說不定只是自以為聽見，實際上並非如此。凱薩成為一隻逃脫的野獸。

視野兩端，一扇一扇的門往後方飛逝，淺綠色的牆壁和瀝青般的黑暗融合，在一片朦朧中向後流動。

對川原昇發射子彈。完美寫入這套程式的大腦發出指令，扣在扳機上的右手食指也忠實執行這個指令。那是無法中途停止執行的狀況。

——只要那個光頭別亂動，說不定就能在川原昇逃到他背後之前擊中了！

一旦扣下扳機，手指將輕而易舉地脫離大腦掌控。抓緊手中跳動的槍，不到兩秒就將剩下的五發子彈全部發射完畢。

發生在那兩秒之間的事，宛如幻燈片一般烙印眼底。光頭男人如一株被砍倒的大樹，朝地面倒下。穿粉紅色夏威夷襯衫的男人跳起來後退，對著鑽進桌下的燕子開槍。另一個大臉男人抱著女人，槍口對準門口。川原眼鏡的反光……

放下擊錘，手臂卻沒有感受到本該傳來的衝擊力道，那個當下內心迸發的恐懼。

記憶在這裡中斷，回過神時，自己已經拿著槍柄砸壞火災警報器。

——可惡，他們是誰？這到底怎麼回事？

奔到走廊盡頭時，凱薩猛地停下腳步。

感覺就像迷路闖進別人的記憶，一臉茫然環顧周遭。

沉溺在火災警報器的警鈴聲中，花了整整五秒才察覺自己朝相反方向跑。

瞬間想回頭，最後還是沒這麼做。不想再靠近那個地獄般的地方。害怕發現原本沒注意到的東西。

凱薩跳下樓。絆了腳跌跌撞撞地摔到一樓後，忽然驚覺什麼，縱身躲進柱子後方。

蹲下來，手伸進卡其褲袋摸索，找到想找的東西並取出。S＆W的子彈哐啷作響，在亞麻油地氈上掉了一地。凱薩立刻用雙手聚攏子彈，再用力按下彈匣彈簧鎖，粗魯地甩開彈匣。一壓下退殼桿，裡面的彈殼紛紛掉落。

嘴裡嘖了一聲，為的不是把彈殼和子彈混在一起，而是為自己抖得無法克制的雙手。

聽見臼齒格格打顫的聲音。

凱薩深呼吸了好幾下，即使如此，總算勉強把子彈一發一發裝進彈匣。

站起來，再次往前飛奔。

還差三十公尺就要抵達通往出口的轉角。此時，交纏的人影背著外部照射進來的微光，打眼前橫過。

不假思索地趴下。

一道光閃過黑暗。

槍聲迴盪，嘴裡一片水泥味。雙手抱頭，差點就要向神祈禱。

然而，第二發槍響後，尖銳的叫聲刺穿鼓膜，有如壞掉的小提琴音。

——是川原！

寫入腦中的完美程式依然健在。腎上腺素猛烈分泌，從全身上下所有的洞汩汩滿溢。

冰冷的雙手瞬間發熱。

凱薩握住槍柄，朝人影臥射。

這次勉強成功制止試圖逃脫大腦掌控的手指。儘管開了四槍卻連一槍也沒有擊中，至少成功將視野中的人影驅離。

朝走廊地面一蹬，以火燒屁股之姿狂奔。利用轉角拉回被離心力甩遠的身體，順勢撞開玻璃門衝出去。

衝出農學部研究大樓，毛毛雨下進眼睛裡，凱薩眨了眨眼，繼續順勢衝上已鋪設好的那條路，視線鎖定一輛黑色轎車。

川原正鑽進後座，穿粉紅色夏威夷襯衫的男人朝這邊開槍。

彼此之間的距離約莫二十公尺。

預測對方將連續開槍，凱薩蹲低身子，維持這姿勢將身體貼緊松樹。然而，感覺不到第二發子彈。

——子彈用光了！

倉促之間做出如此判斷的凱薩毫不遲疑，再次衝向鋪設好的那條路。

那輛日產GLORIA的引擎發出怒吼，無視尚未關上的後車門，以猛烈的速度倒車。

凱薩咬緊牙根，左手握住槍柄，對準GLORIA後擋風玻璃擊出剩下的兩發子彈。第一發令擋風玻璃變成一片霧白，第二發在上面開了一個大洞。

聽見劇烈撞擊聲的當下，凱薩的意識已吊在半空中。

往下看，自己被GLORIA撞飛的肉體正往矮樹叢落下，一切就像電影裡的慢動作。世界上所有聲音都消失了。不只聲音，連憤怒、悲傷、後悔、甚至或許所有令人類為之痛苦的東西都消失得像是原本就不存在一般。成為魂魄的凱薩靜靜閉上眼。隱約聽見警車鳴笛的聲音，宛如聽見讚美詩。

——可惡！

從引擎的咆哮與令人嗆咳的汽車廢氣中別過頭，凱薩扭轉身軀。矮樹叢的樹枝割破臉頰，血花噴濺。

GLORIA後車門搖來搖去，撞上松樹。全速旋轉的後車輪激起地上的泥水，噴進凱薩鼻孔與眼睛。蜷縮身體，雙手抱頭。這不是出於恐懼，而是出於執著所採取的行動。

川原就在那裡！腦中只剩下這件事。川原就在那輛GLORIA裡！

天地顛倒的視野中，凱薩看見GLORIA亮起煞車燈。

——該如何是好？

撐起泥濘裡的身體，以不屈不撓的氣勢轉過頭。

全副神經都與視覺直接相連了。

車內燈照亮破碎的擋風玻璃後方，使凱薩看清那個正朝這邊看的人影。隨即有什麼遮蔽視野，不過，人影裂開的嘴唇形狀正說明了他是誰。

GLORIA輾過一汪水窪，駛出視野之外。

凱薩立刻從掛在腰帶上的皮套中抓出手機。在使人瘋狂的焦躁中按下按鍵。

對方只響了一聲便接起電話。發生什麼事了！電話那端傳來蝙蝠悲痛的叫聲，凱薩以全身力量回應。

「追上那輛GLORIA！」對著話筒吶喊。「他們正朝你那邊開去！那輛後擋風玻璃破掉的GLORIA！」

遠處，但肯定是建築物內某處傳來槍響。

不過燕子並不在乎。他認為現在自己應該有資格擁有這點時間。

遭到破壞的屋內，只有黑板上的時鐘奇蹟似的毫髮無傷。紅色秒針刻劃著時間，像是確認著什麼。還不到十點半。

燕子覺得有一點不對勁。懷疑現在眼前發生的事是否不能算在人生範圍內。「這不關你的事」。自己的聲音衝破令人想摀住耳朵的槍聲殘響，從腦海中冒出來。「所以呢？你們要殺了那個女的嗎？」

如果時鐘沒壞，這一切只發生在一分多鐘內。燕子想用自己的方式消化這一分鐘的事。然而，已知的現象和時間之間的關係是那麼不對勁，終究無法甩掉這種不對勁的感覺。泡碗速食麵都得花上三分鐘。如果有三分鐘就能毀滅世界嗎？

打斷思考的，是眼角瞥見的那塊黃色碎布。

燕子凝視那塊布，接著彎下腰撿起它。

背後傳來玻璃碎裂的聲音，心驚膽跳地持槍回頭，結果什麼都沒有。窗簾迎風飛舞，一個類似燒瓶的東西從桌上滾落，掉在地上碎裂。

屈膝跪地，自己的影子落在三行眼裡。

日光燈閃爍。

那足以舉起一百五十公斤健身椅的厚實胸膛上，開了至少三個洞。睜大的雙眼已失去神采。

燕子用那塊布擦去三行嘴角溢出的黑血，發現他下巴上的鬍鬚出乎意料地柔軟。黃色的碎布立刻吸飽了血，拿在手中很是沉甸。攤開一看，「PEANUTS GANG」的「GA」開了一個洞。

三行眼睛大睜，像個明明還會動卻突然靜止下來的玩具。說不定推推他又會動起來了。

才剛這麼想，耳邊又傳來槍響。這次來自屋外。

不知道該不該這麼做，燕子猶豫了一會兒才伸手輕輕闔上三行的眼皮。

從死者視線解放的瞬間，新的憤怒翻湧而出。

燕子握緊手槍，奔向響個不停的火災警報器之海。穿越走廊，衝下樓梯，才花不到二十秒，人已站在一樓。踢開入口處的玻璃門。

瞬間，警車的鳴笛聲劃破靜謐的夜晚。

——可惡！

夜空像被子彈擊穿一個孔，警笛聲則是從氣孔中強勢噴出的空氣。這聲音令燕子差點窒息。

不知道該朝哪個方向去。總之盡量遠離警笛吧。腦中只有這個念頭。

奔上剛鋪好的那條路時，燕子只花一秒就下定決心拋棄賓士的決心。在消防車紅色警示燈與巡警車藍色警示燈的照射下，沿著石牆栽種的松樹微微發光。紅藍交雜的混濁光線與刺耳的警笛聲同時步步進逼。

也不知道是被什麼觸動的，或許是留在現場空氣中的意念也說不定。宛如天啟一般，燕子忽然頓悟。

那個似曾相識，夾著尾巴逃跑的入侵者，正是每天出現在電視上的男人，全國通緝犯中的超級巨星，也是自己從「九號營地」中放掉的那個人。

——很有一套嘛，飯島好孝先生……

眼神轉向道路另一端，機場跑道般的黑色柏油路面，朝黑暗之中延伸。

別無選擇。

打開沒上鎖的卡羅拉車門，凱薩倒在駕駛座上。

一口氣喘不上來，起霧的擋風玻璃一片白茫茫。被GLORIA撞飛時破掉的卡其褲膝頭沾著發黑的血，與其說是疼痛，不如說有一股乾燥麻癢的感覺。比起那裡，更教人擔心的是右腳腳踝。脫下網球鞋一看，隔著襪子都知道底下的腫脹還是進行式。

凱薩告訴自己，這不過是普通的扭傷。手伸向車鑰匙，濕漉漉的頭髮滲出髒水，沿著臉頰滑落。

握著鑰匙深呼吸，閉上眼睛。

——怎麼辦……？

吐氣的同時用力打開車門，右腳往柏油路上放。鈍重的疼痛直擊腦門，感覺全身的力氣都從右腳溜走。

怎麼辦？飛快地思考，思緒天馬行空來來去去。龍馬怎麼樣了？

警笛的聲音愈來愈近。消防車、救護車、還有警車。顯然它們正一齊朝東門方向聚集。GLORIA也正朝東門方向去。

——蝙蝠能不能順利應付……？

改變主意，再次關上車門，轉動鑰匙發動引擎。車頭大燈亮起，儀表板上指針散發冷光。空轉了兩、三次後，引擎終於重新復活。

打入低檔。

引擎發出更昂揚的聲音，卡羅拉朝前方T字路衝去。

只要在那裡左轉，直走就能通往西門。凱薩說服自己。總而言之，在解決川原之前不能被捕！

車頭燈開始搖擺時，凱薩忽然將煞車踩到底。

身體先壓上方向盤，又再次被拉回座椅。

才發動五秒就熄火了。

抱著方向盤的凱薩凝神注視距離引擎蓋兩公尺前方，車頭燈打亮了一個人影。

是燕子。

他的視線突破擋風玻璃，直視凱薩。左眼下方臉頰上乾涸的血跡宛如一滴黑色的眼淚，在視覺上形成裝飾效果，增強了眼神的力量。就像上戰場時化了妝的印第安戰士。

車內的凱薩與大燈照射下的燕子。兩人之間只有一層薄幕般的細雨。

——混帳！

凱薩再次轉動車鑰匙。然而，一記槍響粉碎了他的意志力。

火花迸散。

側後視鏡飛掉了。

——看吧？

車頭燈的光令燕子瞇起眼睛，但卻眨也不眨一下。盯著S＆W照準器前方，擋風玻璃裡的黑影不放，手指用力扣下。

——不是說過嗎？我就是能一舉扭轉情勢的男人！

在踏上T字路前，作夢也沒想到那裡會有一輛車。甚至直到聽見引擎咆哮時，都還未曾察覺那是引擎的聲音。但是，當逼近的車頭燈照得瞳孔收縮，燕子反射性地舉起手槍。

你會怎麼做？飯島好孝先生？燕子心想。儘管並不確定，擋風玻璃黑影中散發出的濃密空氣、猶豫與決心，都毫無疑問地與今晚一連串的鳥事相關。

人影看起來在動。

手指輕鬆得連自己都感到訝異。

不是自暴自棄，而是自然而然地扣下扳機。不只如此，顧慮到之後自己能否順利逃離，連擋風玻璃不能擊碎的事都設想到了。在這個條件下，瞄準哪裡開槍最有效，子彈就落在哪裡。

一槍轟掉的側後視鏡滾落柏油路面。

人影看似凍僵般一動也不動。

燕子從車頭燈的光線中潛入黑暗，繞到駕駛座旁。

「果然是你。」一邊用手槍指著對方，燕子咧嘴一笑。「我們還真有緣。」

飯島好孝瞪視前方，彷彿變成一尊銅像。

後座車門沒上鎖，燕子直接跳上卡羅拉。

「別磨蹭了！」聲音從齒縫間擠出，燕子的槍口抵住飯島好孝後腦。「最壞就是轟掉你的頭。」

車內後照鏡中，飯島好孝睜大雙眼。

警笛的聲音像是正要落下的斷頭刀。

燕子朝窗外投以一瞥，再以就各種意義而言皆不由分說的視線望向後照鏡。拉起擊錘，用那沉重的彈簧聲說服對方。

飯島好孝身體向前傾，燕子將全副神經集中在手的動作上。

連喘口氣的時間都沒有，再次被叫醒的卡羅拉拖著不高興的引擎聲往前駛去。車體傾斜，出氣似的輾過路面水窪，水花四濺。

18

飯島好孝直視前方，反覆左右操縱方向盤。

除了和三輛如子彈飛過的警車擦身而過外，下著毛毛雨的夜裡，沒有其他能威脅卡羅拉的東西。街燈向後流逝。

鑽過幾條細窄巷弄後，再次順暢地駛上往東南延伸的三號線。

燕子回頭看了後擋風玻璃好幾次。車身行經道路凹陷處時輕輕反彈。即使待在昏暗的車內，也能清楚看出復仇老爹飯島的嘴唇失去血色。胃液翻湧而上的酸氣刺鼻。

透過車內照後鏡，燕子硬是捕捉了飯島好孝的視線。

「你在思考開口說話的時機嗎？」燕子咄咄逼人。「還是說，你在等我丟出問題？」

「另一個男人……」飯島好孝從照後鏡中轉移視線。「他怎麼了？」

「我說你啊。」燕子發出嘲弄。「你拋棄夥伴，自己像屁股著火似的逃掉了呢。」

飯島好孝直視前進方向，毫無表情的視線如一扇莊嚴的門扉，將外界的一切堅拒於外。

燕子稍微開窗，讓風吹動頭髮。

「告訴我。」飯島好孝以嘶啞的聲音重複追問。「他怎麼了？」

「看明天的報紙就知道了。」

飯島好孝肩膀為之一僵。

燕子移動臉部，窺看照後鏡。改變反射角度，鏡子從另一個方向映出飯島好孝的眼睛。

「那幾個人是何方神聖？」

「你這傢伙給我等一下。」燕子把槍口用力壓在對方後腦勺。「為什麼是你在問我？」

飯島好孝閉上嘴巴。

燕子坐在椅子上挪動臀部時，飯島好孝忽然用力敲打方向盤。

敲了一次又一次，接著用力按喇叭，按著不放。歇斯底里的喇叭聲有如卡羅拉的殘影，在夜晚的國道上拖著長長的尾巴。

燕子手中的槍柄敲上飯島好孝的太陽穴，卡羅拉扭曲蛇行，引起後方車輛一陣喇叭聲。

「給我好好開！」燕子叱喝。「再來一次就真的斃了你！」

飯島好孝肩膀上下起伏，太陽穴流出的血沿著臉頰流下，粗棉布襯衫上染出一塊黑色血漬。

看到那塊血漬，燕子的焦躁感逐漸稀釋，取而代之的是被一股無力感包圍。

腦中思索自己還剩多少選項。然而，無論怎麼想，發現一具脖子上烙有號碼的屍體和另外一具不管是誰都好的屍體，將會在社會上引起什麼樣的連鎖反應，張武伊先前的話其實已經說明得很清楚。

探出上半身，查看車速儀表。

時速六十五公里。

「開慢一點。」做一次深呼吸，要自己冷靜下來。「要是被交通警察攔下來就不好玩了吧。」

飯島好孝的眼神在照後鏡中游移。

「事情演變成這樣已經無法挽回，至少不要因為今天的事情被追究。在一號電波正式發射之前，我能做的只有買個女人大醉一場，你也只能放棄殺死那個變態，想想能找點什麼樂子吧。」

最初只是輕微的呻吟。然而，飯島好孝內心似乎有什麼爆發了，呻吟隨即轉變為沈痛的吼叫，最後形成憤怒的咆哮。

燕子皺起眉頭。

「還沒結束！」噴火般的聲音。「我們絕對不會放棄！」

燕子睜大雙眼，感到震驚。是因為被一個人不值一提的憤怒與執著震懾嗎？還是因為內心被那激烈的情感打動？又或者從一位父親的愛中獲得共鳴？不，全都不是。

算準這位復仇老爹恢復冷靜的時刻，燕子挑選遣詞用字。像拆開禮物上的緞帶那般興奮。

「咦？還沒結束？還有什麼嗎？」

飯島好孝咬緊牙根，臉頰上浮現清晰突起的青筋。

燕子站起來，從後座移動到前面的副駕駛座。「你剛才說了『我們』吧？」

確信量表正在逐漸攀升。

現在已能直接注視的飯島好孝眼中，浮現幾許混亂。

那個瞬間，確信爆表。

「咦？什麼？」情不自禁探出身子，腦中純白天使手中小小的搖鈴叮鈴作響。「咦？你們還有同夥啊？」

一輛抖落沙塵與噪音的卡車超車而過。前方，黃色的起重機正就著微弱的光線左右移動吊臂，將大木箱堆上小型貨船。

綠色車身以模板噴漆方式漆上白色「福岡海砂」字樣的一群卡車經過，燈光閃爍不定的可口可樂自動販賣機旁開著一叢向日葵。佇立於黑暗之中的向日葵，宛如怎麼也盼不來指導者的群眾。

按照燕子的指示，飯島好孝將卡羅拉停在自動販賣機旁，關閉引擎熄火。

「換句話說。」燕子率先開口。「你的同夥去追張武伊了？」

緩緩轉頭，飯島好孝朝燕子眼睛望去。「他是什麼人？」

「喂，是我在問你問題。」

「我想知道那個女人之於你，是否和川原之於我們具備相同意義。」

「為什麼？」

「你在中央管理室說過吧？當我問你如果密碼不正確的話打算怎麼辦。你的答案大概是說，到時候就回去過日常生活之類的，對吧？」

「那又怎樣？」

「我們卻是犧牲了你所謂的日常生活在追殺川原。」

「…………」

「上次提議交易的是我，這表示我們就是這麼拚命。」毅然決然的口吻。「可是這次不一樣，至少是五十對五十……」

燕子皺起眉頭。

配合可口可樂自動販賣機投射出的不規律白光，光芒沿著飯島好孝的輪廓明滅閃動。

「如果我的預感沒錯，這次應該是你打算提議交易。而且，這場交易對你來說意義相當大。」拖著彷彿來自黑暗的聲音，飯島好孝發光的輪廓線在黑暗中浮現又消失。「所以，我想先確認這場交易對你來說有多重要。」

「確認之後又如何？」

「根據這份重要性來決定我們這邊提出的要求是否適當囉？」黑影聳聳肩。「交易不就是這麼回事？」

燕子想了一下說：「如果你的預感沒錯的話。」

黑影做出反應。

燕子一副很沉重的樣子舉起手槍，對準飯島好孝的臉。「這不是交易。」

沉默籠罩。

燕子吞嚥口水，令他不滿的是那聲音聽起來非常大。照準器前方那個黑影絲毫不為所動，這也令他有所不滿。不過，最令他不滿的是，舉著手槍的自己深知這行為有多愚蠢。

可口可樂自動販賣機的光線不按牌理出牌地閃爍，燕子的臉也隨之在黑暗中反覆陰晴圓缺。發出霧光的槍口再次回到黑暗中。

感覺身體正在發燙。死亡就掛在眼前，令凱薩激動的卻不是對死亡的恐懼。

車上的音響正靜靜播放湯姆．威茲的〈Ol' 55〉。描述因什麼而感到痛楚，在某種衝動驅使下，雖然不是各種方法都嘗試過，但仍什麼都不放棄的男人，是這樣的一首歌。平靜的，彷彿月光一般的鋼琴聲。靜下來側耳傾聽，感覺自己的生存之道都包容在這首歌的旋律之中。

「只要我還活著一天，就會追殺川原到底。不過，如果你能讓我從中獲得解脫……」凱薩慢慢蠕動乾黏的嘴巴。「那或許也不壞。」

自動販賣機發出的光，照亮燕子睜大的雙眼。槍口看起來舉高了一點。

一輛小卡車發出柴油引擎的聲音，從卡羅拉旁邊開過去。一艘液貨船滑過平靜幽暗的海面，朝難以辨識的海平線前進。

「你不開槍，就表示這果然是一場交易吧？」

燕子的眼神變得混濁。

自己映在窗玻璃上的右側太陽穴流出一絲黑色液體，直通過臉頰。用手一抹，乾涸的血像沙子一樣剝落。

隱約聞到油臭味。也聞得到一點濕土摻雜阿摩尼亞的氣味。全世界的惡臭都滲進這輛車了。

「你聽說過菊池組嗎？」燕子開了口。

凱薩感到有什麼呼之欲出。「你是說菊池企業吧？」

「那女的……」燕子放下槍口。「是他們老大的女人。」

「而你需要那個女的？」

燕子點點頭。

「你在中央管理室說過吧，說你不會殺人什麼的。」

對方什麼都沒說，連身體也紋風不動。

「以下是我們的要求。」凱薩說。「幫我們殺了川原。」

撇開被唬弄的不悅感，燕子試著整理眼前的狀況。如果沒有快刀斬亂麻的決心，那就只能耐心解開纏在一起的線頭。

第一條路，射殺這傢伙。這麼一來，箭頭勢必指向自首兩字。第二條路，不接受交易。箭頭還是指向自首。第三條路，接受交易。箭頭指向未知的舞臺。

「關於這一點嘛……」燕子試著含混其詞，一是為了爭取時間，二是期待或許能從中找到新的出口，三則是因為腦袋已經快燒掉了。「我還以為你想留著最後自己享受呢。」

「已經沒有時間了。」對方立刻做出回應。「今晚的事，肯定很快就會刺激政府做出發射一號電波的決定。」

燕子用視線與表情催促對方繼續說。

「無論川原自首或是逃往國外，都會讓我們失去出手的機會。」

「你不是說只要活著一天就會追殺他到底？」

「如果你幫我們殺了川原，事情就能到此結束。」

「你憑甚麼相信我？」燕子以自我嘲弄的語氣說。「說不定我就算問出川原在哪也不會真的殺他啊。」

「既然如此，不如這麼說吧。」飯島好孝頓了一頓才繼續說完。「我要你把川原交給我們。」

說得這麼簡單。燕子心想。要怎麼做才能從張武伊手中得到川原。

嘆口氣，望向散發綠色光芒的車內時鐘。凌晨十二點四十一分。

無話可說，車廂內充滿混濁的空氣。

燕子試著編織與飯島好孝的對話。「你已經豁出去了嗎？只要能殺死川原，不擇任何手段？」「是啊。」

「不管做什麼都在所不辭？」「當然。」「既然如此，倒也不是沒有辦法。」「什麼樣的辦法？」「一個讓大家都開心的方法。」「快點告訴我。」此時要刻意停頓許久，沒錯，久到讓這傢伙不安，接著再盡量非常自然地，說得像是對心意已決的人來說根本不算什麼那樣，把答案告訴他：「只要把你的屁眼獻給張武伊就行了啊。」

想像到這裡，眼看心情就要開始變好的時候，手機的來電鈴聲攪亂了沉默。

飯島好孝的影子跳起來，眼底閃著黑暗的光。

燕子全身緊繃，倉促之間舉高的槍口重新產生殺氣。

「別動！」

用手槍抵住對方恫嚇，反抗的意志力便透過槍身傳達。燕子拉起擊錘，必須消滅對方的意志力不可。依然緊盯著飯島好孝的眼睛不放，燕子將手伸向飯島腰帶上的皮套，拿出手機。

獲得解放的來電鈴聲在車內四處跳動。

在這樣的狀態下按下按鍵，手機拿到耳邊。瞬間，氣喘吁吁的男人聲音震動鼓膜。

——「凱薩兄」？

除此之外還有幾個詞彙跳進耳中。STIFF LIPS、賓館、日赤通、GLORIA……

燕子轉動視線。

似乎從那視線中讀取了什麼，飯島好孝放聲大喊：「什麼都別說！蝙蝠兄！別再說更多了！」

——「蝙蝠兄」？

霎時，燕子本想用手槍逼他閉嘴，最後還是沒有這麼做。

電話那頭的男人怒聲問，你是誰？

「我是誰都無所謂啊。」燕子回答。「更重要的是，你得再說詳細一點。」

「別說，蝙蝠兄！」飯島好孝的聲音開始顯得瘋狂。「這傢伙不是和我們站在同一邊的！絕對別再說了！」

不發一語，懷著悠哉的心情聽飯島好孝嘶吼，直到復仇老爹飯島發現愈吼叫只會對自己愈不利的事實。燕子把話筒另一端怒罵與懇求的話語也當成車內收音機的一部分來欣賞。

很快地，車上再次恢復安靜。

燕子深呼吸，吸入的空氣摻雜了飯島好孝的憤怒與猶疑。多麼甘美又營養的空氣啊。

「聽到了嗎？」燕子說。「飯島好孝在這裡，而我不是和你們站在同一邊的。這代表什麼，你應該明白吧？」

仍然激動得像是胸口隨時可能爆炸的飯島好孝。電話那頭失去回應能力的蝙蝠先生。

「蝙蝠先生，你應該也是一位復仇老爹吧？喂喂？我問你，是不是已經掌握川原的下落啦？」

飯島好孝像個剛學會說話的小孩，不斷重複「別說」。電話那頭依然沉默。

「喂，你還沒掛斷吧？」

沉默。

「這樣真的好嗎？」燕子用快刀斬亂麻的口吻說：「如果不告訴我，我就賞飯島……不，賞這位凱薩先生一槍喔，混帳東西。」

「停有液貨船那附近……有沒有，那叫什麼來著？ＬＮＧ船？……對對對，就是壞掉的可樂自動販賣機那邊。」燕子先是默默聽著電話那頭的聲音，再一邊壓低聲音說：「你這傢伙，有沒有在聽人講話啊？」眼神依然緊盯著飯島好孝，原地等待了好一陣子。「開車要開二十分鐘的距離，你跟我說要走路來？」

對方又開始推託。燕子將手機從耳邊拿開，話筒壓在胸口，嘴上嘀咕「混蛋」。

自動販賣機每發光一次，飯島好孝的影子就會變濃。那彷彿即將被空虛吞沒的側臉，看起來就像一棟廢屋。

「我說你啊，刺青那麼重要嗎？比起過來幫我，你把刺青看得更重就對了？廢話少說，快點給我過來。」

瞄一眼車內時鐘，凌晨一點十七分。可惡，竟然講了快要十分鐘的電話。

自動販賣機前面不遠，一處囤積了更多黑暗的地方有兩隻狗。說完「找一輛白色的卡羅拉喔」後，燕子掛上電話，飯島好孝仍未顯示任何反應。

燕子一時之間不知所措，伸手拿放在儀表板上的MILD SEVEN。

遭人破壞的圍欄另一端，一隻髒兮兮的白色母狗任由體型遠比自己小的茶色公狗騎上她。腰部像裝了發條的茶色公狗彷彿象徵剛從「營地」出來的人渣。身上有好幾個地方掉毛，露出底下粉紅色皮膚的白色母狗卻在公狗射精前走開。

這象徵的就是社會現實吧。燕子嗤之以鼻。先盡其所能地煽動，等這邊也有那個意思了，才一副理所當然的樣子推翻說好的一切。

心意已決。所以燕子才能抱著寬大的態度面對飯島好孝製造的沉默，甚至記得呼出煙圈之前要先把窗戶打開一點的基本禮儀。

騎在母狗身上，只用後腳跳了兩、三步的茶色公狗前腳剛放回柏油路，鼻子就又埋進母狗的屁股。一副說著「沒有這樣的吧」的樣子，似乎想來個霸王硬上弓。母狗也無所謂，垂著的乳房一甩就打橫倒在地上。

——婊子！

明知距離絕對太遠，燕子還是忍不住把香菸往白色母狗彈去。

燕子指尖一彈，熾紅燃燒的香菸宛如流星一般拉出一道圓弧，從視野中消失。

瘦弱的白狗低下頭，腹部因長有嚴重疥癬而露出底下的皮膚，即使被雨淋濕，還是因乾燥而龜裂。

不能不去思考的事多如一座小山。「得快點採取對策才行」的焦慮念頭在體內燜燒。然而，凱薩的腦袋卻頑強抗拒思考。

狗抖動耳朵，抬起垂在前腳之間的臉。

逐漸靠近的兩個車頭燈狠狠揪住凱薩的胸口。

副駕駛座上的燕子發出鬆了一口氣的嘆息。

母狗搖晃著乳房站起來，鑽進圍欄的破洞口。被雨淋濕的皮毛貼在身上，背影看起來就像一個得不到任何人青睞的妓女。

紫色的雪佛蘭科爾維特跑車以車頭對車頭的形式停在卡羅拉旁邊，燕子打破二十分鐘的沉默。

發出「下車」命令的同時，槍口也一起指了過來，公事公辦的口吻，沒有通融的餘地。

凱薩看看燕子，再把視線轉移到那個從科爾維特駕駛座上下來的人影。個子看起來並不高。視線再次回到燕子身上。雖然不知道下車後會發生什麼事，凱薩相信不管發生什麼事，燕子都會容許他以自己的步調面對。

凱薩慢條斯理地打開車門，把腳放在被雨打濕但處處龜裂的柏油路面。扭傷的腳踝很痛，把手放在車頂上才勉強保持平衡。

人影從車頭燈的光線中走過來。下半身穿著寬大的牛仔褲，上半身什麼也沒穿。頭髮全部往後梳成飛機頭。

一陣東張西望之後，那人對從副駕駛座下車的燕子說：「咦？大叔咧？」

燕子沒有回答，把臉湊近男人胸口：「鳥？」

凱薩也跟著注視男人胸部，上面有個黑色的圖案。

「烏鴉啦。」男人說。「原本應該是叼個黑色的心，我想把它改成叼個桃子。」[8]

背對男人，沒有答腔，化身為剪影的燕子朝這邊邁步。一步又一步慢慢走，彷彿正在內心彩排接下來要說的話。

「交易的事很可惜呢。」燕子說。「你剛才說，你們為了追殺川原，犧牲了自己的日常生活？」

凱薩做出警戒。

然而，燕子散發的平靜怒氣，以比凱薩下定決心快好幾倍的速度刺過來。

「之前我也說過，我雖然欣賞你們做的事……」

燕子舉起手，槍口對準凱薩。

可能是工作了一整晚的船塢，又或者是停在港中的船舶發出響亮的汽笛聲。

凱薩必須非常努力踩在地上，身體才不至於倒下。

「不過，你們的非日常有時卻會毀滅某個人的日常啊。」

空氣一陣扭曲。

一記槍響捲入汽笛聲中，攪拌、消失。

8 日語中的「桃子」音同「阿百」。

19

好好解釋給阿百聽後，燕子信步朝「STIFF LIPS」走去。

裝滿子彈的S＆W已牢牢關起保險栓，收在燕子腰間。要阿百帶來的「STINKY PINKY」T恤下襬僅能稍微遮住它。沾滿雨水、泥濘與血汗的藍色Levi's牛仔褲不僅已是老戰友，更和身體合而為一。

背後傳來科爾維特跑車低沉的引擎緩緩靠近的聲音。宛如一隻即將撲上獵物的肉食動物發出低吼。

車開到「STIFF LIPS」寫著「休息三千八百圓起／過夜五千八百圓起／所有房型皆附設卡拉ＯＫ」的電子招牌旁時，燕子朝車內的阿百看了一眼。

阿百點頭回應，暫時把車停下。

「那就拜託你囉。十分鐘後我還沒打手機給你的話……」

「就先把我和燕子哥設定為例外……然後啟動『瞠目』對吧？」阿百微微舉起「清醒者」。「其他還需要做什麼嗎？」

「我想想……」燕子抬頭仰望「STIFF LIPS」。「準備一些新的笑話吧。」

咧嘴一笑，阿百伸出拳頭，燕子也握拳輕輕和他相碰。

重新發動的科爾維特向前駛去，緩緩消失於轉角處。

雨滴滴答答地下，大海般的雨雲下，那棟建築物看起來灰撲撲的。

一腳踏入沒車又想來幹女人的人專用的出入口時，一輛藍色的ＲＶ鑽過掩蔽停車場的塑膠簾子開出來。駕駛是一個戴太陽眼鏡的女人，一看到燕子，臉上就露出小指踢到櫃角的表情，車子瞬間熄火。

燕子目送她再次發動引擎，慢慢將那輛車開走。

阿百的——正確來說是陽的——科爾維特Ｃ５四小時前抵達時，停在「阿正亭」前的那輛喜美轎車，現在已移動到距離「STIFF LIPS」稍遠的十字路口，「DOCTOR MARTIN」的招牌下。

正打算走進「STIFF LIPS」時，燕子倏地停下腳步。轉頭凝神細看那輛喜美，發現駕駛座有些動靜。腦中響起鈴聲。聲音雖小，放著不管的話也很刺耳。

若無其事地靠近喜美，裝作就要從旁通過的樣子。接著瞬間改變方向，一邊在內心感謝後座車門沒上鎖，一邊迅速跳上車。駕駛座上戴著眼鏡的瘦削男人名符其實地嚇得跳起來，一頭撞上車頂。杯架上的保麗龍杯跟著打翻，咖啡淋在男人雙腿之間。

男人手忙腳亂地想打開車上的雜物箱，燕子的Ｓ＆Ｗ已抵住他的臉頰。男人舉起雙手表示投降。

「你是復仇老爹蝙蝠吧？」儘管覺得自己非常不人道，燕子還是用輕佻的聲音這麼說。「認不出我？不是講過電話嗎？」

蝙蝠的臉因恐懼而抽搐。

看到那雙睜大的眼睛，燕子也就明白為什麼突襲「九號營地」與昨天闖入Ｑ大時，這個外表像個物理老師的男人都不在場。

眼前這隻怯懦的小兔子，是那種會被拉炮嚇出心臟病的類型。說不上是哪裡，總覺得他和川原昇有點像，或許是氣質吧。甚至可以這麼說，在被川原昇殺害之前，這傢伙說不定早就強迫女兒為他口交過了。他看起來就是那種類型的混蛋。

說穿了，就是燕子最討厭的類型。如果這傢伙淪落到「營地」，肯定立刻就被人捅屁眼，可是卻又不會隸屬於誰，而是成為最下層那群人的共有財產。

「我想問你一件事。」這麼一來，燕子內心的疑問不由得加深。「你在電話裡說自己尾隨那輛GLORIA到這來的？」

蝙蝠沒有反應。看來眼前臨頭的大難已讓他窮於應付，根本沒有餘力回答問題。

燕子把槍口壓在他的臉頰上轉動，蝙蝠才終於點了幾下頭。

「真虧你沒被甩掉啊，我的意思是說，真虧你能跟到這都沒跟丟。」

「凱、凱薩兄他……」蝙蝠咳了幾下。「他、他怎麼樣了？」

——連講話方式都和那變態這麼像……

燕子再度把槍口壓向蝙蝠。「現在是我在問你。」

蝙蝠縮起脖子，一迭連聲喊「對不起」。

不管問什麼或按哪個按鈕，他大概只會說這句話了。即使如此，費了好一番工夫還是問出了一些事。原來這怕事的傢伙之所以能完美演好這齣跟蹤戲碼，靠的是GLORIA後座車門因受損無法關上，加上一路上都亮著車內燈沒關的緣故。

「他、他們好像忘了把車內燈關上。」蝙蝠總算恢復了幾分冷靜。「車也開得很慢，或許是因為那麼做比較不容易引人注目吧……開進小巷弄時，我就把車頭大燈關掉，保持一段距離跟著那盞車內燈走。」

「原來如此。」姑且不論細節，燕子決定把事實視為事實接受。「那他們進了賓館之後什麼動作都沒有了嗎？」

蝙蝠低垂目光，囁囁應了一聲「是」。接著，再次提出他掛念的事：「凱薩兄……他怎麼樣了？」

「蝙蝠先生。」燕子對視線依然低垂的蝙蝠輕聲細語。「看著我，蝙蝠先生。」

蝙蝠誠惶誠恐地抬起眼睛。

「我等一下會到那裡面去。」燕子朝建築物吸了吸下巴。「雖然不打算在裡面待太久，不過萬一我出來時你還在這裡，那可能就得待到警察調查完才能離開囉。明白嗎？」

「調、調查什麼？」

「調查留在你身體裡的子彈是從哪裡射出來的，調查為什麼你的褲子被人脫掉了。不過，等到他們發現你的直腸深處殘留有精液，可能會是再稍後一點的事囉。」

蝙蝠生生嚥下一口口水。那怯懦的目光令燕子滿心煩躁，同時也感到心滿意足。

燕子很快地下車踩上柏油路，繞過車尾，站在駕駛座旁。手搭在車頂上，彎腰朝充滿咖啡味的車內窺看。

「對了，關於你的問題。」

用若有所指的眼神盯著他看，蝙蝠的眼神顯得陰晴不定。嘴巴像渴水的魚般一張一闔。真想一直盯著這張因緊張而扭曲的臉看，燕子珍惜地享受這令人愉悅的一刻。

「凱薩先生他呢……」揚起嘴角。「被我開了一槍。」

白色的豐田皇冠、灰色的三菱晶鑽、紅色的福斯、深藍色的ＢＭＷ、三菱帕傑羅、MIRA PARCO……

停在那裡的GLORIA雖然不到犀牛那麼誇張，至少也像隻衝進來的山豬。燕子仔細檢查後座車門後，穿過停車場，通過自動門。

第一件事是先把臉湊上電子看板，確認這裡的房數。

總共有十八個房間。即使是看板上顯示最下層的房間，編號仍從「2」開始，這表示一樓沒有房間。

——然後，這是一棟五層樓建築……

這麼算起來，從二樓往上，每一層樓約有四到五個房間。現在還空著的房間包括七千八百圓，附露天浴缸和三溫暖的「507」和「501」，三千六百圓，只附三溫暖的「405」和五千八百圓，卡拉ＯＫ設備故障中的「202」，除此之外，另外十四個房間都有人。

以上資訊告訴了燕子兩件事。第一，張武伊肯定在那十四個房間的其中一間裡，只是到底是哪間就不得而知。第二，就在自己出入槍林彈雨的當下，世界上還有這麼多人正在搞女人。

走進第二道自動門，確定一樓只有一個索然無味的大廳後，燕子立刻對第一眼看到的監視攝影鏡頭做出一個特大的友好笑容。

安靜無聲的大廳裡感覺不出人的氣息。

對著鏡頭揮手的自己實在太滑稽，有那麼一瞬間覺得一切都無所謂。不過，燕子也很明白，一旦此時收起笑容，未來可能再也無法做出這樣的表情。

簡單設置了沙發與茶几的大廳雜誌架上排放著《*ELLE*》、《*25ans*》等雜誌。還有一面大鏡子。

——到底有什麼人會坐在賓館的大廳悠閒看雜誌啊。

走廊盡頭轉角處露出一臺堆滿皺巴巴床單的推車，彷彿停在那裡等著埋伏誰。

總而言之，現在除了野崎之外，另外那三個人一定已陷入雞飛狗跳的大混亂。如果飯店管理員走出來的話，可以先打聽一下。打聽的方法多得是。一邊這麼思考，燕子一邊持續朝監視攝影機鏡頭做出誇張的肢體語言。時而用手指向外面，時而聳肩甩頭，時而哈腰鞠躬。

立刻就感到厭煩了。不過，正當他想丟下這一切去喝杯啤酒時，一陣宛如驚濤駭浪的腳步聲將燕子拉回現實。

轉頭一看，握著馬卡洛夫手槍的朴志豪，正以一臉被響尾蛇咬了屁股的表情步步逼近。

朴用右手舉起手槍抵住燕子喉頭，左手揪起他的衣領。整個重心猛地壓上來，一口氣將燕子推到牆上。燕子後腦撞上牆壁，受到壓迫的喉嚨像吞下石頭一般難受，但這些都不算什麼。

「燕子，你這混帳！」朴拉起擊錘，把臉湊得像是要接吻那麼近。「快把那東西弄停！你這王八蛋！」

「欸？」大蒜的臭氣呼到臉上。「欸？你是從哪裡跑出來的？」

「快把那東西弄停！」

「等、等一下。」燕子舉起雙手，表示自己已解除武裝，低頭睥睨朴志豪脹紅得幾乎發紫的臉。「欸？一樓也有房間嗎？」

「你……」

朴口中迸出低沉的聲音，用力得幾乎快把臼齒咬碎，又像一開口就會噴火似的。瞠圓的雙眼已完全失去理智，全身因憤怒而顫抖。

「否則我就殺了你，自己去弄停它！」

隔著朴的肩頭，燕子凝神注視一樓後方，認出站在那裡的是張武伊。雖然臉色蒼白，腳步倒踩得出乎意料地踏實。張手上也拿著一把馬卡洛夫。

「你怎麼找到這裡的？」

聽到張開口說的第一句話，燕子確信自己將贏得勝利。因為張隱藏在怒氣下的是妥協與懇求。

燕子聳聳肩。「跟著泡菜味走就找到啦。」

張無力地笑了笑，朴用盡全力揪起燕子的T恤。

「你想做什麼？」張問。

「你覺得我想做什麼？」

「那個女人？」

「否則我是專程來見你們的嗎？」

「清醒者的事我聽昇說了。」隔了一會兒，確定自己說話的語氣改變了，張才補充說明。「其實你不需要這麼做，如果有話想說，我們可以去櫃檯邊喝咖啡邊聊。」

「櫃檯？」

「這裡是安浦組的地盤，你不知道嗎？」

「所以？」真的假的。「那女人呢？」

「和昇一起在櫃檯那邊唷。」

在被朴拿槍抵著的狀態下，燕子迅速釐清現狀。朴志豪從監獄脫逃出來後，安浦組大概將管理這裡的工作交給他了吧。

話雖如此，張武伊那態度是怎麼回事？燕子仔細觀察張的模樣。皺巴巴的粉紅色夏威夷襯衫、灰色牛仔褲、白色網球鞋。一切都和昨天一樣。那到底是哪裡不一樣了？這種感覺是從哪裡來的？

朴逼人的氣勢將燕子的思考打散。

「喂，混帳！」

燕子姑且對朴露出游刃有餘的微笑。「腦袋裡是不是在嗶嗶叫？」

「燕子、你……現在立刻給我弄停！否則……」

「你才該立刻給我放手呢。否則你的眼球就會早一步面臨世界末日囉。」

「開什麼玩笑！」朴用力一拉，幾乎要把燕子舉起來。「要是那樣的話，你別想活著回去！我會把所有子彈都射進你腦袋裡！」

「那麼到時候你將看不到那一幕了。如果沒接到我聯絡，阿百可是會讓你們的眼球跳出來的喔。」

「很好啊，你這王八蛋！」

「夠了，志豪。」張把手放在朴肩上。「總之先聽他要說什麼吧，好嗎？」

是殺氣。燕子發現了。朴志豪這白痴的殺氣和以前一樣，張武伊的殺氣卻已完全消失。

「這樣不是正好嗎？」張對朴這麼說。「不如喝杯咖啡，好嗎？大家都冷靜點。」

「你少擅自決定！」

——「什麼事情『正好』」？

「冷靜點，好嗎，志豪？等一下還有重要的工作等著你吧？你不冷靜下來的話……」

「開什麼玩笑！」

朴這麼吼叫，只見張身子一矮，強悍的一拳已朝朴腎臟位置擊去。

隨著鈍重的悶擊聲，朴瞳孔放大，直接朝燕子腳邊趴下。從脖子上浮現的青筋可知，他無論肉體或精神都面臨破滅邊緣。

「抱歉啊。」為了讓自己冷靜，張武伊用雙手梳整頭髮，然後平靜地說：「不過志豪啊，用腦的工作就交給我，好嗎？」

朴發出類似漱口的聲音，詭異又無意義的怨歎。

「對啊，志豪。」燕子拉拉T恤下襬，蹲下來用手拍拍朴那張大臉。「要是不會區分肉體勞動和大腦勞動的不同，人類從文化大革命裡不就什麼教訓都沒學到了嗎？」

朴像個即將被斬首的落敗武士，用充滿怨念的眼神回瞪燕子。

燕子內心竊笑，心情就像戲弄一隻被關進籠中的猛獸。

「要是明白了，在你開始從事重要的肉體勞動之前……」燕子一邊從屁股口袋裡掏出手機一邊說：「快點站起來，先去星巴克跑腿買個咖啡回來吧。」

20

凱薩坐在駕駛座上，屏住呼吸。

左腿上是如漣漪擴散的劇痛，每呼吸一次都痛得像刨出所有神經。即使如此，世界仍清晰鮮明得令人生厭。灼熱的疼痛留下餘溫，熨得整顆腦袋發燙。

腳一動就發出啪嘰啪嘰的聲音。費盡千辛萬苦終於脫下的網球鞋已化為一個血槽。泡在血池裡的左腳不知是否仍在出血。不，連左腳是不是還在也不確定了。

那是莊嚴得宛如某種儀式的一槍。

背對車頭大燈的燕子剪影。一度瞄準自己胸膛的槍口，隨即猶疑著尋求妥協點。接著，槍聲一響，左腳高高跳起。世界傾斜，臉頰貼在淋濕的柏油路面上。

拜緊閉的車窗之賜，車內溫度大概已超過攝氏三十度。縱是如此也不想打開車窗。比起滿身的汗水，更在乎的是與世界隔離。

嘴裡黏呼呼的，簡直像含了一嘴漿糊，除非誦唸特別的咒語，否則嘴唇永遠都不會再打開。封閉於口腔內的氣體發酵，帶有隱喻意味的惡臭刺激嗅覺。

靜靜飄落的雨像眼淚一般沿著窗玻璃滑落。

子彈射穿的左腿重如鉛塊，顯示身體的免疫功能正展開一場大戰。既然無法期待名為抗生素的援軍支援，只有靠自己克服了。

緩緩從椅背上撐起背部，凱薩發動卡羅拉的引擎。車內時鐘顯示目前時刻為上午八點二十二分。為了確認自己所在之處，視線望向窗外景物。昨晚是走哪條路到這裡來的，已完全不復記憶。雖然和夜晚天黑也有關，不過，當時與其說是移動，倒不如說更像是因為跟不上地球自轉而被拋在原地。

將意識集中在窗外的世界。

橄欖型的金屬風車以一定速度緩緩運轉，彷彿裝了電動機關。幾顆泛紅岩石的配置則像經過刻意計算，充滿奔放感。小丘上有一座看起來頗為乾淨的紅磚公廁。停車場內除了自己之外，還有另一輛黑色小客車。

弄清楚這裡是運動公園裡的停車場後，感覺自己重新被安裝回世界中了。

卡羅拉打斜停放，橫跨兩個殘障車位。

非查不可的電話號碼有兩個。手機被燕子拿走了，想聯絡蝙蝠只能透過GOV。幸而總部裡有龍馬的朋友。

——那人……姓什麼來著？

龍馬確實提過那位朋友的姓氏。

——啊、欸、佐、佐……什麼來著……

重新在腦中構築當時與龍馬的對話。

——佐佐木！不對，不是這個……齊藤？佐藤？山崎……？

只不過是不到二十四小時前的對話啊，一邊為此感到詫異，一邊努力回溯記憶，從美咲寄來的電子郵件開始回想，挖掘記憶深處，龍馬遞過來那張列印紙上的內容。

——副島？齊田？川崎？笹岡……？

空轉的引擎轉速逐漸上升，試圖強調自己的存在。

——笹岡、笹岡……佐、木、佐……佐伯……是佐伯！

凱薩將排檔打入低檔。

一個掉頭，倒車開上人行道。撞飛一個空罐子，盡可能將駕駛座開到公共電話旁。

儘管已經破破爛爛，加上淋濕又自然晾乾的緣故，紙張已經皺得不像樣了，至少那裡還是有一本電話號碼簿。值得慶幸的是，這裡的公共電話不是電話亭式，只要稍微探出身體，即使坐在駕駛座上，還是能拿到話筒。

翻開「G」的頁面。指尖顫抖，不知是心理因素還是單純血糖值太低……或許兩者皆是吧。努力翻動頁面，找到與「Guardian Of Victims」有關的電話號碼就占了三分之一的那一頁。

撕下那一頁，打開車內雜物箱，抓起第一眼看到的紅色簽字筆，在空白處潦草寫下「佐伯」兩字。

把這一頁丟上儀表板，立刻開始翻找第二個電話號碼。腿上的痛覺似乎減輕了一些，儘管這肯定是錯覺，至少自己已經封鎖了痛覺的幹線道路，凱薩為此感到滿意。

比起電話號碼，接下來要查的這個對象更需要知道地址。凱薩的指尖在「K」[9]的頁面上移動。

9 菊池的拼音縮寫開頭即為K。（編按）

21

「STIFF LIPS」的櫃檯足足有四坪大。

原本白色的壁紙已泛黃，牆壁和天花板的連接處滲出水漬。靠內側的牆上擺著一臺像從大型垃圾場撿回來的電視，還有一個放著骯髒電腦的電腦桌。來自五具監視攝影機的館內畫面映在五臺螢幕上，以每秒為單位切換鏡頭。旁邊還有個只顯示房號的電光板，當下每個房間的使用狀況如何，只要看那裡就能一目了然。地上放著一個天鵝造型燈具，鵝頭套著推測應該屬於張武伊的黃色三角褲。

……屍體身分已查明，分別是福岡縣大野城市的GOV成員池陽介（47）與從九號營地逃脫的三行讓（37）。此外，將現場殘留的指紋與西日本治安維護主導機關的資料比對後，證實與同一批逃犯中的張武伊（33）、李燕（31）及朴志豪（29）三人指紋一致。福岡縣警方認為三名逃獄犯很可能綁架了事件之後下落不明的野崎理子（28），正在全力搜查當中。一般民眾被捲入與逃獄犯相關的事件，已造成附近居民不安。這一連串的事件，很可能促使本日臨時國會決議通過以全國範圍發射「清醒者一號電波」的提案。GOV總部認為政府對此提案的推託態度是引起本次事件的……

燕子連細胞都感受到一切將被絕望擊潰的無力感。

「看吧？」張武伊說。「所以我才說，先拿到大麻種子再賣掉它的計畫太悠哉了，沒有那個美國時間。要是今天臨時國會真的通過執行一號電波的決議，三天後分散全國各地的人渣眼球就全爆光了。」

——可惡……

燕子盯著七月二十日的《西日本日報》社會版，目光幾乎要把紙張射穿。

首先，自己出現在報導中的名字竟然被夾在張武伊和朴志豪中間，這一點令燕子相當不滿。因為他深知自己的名字對大多數日本人來說，屬於同一種分類。用在報導中的照片，只有張和朴的是近照，自己的是三年前拍的，這點也令他不甚滿意。當時身上的脂肪比現在至少多七公斤，剃著平頭戴眼鏡的過去的自己，端坐在明明不是同夥的兩個人中間。

——看起來簡直就像我和張武伊他們是一夥的！

「你想搶回理子，賣菊池一個人情？」這一夥人的領袖如此嘲笑。「那最好祈禱菊池沒看到這篇報導囉？」

「那也要菊池眼睛看得到才行。」其實燕子很想這麼吐嘈，但這麼做太沒意義，最後還是掃興地打消主意。更吸引他的是另一件事——

——張剛才稱她為「理子」？

把報紙丟回桌上，目光朝坐在腳凳沙發上喝咖啡的野崎理子望去。穿著褪色的黑T恤和藍色破洞牛仔褲，和昨天一樣的打扮，看在燕子眼中卻判若兩人。

「喂。」

這麼一叫她，野崎就把嬌小的臉轉過來。

「妳趁菊池先生不在，把龍魚賣給了安浦組嗎？」

「你或許不知道。」野崎以沙啞的聲音說：「他的人生有所謂的規矩。」

「我知道啊。」

「第七條，『用盡一切手段也要剷除威脅人生的東西』。」

「所以妳認為自己會被他剷除？」

「龍魚的事他瞞著組裡的兄弟，是只有我和他知道的祕密。」野崎望向燕子的眼神封印了一切情感。「雖然，我一點也不認為自己背叛了他，但是站在他的立場，背叛如果不是『威脅人生的東西』又會是什麼？」

燕子不置可否地低聲嘟噥。

「營地」裡多的是躲在「自覺」這個鎧甲下的傢伙。堅強的人始終板著一張撲克臉，總是一副睡眼惺忪的樣子，實際上眼底卻閃著冷冽的目光。目光的冷冽是為了凍結自己的驚惶猶疑。必須裝出一副「我知道自己在做什麼」的樣子才行，否則就會被連自己在做什麼都不知道的傢伙牽著鼻子走。

所以，誰也不能指責這個女人。這是燕子暫時得出的結論。

事實上，對野崎來說，這次的事有完全不能歸咎於她的原因在先，導致了接下來的一團混亂與動搖。假使菊池在獄中服完全刑，重回社會時想必已垂垂老矣。沒道理要野崎一起賠上女人短暫的青春。就算守著這段感情直到滿身皺紋，屁股下垂，乳頭縮得像兩粒乾掉的水果，野崎也無法獲得任何保障。

「我記得他的第三條規矩是『不求回報才是至高無上的愛』。」

「問題是我把那『不求回報的愛』拿去換錢了。」

「連這個都能原諒才稱得上『不求回報的愛』，不是嗎。」

「他也說過『除了確定能相信的東西之外，對其餘一切抱持懷疑』。」野崎乾脆地反駁。「你應該知道吧？」

燕子歪著頭，露出無法接受的表情。

這似乎觸動了野崎的開關。

「怎麼？」野崎說。「你想說什麼？」

「沒有啊。」

「有話就說清楚。」

「在營地裡，他一直都在提妳的事，整天曬恩愛。沒想到妳卻這麼怕他，叫菊池先生那張臉該擺哪裡好。」

「你到底知不知道他是個怎樣的男人？」

「多多少少啦。」

「我可是在認識的第一天就被他強暴了！」

「怎麼跟我聽到的不太一樣。」

「被強暴的當事人說的還會有錯嗎？」

「既然如此，妳幹嘛跟那種人交往。」

「交往？那傢伙這麼說的嗎？」

燕子以聳肩代替回應。

「開什麼玩笑！」

嘴角扭曲，此時的野崎說起來還真有那麼一點像梅格．萊恩。

「你知道那混球對我做了什麼事嗎？」

橫了張一眼，張別開視線。

「他剃了我的毛！」

「咦？毛？」

「第一次被硬上那天，他就把我那裡的毛剃了，還拍了照片！」野崎激動忿懣。「我是不知道在你心目中那傢伙是什麼樣的人，對我來說，他就是個大騙子、大變態、偽善者！」

「真的假的？」

「等到毛差不多長齊的時候，他又會再找上門，一次又一次地剃光！」

「可是……為什麼？」

「為了不讓我外遇啊。」

「妳沒去跟警察……」

「你是白痴嗎？我可是被拍了照片耶？要是那麼做的話，照片就會被散播在網路上了！」

「菊池先生有那麼說嗎？說會把妳的照片流到網路上？」

「他說要上傳到我們大學的網頁。」

「真假……」

承受不住野崎的視線，燕子別開眼。看來自己有必要重新建立對菊池的認識。

清清喉嚨，張也受到感染似的這麼做。

視線四處游移了好一會兒，最後落在野崎光腳上套著的白拖鞋。拖鞋上有金色的「STIFF LIPS」字樣。不過，真正吸引燕子目光的不是拖鞋，而是野崎右腳靠近小腿處的小小蝙蝠刺青。

「總而言之。」野崎瞇起眼睛。「龍魚是我做出來的，要怎麼處理是我的自由。誰也不能妨礙我。」

「也罷，過去的事就讓它過去。」搶在沉默再次籠罩前，張掌控了主導權。「這樣也不是不可行啊？雖然大家的原因不同，但都一樣想逃出這裡。再說，我們簡直是一群梁山泊好漢，人才濟濟呢，是吧？」

燕子朝張武伊望去。

坐在桌子上的張看看燕子又看看野崎理子，雖然不到一臉喜色的地步，但也紅光滿面得不輸他身上的粉紅色夏威夷襯衫。

「你真的知道那是什麼意思嗎？」燕子輕蔑回應。「梁山泊好漢才不會為了屁大的一點錢聚集呢。」

「那可是以億為單位的大錢。」野崎為張緩頰。「雖然也要看韓國那邊的決定，不過到，截至十一月為止的收成，至少也有五十公斤。如果不用透過安浦組，末端直接零售的話，三十公克三十萬圓跑不掉。現有五十公斤，換算起來就是五億。這次我們若能順利前往韓國，就可證明張先生調船的人脈值得信賴。而我負責製造商品，這點已經不用再證明了吧？」

張像隻吃飽的狗，心滿意足地點頭。這是個好例子，證明少量的肉雖會引起鬥爭，只要給予超乎想像的肉，就算是狼也能飼養得溫馴乖巧。

「我說張啊。」

「什麼？」

「你打算要多少贖金？」

「這個。」他指著身後的氣壓輸送管。「一次最多能輸送一百萬喔。」

用來計算房費的氣壓輸送管總共有十八條，每一條上都掛著相連的房間號碼牌。燕子今天才知道這種計費工具是每間房間配一臺的。在那透明的管子裡，外型宛如小型炸彈的膠囊正蟄伏其中靜待發射。機器的設計是這樣的，只要按下手邊的綠色按鈕，人們在此相愛的費用，就會從管子裡飛出去。

「從房間到這裡，氣壓輸送管來回一次所需的時間——換句話說，把那邊付錢和這邊收錢所需的時間加起來，大概是一次一分鐘左右。」

「你有什麼根據這麼說？」

「我和志豪實驗過了。」

燕子用表情催促張繼續。

「來回十次……也就是十分鐘就有一千萬了。」

「是這樣沒錯。」

「我們的時間頂多三十分鐘左右。」

「有什麼根據這麼說？」

「我會讓志豪盯著，不過從菊池那裡到這裡的距離，開車大概不到三十分鐘。」

「萬一帶錢來的人從房間裡聯絡他們組裡的人呢？」

「我們會使用202號房。」

——202……

「那一直排房間都沒有窗戶，202、302、402、502，是這裡價位最便宜的房間，而且收不到手機訊號。之所以選擇202號房，是因為那裡的氣壓輸送管離這裡來回一次的時間最短。肥羊一旦把錢帶進房間，就把電子門鎖立刻鎖上。很簡單吧？」張一臉得意地攤開雙手。「還有沒有其他問題？」

「是卡拉ＯＫ故障的那間對吧？」

「你觀察得真仔細。」

「原來如此。」

「很完美吧。」

「三千萬啊……」

「參與的成員雖然多，以逃亡資金來說還是很夠看吧？」

「不過，他不會付這個錢的。」

燕子和張同時望向說這句話的野崎。

「大麻種類一直推陳出新，龍魚也不可能永遠賣這麼貴。」野崎說。「能大賺一筆的時候只有現在。」

「然後呢，燕子，我的兄弟。」張咧嘴一笑。「你則有管道。在這個資本主義的社會，愛錢不需要理由吧？我想不出我們有什麼道理不合作。」

「不到二十四個小時前，我們兩個才剛火拚一場耶？」燕子把問題丟回去。「你也切換得太快了吧？」

「我們又不是有什麼深仇大恨。昨天那件事只能說是情勢逼人，順水推舟的結果。再說……」張武伊臉上滿是會心的微笑。「現在這種情況，不正好是對既定關係的破壞嗎？」

桌上放了傳真電話和張的手機，除此之外還有一盒面紙、插著四根菸屁股的菸灰缸、畫有鸚鵡插畫的馬克杯、紙杯，還有裝滿保險套的白鐵罐。每一個保險套上都印著薔薇圖案，佛洛伊德信徒燕子心想，真是不適合賓館這種地方的包裝設計。

薔薇有刺。說不定會有客人擔心保險套被刺破洞。至少，產生這種刻板印象的可能性不會是零。世上有什麼比破了洞的保險套更無用？這種擔憂或許是杞人憂天。一定也有人安慰自己那只是杞人憂天，然後就拿來用。

張和野崎說的話，留下的正是這類印象。換句話說，他們說的話聽起來就像破了洞的保險套。

——可是，還有別的方法嗎？

傳真電話鈴響。

電話響了一聲，張拿起話筒時，燕子感到一陣喉嚨被人掐住般的緊張。和屎拉到一半忽然聽到軍號響起時的心情很接近。

對野崎來說可沒這麼簡單。她看起來就像個失去記憶的人，怎麼拚命也想不起張手中握著的到底是什麼，手摀著嘴，凝視那個話筒。幾乎要聽見她腦漿的翻騰聲了。話筒裡傳出近乎雜音的微弱聲音，她的眼神看來又像試圖透過視覺攫取那聲音的內容。

「喔，是昇啊？」張武伊的聲音立刻變得像跳針的唱片。「等等……喂，你冷靜點……聽好了，鎮定一點，好嗎？」

燕子一方面豎起耳朵，一方面視線仍鎖定野崎。

「我知道了……聽著，就這樣繼續盯……要往哪裡走，我會直接跟那傢伙說……你說帶著白色系的包包對嗎？」興奮支配了張武伊。「我知道啦，這麼一來你我就是一家人了。我發誓，以後絕對不會對你的屁股起非分之想，兄弟。」

野崎整個人都僵住了，大概正陷入驚訝、不信任與自我厭惡之中吧。

手機一響，雙手各持一隻話筒的張就像個雙槍俠。

「志豪？聽說對方現在剛離開辦事處……所以，我想想……大概十五分鐘後就會從你現在所在的地方經過……對，接下來我會隨便讓他在那附近繞一小時圈子，你要好好跟著，別跟丟了。」對著手機這麼說完，又立刻轉向傳真電話的話筒。「昇？喂？聽好了喔，這一點也不難，總之你只要盯著菊池組就對了。好嗎？一旦發現任何不對勁，立刻打電話給我……好好幹喔，我很期待你的表現，好嗎？」

俗話說只要懂得怎麼用，笨蛋和剪刀都能派上用場，看來變態也一樣。

「跟妳預料的不一樣呢。」

燕子這句話並沒有讓野崎回頭，但也足夠引起她的反應。

「菊池先生好像願意為妳付贖金喔。」

野崎什麼都沒說。

張依然交錯講著兩支電話。

「行事衝動，不懂瞻前顧後，這都沒有關係。」燕子說。「可是，沒有識人眼光就有點糟糕了喔？」

野崎尖銳的目光刺向燕子，雙眼之中蘊含的情感毫不掩飾地釋放。

「最糟糕的一種人是不但沒有識人眼光，行事又衝動。那種人經常在最後關頭做出意想不到的事，把一切給搞砸。我之前的搭檔就是這種型，要不是他自顧自慌了手腳，開槍亂射為了完全不一樣的事找上門的警察，我現在也不會在這裡了。」

深深望進野崎眼底，那裡透露的是爆發不了又壓抑不下的憤怒與狼狽，由於狼狽而產生的自我厭惡又與憤怒連結，形成一個沒有出口的循環。

朝張武伊投以一瞥，燕子心想，這傢伙說不定只是單純而已。他自己可能也隱約察覺這一點，才會整天像念真言咒似的把「關係」掛在嘴上。其實只是想重整自己與世界的關係，和其他為數眾多的人渣一樣。

「你想說什麼？」

「沒什麼。」燕子不動聲色，盡可能只動嘴說話。「只是想起一些事。」

「因為我……」野崎囁嚅著開口，接著，話語一口氣決堤：「因為我是這種人，所以你不想跟我合作？」

「我可沒這麼說。」燕子聳聳肩。「但是，既然妳都提起了，我就順便說說吧。妳才真的是後悔了吧？」

「什麼意思？」

「假設菊池先生是妳說的那種人，現在他卻表示願意付錢對吧？妳認為那是為什麼？」燕子說。「說不定乖乖閉嘴讓他剃毛比較好喔。」

22

覆蓋天空的雲朦朧得像用筆刷掃過，不過，只要看到陽光的色彩即可得知，很快就要雨過天晴。浮著菸屁股與髒東西的水窪反射清淨的陽光。

四樓窗戶上的百葉窗簾仍未拉開。

上午十一點四十五分。

這棟有著水泥外牆的四層樓建築，一樓和二樓是一間名為「WOOZY WONDER LAND」的夜店。面向馬路的三樓窗上掛著「店面出租」的招牌，再上去的四樓則有「菊池企業」的招牌坐鎮。

建築正對面是個投幣停車場，還有一間小小的潛水器材行。

凱薩啜飲在漢堡王得來速買的咖啡，再咬一口華堡。

其實食慾並未湧現，只是大腦明白必須補充失去的血液。也只有大腦明白。咀嚼之後，胃部立刻對進入其中的營養提出抗議。即使如此，凱薩依然遵循大腦的命令，不屈不撓地咬下食物、咀嚼、吞嚥。

菸灰缸裡飄起的煙，在臉的前方形成薄膜。

廣播電臺正在播報關於颱風的新聞。第二十號颱風似乎朝對馬一帶靠近中。不過，這風感覺起來並不大。

一個男人奔出ＷＷＬ，穿著紅如消防車的運動衣，跑向貨架上寫著「吉岡酒行」的小卡車駕駛座旁。

凱薩開著卡羅拉向前。

男人不知是簽名還是寫了什麼，小卡車上一個戴綠色帽子的男人下了車。兩人簡短交談後，開始將卡車上的塑膠箱子往店內搬。

凱薩從ＷＷＬ前開過。

大門關著，鐵條拉門拉下三分之一。門前放著三個垃圾滿溢的塑膠桶，兩隻烏鴉在塑膠桶前振翅跳躍，看到卡羅拉開近也沒有要躲的意思。

第一個轉角右轉，凱薩沿著「菊池企業」這棟大樓側面將卡羅拉往前開。開了一百公尺左右，直到前方出現閃爍號誌燈，都沒有看到半個人影。

沒有其他選擇了嗎？用力握緊方向盤。是否該等蝙蝠聯絡再行動？

來到號誌燈前，一個穿格子褲裙的年輕女人舉起手，微笑拜託凱薩停車。

凱薩一將車停下，女人立刻鞠躬致意，回頭以誇張的肢體語言不知對誰指示什麼。很快地，一群手牽手的小男孩和小女孩走了出來。

凱薩出神地望著那群走過斑馬線的幼稚園童。

排在隊伍正中間的小女孩一揮手，幾乎走在她後面的所有人也跟著對凱薩揮手。守在隊伍最後方的還是剛才那個穿褲裙的女人，朝這邊低頭致意後，又母雞趕小雞似的催促孩子們趕緊向前走。

只不過是這樣的事。

視野便已一片模糊。

歡鬧的幼稚園童隊伍一遠離視野，宛如世上所有人類都消失一般的靜寂便籠罩了車內。

凱薩轉動方向盤，卡羅拉掉頭迴轉。

逃獄至今，始終隱忍自重的人渣們，似乎已開始蠢動。

嗅出激進派口中「積極正面的決策」將在臨時國會中實現的味道，所有民間電視臺都抽換了節目表，播報起「九號營地」同窗們的活躍現況。

在山口，一名黑道幹部遭人射殺；在廣島，襲擊高利貸業者的二人組則遭警方射殺。高松某處山林中發現一具屍體，後頸部留下識別編號遭人刮除的痕跡。岡山一位四十一歲員警在例行盤查時被人砍傷脖子，奪走手槍。襲擊福井某便利商店的傢伙，被曾是拳擊手的店員毆得遍體鱗傷。

燕子一邊傾聽電視新聞與張武伊講電話的聲音，一邊望向敞開的窗外。雲縫間的光線和麻雀的叫聲，都是顯示不久後雨就要停歇的預兆。

「問題是。」張武伊說。「抵達賓館房間前這段時間。」

燕子只朝陷入沉思的野崎瞥了一眼，沒有回應。

「除此之外，計畫堪稱完美。」張毫不在意，繼續往下說。「只要能解決這個問題，就能要求更多贖金了。對方大概會在停車場就聯絡組裡的人吧？之後不出三十分鐘，大批人馬就會帶著機關槍找上門來。根據志豪的說法，菊池組為了應付與安浦組的火拚，好像已經購買了大批烏茲衝鋒槍。你知道烏茲一分鐘內可射出幾發子彈嗎？是六百發唷，六百。你的Ｓ＆Ｗ和我的混帳馬卡洛夫都拿人家沒辦法。總而言之得先把錢拿到手，然後立刻離開日本。要知道，追殺我們的可不只是清醒者一號電波。」

「用什麼辦法離開？」

「你知道對馬島吧？天氣好的時候，光憑肉眼就能從那裡看到釜山。」

「搭船去？」

「以距離來說大約五十公里。志豪有個親戚是漁夫。」

「何時？」

「臨時國會肯定今天之內就會做出發射一號電波的決議，畢竟輿論已經逼得他們不得不這麼做。」張停頓一個呼吸。「雖然也要看最後期限是什麼時候而定，但我希望今天就能抵達對馬。」

「之後呢？」

「你是說到了對馬之後？」

「到了韓國之後。」

「這個嘛……」張歪了歪頭。「先吃個韓式砂鍋牛肉吧。」

張自以為說了幽默的話，燕子卻以警告的眼神瞪著他。

「開玩笑的啦。總之，等風頭過得差不多，就再回來賣龍魚囉。」

「要回來啊？」

「喂喂喂。」張傻眼似的從鼻孔發出嗤笑。「你該不會想在大蒜味那麼重的地方待上一輩子吧？」

「不是說要在韓國大顯身手嗎？」

「無腦志豪說的話不用一一放在心上。當然要回來啊，俺可是在日本出生長大的人。」

「朴志豪不也是嗎？」

「混蛋，別把我跟那傢伙混為一談。」

燕子想了一下才說：「比方說國際足球比賽好了，日本對韓國時，你會支持哪一隊？」

「啥？」張轉動眼珠。「你現在是想跟我聊認同問題嗎？」

「不用想得那麼難。」

「對啦，如果是志豪的話一定支持韓國。那我問你，臺灣跟日本比足球時，你又會支持哪一隊？」

應該會支持日本隊吧。同時燕子也發現，自己想親口聽張武伊說出一樣的答案。換句話說，就是想從自己和這個韓國人身上找出共通點。

「足球啊……」張說。「那麼無腦的運動，到底哪裡有趣了？」

——可惡！

張轉頭望向時鐘。「時間差不多了吧？」

上午十一點五十四分。

「關於剛才那件事。」燕子拉回正題。「讓運送贖金的傢伙在抵達房間前無法聯絡菊池先生的方法。」

張回過頭，擺出做好萬全準備，只等燕子說明的表情。

「車一開到這附近，就叫那傢伙在手機裡唱歌。」

「啥？」

「只要聽得到那傢伙的歌聲，就表示他無法聯絡菊池先生吧？」

張臉上失去表情。

燕子側臉感受得到野崎的視線，但刻意不看她。

張恍惚地拿起桌上的手機。

——這幾個傢伙真的沒問題嗎……？

不說的話，還真看不出「菊池企業」是個黑道組織的辦事處。

沒有神龕也沒有燈籠。白色及淺粉紅色組成的棋盤格圖案地毯還散發著簇新的氣味。沙發另一側的牆邊放著一張「8」字形的橡木桌。紅磚牆上掛著兩張裱框海報。一張是用蝙蝠、鳥和蝴蝶組成萬花筒般圖案的艾雪畫作，另一張是達利的肖像畫。畫中的達利吹鬍子瞪眼睛。

凱薩覺得腰部痠麻。奶油色的沙發像個無底沼澤。吸了汗水的粗棉布短袖襯衫貼在背上，顯得發出低鳴的冷氣徒勞無功。

「飯島先生。」一陣冗長的沉默之後，戴著太陽眼鏡的菊池保總算開口。聲音聽起來像磨損的小提琴。

「剛才你說的是真的？」

「可以借用電話嗎？」

菊池一點頭，如影隨形跟在他身旁那個長得像羅貝托・貝尼尼的捲髮男人立刻從口袋裡掏出手機遞上。

電話響了三聲後，轉入語音，在「Guardian Of Victims以維護犯罪被害人人權為第一要務」的宣告聲後，語音開始說明撥往各部門的分機號碼。凱薩沒有聽到最後，直接按了3和井字號。鈴聲改變，沒等多久就傳來一個男人的聲音。

幸運的是，佐伯本人接了電話。

「我是飯島好孝。」報上名號之後，話筒裡一陣沉默，凱薩想像那男人正在留心周遭的模樣。無視尚未做好準備的佐伯，凱薩說出蝙蝠的本名——竹田誠——再補充一句「名冊裡應該找得到」，請佐伯幫忙查他的手機號碼。

過了一會兒，重新拿起話筒的佐伯以公式化的開朗語氣說，請準備好紙筆。凱薩比手畫腳，眼前就出現一本印著美林證券商標的便條紙和一支簽字筆。工整得將耳朵聽到的數字排列紙上。羅貝托．貝尼尼湊過來看。

掛上電話，很快地用手機撥出剛才寫下的那串號碼。只響了一聲，耳邊就傳來令人懷念的聲音。

「你現在在哪裡……是、對……我沒事……對。」凱薩看了菊池一眼。「那川原呢？……是、還在那裡是嗎？……咦？……不、不是蝙蝠兄的錯……不，真的，你那樣做是對的……那是幾點左右發生的事？」

凱薩環顧包圍自己的眾人。

他們不是傳統印象中的黑道流氓。身上都穿著有點品味，像是牛郎之類的人會穿的西裝。有戴著銀色大耳環的男人，有手背上刺著一小顆黑桃刺青的男人，有脖子上刺著梵文的男人，有剃光頭卻把鬍子染成金色的男人，有把黑人辮子頭全束在頭頂的男人……全體站在菊池後方一步，雙手交握在小腹前，靜靜地站立，即使毫不客氣地打量他們，也不會有任何一個人回瞪。然而，只要老大一聲令下，他們連自己父母也殺得了手。這就是他們給凱薩的印象。

「總之先保持這樣……對……不要緊，那個男人不會輕易殺人的……」

菊池穿著黑色長褲與米白色的棉質襯衫，沒有打領帶。臉上毫無血色，猶如一張和紙，平靜而枯朽。同時，他也是個令人捉摸不定的矮小男人。

「我的手機已經不能用了……對，由我主動跟你聯絡。」凱薩結束通話，把手機放在鋁鐵製的茶几上，毅然決然抬起頭。「我的夥伴已經掌握那群人的所在之處。」

「阿保！」羅貝托・貝尼尼朝菊池轉過半身。「既然如此，就派部隊出動吧！」

「我說GUTS啊。」菊池轉頭，額前半白的髮絲落在太陽眼鏡上。「這麼一來，我們該送這位什麼才好呢？」

原來羅貝托・貝尼尼叫做「GUTS」啊。他身穿黑灰相間的虛線條紋西裝，白色襯衫，珠光粉紅的領帶繫得英挺。

「我想要什麼……」凱薩盡量抹消聲音裡的情感，以免聽來諷刺。「全國國民都知道。」

菊池保攤開雙手，露出故作誇張的驚訝表情。

凱薩盯著菊池保的太陽眼鏡。「我可以把這解讀為談判成立嗎？」

菊池深深靠上沙發，雙手十指輕輕交握。

對話短暫中止。然而，空氣裡確實已播下雙方期待的種子。

「我想聽你親口說。」凱薩這麼說。

GUTS迅速接近茶几，氣氛再次因猜疑與殺氣而劍拔弩張。

「好吧。」菊池保的太陽眼鏡在日光燈下反射閃光。「如果找到川原，我們會盡力達成你的期望。」

是否能照字面接收菊池保說的話，凱薩有些無從判斷。他的態度實在太淡定，他的聲音也實在太泰然自若了。沒有必要證明什麼的人散發的氛圍，犀利得足以割傷人。

不過，宛如一塊巨大豬油的不安隨即得以拂拭。

四面八方響起半自動手槍滑套向後拉的金屬聲，衝鋒槍的彈匣也已安上槍身。黑色鐵塊注入靈魂，轉眼間重拾殺手的面貌。

男人們看起來一點也不激昂，彷彿與壓力、焦慮、恐懼和不安無緣。善惡不是他們行動的標竿，只不過是淡然執行上頭交付的任務罷了。與其說手槍是他們身體的一部分，不如說他們的身體是手槍的一部分。

菊池保心滿意足地張開雙臂，像在炫耀自豪的兒子們。

23

「ㄤ、ㄤ、ㄤ……」

把手機放在耳邊，燕子露出一臉厭煩的表情。

張正在「202」房做最後確認並忙著處理其他瑣事，燕子只得被迫收聽那偽裝成喜悅的屈辱歌聲。從《巨人之星》主題曲開始唱，接著是《根性青蛙》、《無敵鐵金剛》、《科學小飛俠》、沒聽過的歌、《咚隆隆炎魔君》、《馬赫GoGoGo》、沒聽過的歌、沒聽過的歌……接著是現在這首。

「最喜歡的……」

——這傢伙是怎麼回事啊。

電話鈴響。

不是傳真電話，是與各房間相通的內線電話。正好此時張武伊回到櫃檯來，立刻繞到桌邊伸手接起電話。

「您好，這裡是櫃檯……請問您有消費冰箱內飲食嗎？有帶折價券嗎？這樣的話總共是含稅七千一百四十圓。謝謝您的惠顧。」

將話筒放回去，張按下掛著「401」號碼牌的氣壓輸送管按鈕。

收費膠囊被用力往上吸，朝該去的地方飛走。張按下傳真電話的按鈕。「志豪？開始囉？」只說了這句就掛斷。

燕子遞出手機，張先吸一口挾在指尖的香菸，再將菸頭捻熄在菸灰缸裡，然後才伸手接過電話。

「從那邊應該可以看到一間叫『STIFF LIPS』的賓館吧……很好，從現在開始算，三分鐘後我會打電話到那裡的202號房給你。喂！誰說你可以停止唱歌啦？」

張轉頭朝向燕子，挑高眉毛。指著行動電話不出聲，只用誇張的嘴型告訴他，現在背景音樂唱的是《哆啦A夢》的主題曲。

「贖金有好好分成一百萬一束吧。這個不用你操心……喂，繼續唱！聽好了，三分鐘後抵達202號房，電話響一聲就要接起來，否則我就殺了菊池的馬子！」

明知不是真的，張的語氣仍令野崎理子身體倏地緊繃。

「跑步的時候也要好好唱喔。這邊會隨時盯著你。」張說。「要是敢瞧不起哆啦A夢你就知道了！」

渴求新鮮空氣而調整紊亂的呼吸，隔著T恤也能清楚看出野崎平坦的乳房像奶酪一樣晃動。

實際上早就超過三分鐘。不過，監視螢幕的畫面就是令人安心的證據。

張一邊盯著螢幕，一邊操作電光板，將202號的電子房門上鎖。接下來，以堪稱優雅的姿態拿起內線電話的話筒。

「很好，你應該知道賓館的繳費系統吧？要回去前先打電話給櫃檯對吧？然後結算費用對吧？喂，不用繼續唱了啦……給我聽清楚。只要確實結算費用，房門電子鎖就會打開。」

燕子從LARK菸盒裡拿出一根菸點火。

「房門那邊……冰箱旁邊啦……不是有個氣壓輸送管嗎？」

燕子叼著香菸，按下掛著「202」號碼牌的氣壓輸送管按鈕。氣流產生，吸走膠囊。

「過去了嗎？」張眨了眨一隻眼睛。「上面應該寫著應付費用吧？」

「問題是在哪間房。」GUTS發出彷彿自言自語的嘟噥。「只要知道這個，就能在那些混帳察覺前收拾所有人。」

有個方法可以解答這個問題。凱薩從茶几上拿起手機，按下自己的手機號碼。

GUTS瞇起眼睛。

留在辦事處的只有菊池保和GUTS。不知究竟是睡了還是仍醒著的菊池保面前，放著一杯喝過一口就沒再動過的薑汁汽水。

耐著性子。等待接通的嘟嘟聲像一條相連的鏈子，一圈一圈拉出來又消失。

凱薩將evian礦泉水瓶拿到嘴邊。

這段時間決非無意義的虛擲。沒完沒了的嘟嘟聲盡頭，清楚看得見那個男人的身影。

望一眼時鐘。

菊池保那些兒子們奔出辦事處，已經過了將近三十分鐘。

膠囊接力來回已至少十分鐘。

然而，黑色愛迪達運動背包裡，目前仍只有七束百萬紙鈔。這表示，比起張的實驗，實際上得花更多時間。

這點誤差還不到值得抓出來鞭的程度。燕子努力這麼想，十分鐘就拿到七百萬，很好啊？即使如此，內心仍難以揮去小齒輪咬合不緊的感覺。不幸總發生在意想不到的地方。沒錯，阿植那顆射中屁股的子彈不就是這樣嗎。

張一邊哼著「田納西華爾滋」，一邊喜孜孜地重複把錢裝進袋子裡與按下氣壓輸送管的單純動作。歌聲聽起來非常突兀又刺耳。

「噯。」

燕子這麼喊，野崎理子只用眼神回應。

「可以問妳一件事嗎？」

野崎不耐煩地嘆口氣，眼珠轉了半圈。

「妳腳上刺的是蝙蝠吧？」

「那又怎樣？」

「為什麼是蝙蝠？」

「你想聽怎樣的說明？」

「妳知道為什麼蝙蝠只能在夜晚飛嗎？」

野崎狐疑地皺起眉頭。

「有個關於蝙蝠和睡鼠的故事，蝙蝠很討厭睡鼠。」燕子自顧自地往下說。「這隻蝙蝠很會做菜，有天睡鼠問蝙蝠如何做出好喝的湯，蝙蝠就教睡鼠用自己的身體熬高湯。睡鼠腦子不好，信以為真，跳進煮沸的熱水裡把自己燙死了。於是，生氣的國王下令通緝蝙蝠，蝙蝠才會淪落到只有晚上才能出來飛的地步。」

「這是童話故事？」

「是非洲的傳說。」

「然後呢？」

「我只是在想妳為什麼會刺蝙蝠啦。」

露出一個不知該不該說的猶豫表情後，野崎才說：「蝙蝠在西洋是魔女的僕人，也會令人聯想到吸血鬼，搞不清楚究竟是鳥類還是動物，在人類心目中的形象確實不太好，但蝙蝠本身根本不在意那種事。」

燕子適度答腔。原本期待能就此炒熱話題，也不知道為什麼，野崎說到這裡就不再開口。

所以她到底想說什麼？燕子對這半生不熟的話題結局感到有點困惑。難道這女人想說自己的想像力超越一般人類嗎？

流經氣壓輸送管內的空氣聲逐漸遠去，室內再度被靜默包圍。

燕子忽然察覺自己正站在世界的中心點。

張停止哼歌，以犀利的視線望過來，野崎也是。

微小的電子音像隻誤闖進來的蝴蝶，在屋裡翩翩飛舞。

噴射氣流竄過輸送管，不出一會兒，百萬膠囊順利著彈。

然而，這時沒有人關心那個。

燕子半信半疑地從Levi's屁股口袋掏出手機。彷彿呼應一般，傳真電話的鈴聲同時響起。

張武伊瞇起一隻眼睛。

兩種鈴聲立體環繞迴響。

兩人視線交錯。

第十九次只響到一半，鏈子就斷了。

「是燕子先生嗎？」凱薩率先開口。

一段現場轉播常見的斷訊空白後，話筒傳來回應。「又是你啊？」

電話裡，燕子的聲音聽起來比實際上的更低沉又沙啞。

「你察覺狀況改變了嗎？」

先是話筒被蒙住的聲音，接下來好一段時間，電波傳送的只有沉默。

「狀況改變？」燕子的聲音回來了。「你在說什麼？」

「你在一間叫STIFF LIPS的賓館吧？」

「看來蝙蝠先生和你取得聯繫了啊？不錯嘛。」等雜音消失後，燕子才說。「腿傷怎麼樣了？」

「你該擔心的是其他事吧？」

「從剛才到現在，你到底在說什麼啊？話說回來，你從哪裡打這通電話？」

輪到凱薩沉默。內心不確定的小小種子，像定格拍攝的植物生長影片，以教人難以置信的速度抽長。

——是不是哪裡出了差錯？

蝙蝠在電話中說自己被燕子威脅後並沒有離開「STIFF LIPS」。話雖如此，還是有令人擔憂的問題點。

儘管他沒有遠離，但也不敢在同一個地點停留，一直開車沿賓館四周繞圈子，大概每隔五分鐘經過賓館前方一次。當中還下了一次車，走進停車場察看。當時確定GLORIA還停在那裡。

——就算是這樣，萬一他們正好在蝙蝠沒看到的時候離開賓館了呢？

「喂？」燕子說。「跟你說，我現在手邊正忙著呢。」

——「手邊正忙」？

凱薩判斷現在是該祭出王牌的時候。「我和菊池先生對利害關係取得共識了。」

沉默再次落在燕子那邊的球場。

隱約聽見類似吸塵器的聲音。

——風聲嗎？

聽起來像是人工製造的聲音，或許是手機訊號造成的。再說，吸塵器的聲音不會那樣忽大忽小。

「那個穿粉紅色夏威夷襯衫的男人……是姓張嗎？你和他談妥了？」

保持沉默的燕子粗重的呼吸彷彿直接噴在臉上。

「對我來說最好的選擇，對你們來說似乎變成最糟的結果了啊。」凱薩說。「我不恨你，包括你朝我腿上射的那一槍。剩下的是你和菊池先生之間的問題。」

凱薩看看菊池保，再看看GUTS。

話筒中隱隱傳來怒罵聲，接著是為了掩飾那個而掩住話筒的聲音。

凱薩趁機探問。「負責交付贖金的人出去多久了？」

GUTS看看手錶。「差不多快兩小時。」

——兩小時……

如果自己是燕子會怎麼做？凱薩問自己。如果是電影，在交付贖金的時候，綁匪一定會在告知目的地之前讓對方先繞一段冤枉路。為了甩掉可能尾隨在後的人，有時指定時間或某個電話亭，有時要對方在街上東奔西跑。對，就像《緊急追捕令》裡的克林．伊斯威特那樣。

抵達最終目的地之後呢？怎麼交付和收取贖金？不容許拖拖拉拉浪費時間。從橋上把裝了錢的提包丟下去？某個騎摩托車或其他交通工具的人瞬間奪走提包？還把提包放在某個電話亭裡？無論哪一種，交易所需時間大概只會是一瞬間。

咬緊牙根強忍焦慮，凱薩繼續拋出問題。「交易地點呢？」

GUTS聳聳肩。

「聯絡不到他嗎？」

「半路上還聯絡得到不是嗎？」菊池保回答。「是吧，GUTS？」

「對，可是後來再打去就一直電話中，最後收不到訊號。」

「那是多久之前的事？」

「至少三十分鐘了吧。」

凱薩內心暗自嘖了一聲。這麼說來，說不定三十分鐘前已經在某個手機收不到訊號的地方完成贖金交付了？或者，剛才燕子口中的「手邊正忙」，指的是正在收取贖金？會是在某個風大的地方嗎？不管怎麼說，交付贖金的過程絕對不可能花上三十分鐘。這麼說來，已經收到贖金的燕子他們就沒理由繼續待在「STIFF LIPS」了！

遠方的話筒再次開放，燕子的聲音重回耳邊。「菊池先生在你那邊嗎？」

那打探的、討好的口吻，為凱薩帶來幾分勇氣。

「你想跟他說話？」

「現在還是算了。」燕子說。「再說，他們的人應該已經包圍那裡了吧？」

——「那裡」？

除了燕子這句話的內容，他說話的語氣也令凱薩用力皺起眉頭。不是「這裡」而是「那裡」？擔憂幾乎要成為確信。眉間的皺紋像是傳染病，不只GUTS，連菊池也受到輕微感染。

隨後透過電波傳來的聲音，終於令凱薩的存在基礎從腳下崩坍。

沒聽錯的話，燕子在蒙住話筒前，確實發出嗤之以鼻的笑聲。

根據監視攝影機拍到的畫面，敵人共有八個人，分乘兩臺賓士抵達。

現在八個人都在停車場。其中兩人檢查停車場內所有車，一人指著GLORIA不知說些什麼。黑白畫面中看來穿深灰色西裝的男人正拿著手機講話。從那男人站的位置、肢體動作和他對其他男人的態度看來，燕子研判他是這次行動的小隊長。

張依然在背後破口大罵，燕子倒是對自己的臨機應變能力感到相當滿意。至少，就倉促之間的判斷來說，已經做得很不錯。尤其是把「這裡」改成「那裡」的環節，機靈程度簡直排得上人生前三名。還有打開氣壓輸送管出口的拉門，讓氣流聲透過手機傳入對方耳中的安排，連自己都覺得實在可惡。

手機的缺點就是無法得知對方在什麼地方。雖然不認為菊池先生的人會就此打道回府，可以斷言的是，至少降低了幾分他們踏入櫃檯的機率。

絕對不能讓他們踏入櫃檯，唯獨這點一定得避免。可不想今天就在這裡被衝鋒槍放倒啊……這麼一想，下一步該做的事自然浮現。

「喂！」燕子一邊查看顯示客房使用狀況的電光板，一邊摀著話筒朝對傳真電話怒罵的張大吼：「502房是不是沒有窗戶？」

「昇那傢伙到底在幹嘛？」張一副快要腦充血的表情和電話那頭的人搏鬥，一邊朝燕子投以一瞥，一邊恨恨點頭。「你說他不接電話，到底是怎麼一回事，啊？」

燕子轉身背對張，聊表對那怒罵聲的阻隔，重新放開話筒。「聽好了，女人在那間賓館的502號房。」

電波傳送來飯島好孝的聲音。「你們人在哪裡？」

「你想問的是川原人在哪裡吧？」內心竊笑反問。「怎麼可能告訴你啊。比起這個，幫我轉告菊池先生，我個人可是完全不想跟他作對，我個人也是為了生存，不得已只好這麼做。好嗎？」

對方還想追問什麼，燕子只再重複一次「記住，是502」便強行掛上電話。電話這種東西一定要主動掛掉。

瞥一眼監視畫面，效果立竿見影。只見小隊長拿著手機點頭，留下兩個人在停車場把風，其他人便踏入屋內。

燕子手動切換畫面，螢幕上顯示一樓電梯前的影像。

從斜上方拍到的小隊員們看起來並沒那麼緊張。證據就是小隊長沒有派人守樓梯口，跟在他後面那個綁黑人辮子的傢伙甚至對著大廳的鏡子整理頭髮。

確定所有人都搭上電梯後，燕子再切換為五樓監視器的影像。

懸空的鏡頭讓所有房間一覽無遺。最後一間敞開門的房間正在打掃，門前停著一臺放床單的推車。

「你是白痴嗎？」張對話筒張牙舞爪。「別說上船，現在連能不能離開這裡都不知道！要不是你說那變態適合派去盯梢，事情也不會變成這樣……一句沒辦法就能解決嗎？你這混帳東西……是我的錯？結果是我的錯嗎？竟然會相信你這種腦殘和那個強姦狂魔，我真是大白痴！」

小隊員們步出電梯，小隊長率先走向從畫面前方算起第二個房間，也就是「502」號房，在房門前停下腳步。打掃阿姨從裡面探出頭，其中一人揮手趕走她。全體隊員取出手槍，小隊長一下指示，所有人就一起踏進房間。

視線朝電光板望去，「502」的燈號開始閃爍，顯示正有房客入房。很快按一下數字底下的按鈕，燈號就停止閃爍，轉變為持續亮燈的模式。

這代表房門已上鎖。

「張！」燕子提高音量，拔出腰間的S&W。「有什麼話之後再說。」

張眼神游移。這意味著什麼，燕子也輕易就能看穿。

「聽好了，錢也算了。」燕子堅定眼神。「還有，要朴準備隨時開車過來。」

猶豫不決的張武伊似乎屈服於燕子的眼神，摔下話筒，揹起愛迪達運動背包。「我要殺了那傢伙！」

這句話指的是川原還是朴志豪，燕子不知道，也無所謂。燕子轉身對野崎伸出手。「妳一定沒料到會這樣吧？」

野崎抓住那隻手，像抓住救命繩。

手握馬卡洛夫的張輕輕把門打開。

燕子牽著連路都走不好的野崎，繞過桌子。

褪色的淺灰地毯朝走廊直線延伸。緊握野崎汗溼的手，往前邁步。

這時，堆滿髒床單的推車映入眼簾。

過了大廳，發出不小的噪音穿過打開的自動門後，輪子終於轉動得順暢起來。滑過大理石地板，穿過另一扇自動門。彷彿寒暖洋流的交界處，屋內的冷空氣遇上外部的熱氣時，空氣裡形成一道薄幕。車輪與地面的摩擦係數再次改變，放髒床單的推車以相當流暢的速度從水泥通道上滑過。推車裡裝著因沾上血及不知名液體而留下茶色污漬的床單，離開大廳櫃檯三十幾秒後，身穿白色圍裙的燕子已將這輛推車推下比水泥通道低的停車場地面。輪子在水泥上彈跳，發出吵鬧的噪音。床單下的人發出無言的抱怨。

被指派在停車場把風的兩個人以生化人的姿態跑過來，手上什麼都沒拿。

穿白色長褲和合身哈瓦那襯衫的傢伙擋住去路，把臉湊上來。簡直就像要檢查臉上是否有鬍渣殘留似的打量燕子的臉。

「你是這裡的員工？」

讚！燕子暗自大呼勝利，打從內心感謝報上的自己用的是三年前平頭癡肥又戴眼鏡的照片。

「你們是幹嘛的？」

穿深灰色麻質西裝的傢伙指著推車說：「那啥？」

「現在什麼情形啊、喂？」燕子裝作若無其事的樣子，目光掃過那傢伙鼓起的胸口。「我做了什麼嗎？」

「那邊那輛GLORIA。」哈瓦那襯衫說。「是哪間房間客人的？」

燕子不吭聲。

喂。聽到對方這麼一喊，燕子抬起頭，穿西裝的傢伙朝臉上甩來一巴掌。頭被打得偏向一邊，頭髮落在臉上。

「怎樣啦，我不知道啊。」燕子吐出掉進嘴巴的一撮頭髮。「我只不過是洗衣店的人，現在到底什麼情形啦？」

第二個巴掌在左邊臉頰炸開，腦袋被戳了兩下。

「等等、等一下……」燕子故作天真地眨著眼。「這麼想知道的話，可以去問櫃檯的人啊？櫃檯就在一樓裡面。」

男人們露出彷彿聽見天啟的表情，彼此交換一個視線。

那個瞬間已逼近眼前。

穿西裝的輕輕踢了踢推車，抬起下巴。

「看就知道了吧？這是床單啊、床單。」

哈瓦那襯衫輕輕點頭，退後一步，手伸向腰間。掀起的襯衫衣擺下，露出漩渦圖案刺青的一角。

燕子迅速瞥了穿西裝的一眼，那傢伙正要把右手伸進外套底下。

「張！」自己應該這麼叫了，卻一點記憶也沒有。

床單飛起來時，哈瓦那襯衫的脖子頹然向後一折。粉紅色的血霧四散，爆裂聲迴盪八方。那睜大的雙眼裡，已經什麼都看不到了。從下巴與脖子的交接處侵入身體的馬卡洛夫子彈翻攪他的腦漿，在頭頂附近開出一朵大花。

哈瓦那襯衫右手往身後一甩，整個人慢慢倒地。

將槍口塞進對方口中，傳來敲斷牙齒的懷念觸感，令燕子右手一陣痠麻。

口中被塞了S＆W手槍的西裝男瞪大雙眼，徹底發揮了燕子確信小流氓身上都會有的習性。混著血液的唾液沿槍身滴在水泥地面上。

「我說你啊……」燕子左手伸進男人外套搜尋，掏出一把半自動手槍——白朗寧大威力——「這麼老套的陷阱也會上當。」

男人發出無論誰都聽不出任何意義的威脅咆哮，舉在半空不上不下的雙手打算伺機而動，左手手背上刺著小小的黑桃刺青。

燕子保持這個姿勢望向身旁。

頭上罩著印有「STIFF LIPS」字樣的白色床單，岔開雙腿站在推車裡的張武伊，看起來就像個萬聖節派對上的扮裝鬼魂。

小山高的床單蠕動，野崎理子從底下探出頭來，臉上完全失去血色。張掀掉頭上的床單，輕巧地跳出推車，野崎卻無法自力行動，像個需要人扶助的臥床老人。

抽掉塞在西裝男口中的手槍，男人立刻大口吸氣。然而，在這口氣吐出來之前，燕子手中的S＆W迸出火花。

左膝被射穿的男人像折斷的棍子般趴倒在地。

「聽好了。」蹲下來，抓住男人的頭髮，命他抬起頭。對著那張因恐懼、混亂與痛楚而扭曲的臉，燕子平靜開口：「你們或許認為是我們綁架了菊池先生的女人。」

男人看似自顧不暇，嘴裡不斷吼叫「我殺了你！」

轟隆作響的引擎如潮水襲來，輪胎與柏油路面摩擦的聲音刺激神經。塑膠簾子另一頭出現憤怒的金屬灰車身。從推車裡拉出愛迪達背包的張武伊，朝那輛車奔去。

「其實不是那樣的喔。」說著，燕子看野崎一眼。她蒼白的臉上滿是懇求。轉回視線，繼續把話說完：「去跟菊池先生說，這次計畫她也參了一腳。」

放開手，男人的臉像被吸走的磁鐵一樣貼在地面。

燕子站起來，抓住野崎手臂。

野崎斜眼瞪燕子，一臉立刻就想朝他臉上吐口水的樣子。毫無血色的嘴唇抖得厲害。

「走囉，燕子！」喇叭狂響，張朝這邊大吼。「你們在磨蹭什麼！」

「做出選擇的是妳自己吧？」燕子低頭看野崎。「不夠狠的蝙蝠是沒辦法飛到朝鮮半島去的唷。」

24

開上日赤通，朝北前進。頭頂的號誌燈顯示為綠燈，直接在新大谷酒店右轉，現在開的這輛朴志豪偷來的金屬銀色本田雅哥以時速五十公里的速度沿渡邊通開往天神。

經過ＲＫＢ停車場附近時，雅哥的時速已降到十五公里。抵達SKALA ESPACIO時，前方出現排山倒海而來的車尾燈。

臨時國會幾乎全體一致通過決議，五天後，也就是七月二十五日「一號電波」即將發射。車內播放的福岡ＦＭ花了二十分鐘時間，平靜地報導了第三次臨時國會的結果。中間插入政府廣告，呼籲逃獄的人渣們儘快自首。

主播的聲音和香菸的煙霧，這就是車內的一切了。

誰也沒有開口。

連川原的存在也被驅趕到意識角落，令人懷疑是否從頭到尾根本就沒有過這個人。張說為防萬一，事先已告訴過他會合的地點，即使如此，說這番話時的語氣仍顯得一點也不在乎。

倦怠感濃稠得像油，纏裹全身。

對向車道上，一前一後兩輛西鐵高速巴士停在原地動彈不得，等待右轉。剛開上十字路口就遇上紅燈的雅哥必須負起一部分原因。不過，只要眼前另一輛大紅色的REDLINER公車不動，跟在後面的雅哥也沒有任何辦法。

已經從同一個角度眺望那塊「GODIVA」的招牌十分鐘了。問題出在一百五十公尺前的國體道路，這點肯定沒錯。撕裂耳膜的喇叭聲浪不間斷地湧上。

電臺開始播起路況報導。

……現在是下午兩點半，國體道路上有Guardian Of Victims的示威遊行隊伍，以及反對該組織的其他幾個公民團體抗議隊伍聚集，造成路況擁塞。從中洲方向往櫸通方向大約三公里車流擁擠，從渡邊通到昭和通之間也有一公里車流擁擠的狀況。建議開車兜風民眾改道……

兩輛隸屬地方自治團體的宣傳車，從對向車道一前一後開過，一邊以擴音器呼籲人渣們自首，同時提出「一號電波」也可能對心律調節器產生影響的警告。

國體道路的下行車道化為一條橘色濁流。西鐵大牟田線南口外的大型家電量販店前擠滿圍觀群眾。穿著同款T恤的GOV遊行隊伍使用擴音器大聲質問這個社會真的能夠這樣下去嗎？擴音器中斷時，整個城市就被喇叭的聲浪淹沒。幾面寫著「紀念725」的標語牌屹立於車流人流之中。

比起下行車道，上行車道的顏色則一點不統一，但同樣形成一條人流。和橘色大河相比，這邊大概只是條小溪。不甘示弱地使用擴音器，試圖說服全世界「人類不是神」。人群裡看得到寫著「725事件」的標語牌。

像是為了阻止兩條人流混在一起似的，警察以等距離間隔方式站在道路中央分隔線上，面露嚴肅神情觀察四周狀況。

沿二〇二號線公路往西走一小時左右，景色出現改變。

儘管已經好幾天沒有露臉，正前方微暈的太陽仍迫不及待地西沉。

幾乎沒有岔路，除了偶爾有幾個髮夾彎之外，這條沿海道路大多呈現平緩的蜿蜒。不時可見停在路邊的四輪驅動休旅車，對政治毫不關心的衝浪客們乘著無聊的浪頭假裝自己在演《偉大的星期三》[10]。空氣中飄來海浪、溼潤植物與家畜糞便的氣味。

車身一斜，雅哥駛離主要幹道，爬上一條緩坡。開到小矮丘頂上時，反射夕陽餘暉的閃亮海面出現在眼前。

燕子伸長脖子，以為能看到朝鮮半島，結果不但什麼都看不到，也沒引起任何人搭理。

朴志豪將方向盤往左切，雅哥發出牙根格格打戰的聲音開上崎嶇不平的山路。不出一分鐘，眼前就沒有稱得上車道的道路。

屁股終於從顛簸痠痛中獲得解放時，燕子在櫟木林深暗的黑影中看到一輛敞開行李廂蓋的轎車，獨自停放在那裡。

張武伊瞬間爆發怒氣，車內氣氛也險惡起來。

朴志豪將雅哥慢慢開過去。

伴隨一陣摻入異物的不適感，視野徐徐開闊。燕子皺起眉頭。蹲在那輛銀色速霸陸Impreza旁的人影，

---

10 經典衝浪電影。

宛如正對神明奉獻供品的信徒。

野崎倒抽了一口氣，或許還發出輕微的哀號聲也說不定，反正兩者差別不大。燕子和她有同樣的心情，同時，張和朴大概也是。

彷彿正在乞求大地賜予教導，只穿戴黑色貞操帶的全裸川原昇跪在地上凝視自己的雙手。

來自海上的風輕輕吹動樹葉。沐浴夕陽下的樹群呈現溫柔的表情。

朴將雅哥停在Impreza旁邊，川原仍未顯示任何反應。七月二十日……想到這件事時，燕子不由得全身顫慄。今天是海之日！

假日開膛手將全副注意力放在自己的手、某種肉眼看不到的什麼，以及兩條呈現詭異角度彎折的腿上。

圍著沙發的所有人臉上先是失去表情，成為一片空白。接著，名為困惑的顏色立刻覆蓋那張白色的畫布。

GUTS看似震驚惶恐，勉強擠出笑聲。嘴巴雖在笑，眼眶卻濕了。

不過，只要菊池保始終保持沉默，其他人就不會開口。

「看，這女人果然不得了吧？」菊池以誇張的動作攤開雙手。「不是這種程度的角色，怎當得起我的女人？」

眾人當場鬆了一口氣。尷尬卑微的笑聲四起。「喂，去叫醫生來！」

GUTS大吼，報告完敵情的男人被人從腳凳上抬起來，左右扶持著帶到另外一間房間。他的左膝已完全碎裂，即使是外行人都看得出不可能完全治癒。

像一條扯直的繩索，室內氣氛再次緊繃。剛才那短暫的笑聲已不見蹤影。

「飯島先生。」菊池微微開口。「你告訴我們理子被擄到什麼地方，我們則多提供你一個可能殺死川原的機會。是這樣的交易沒錯吧？」

「菊池先生。」為了牢牢抓緊這個機會而在內心演練過無數次的話，也是凱薩對自己的訓誡。「那個叫燕子的男人說的話，不要太相信比較好……」

兩人無言地對峙了半晌。提醒七月二十五日起執行「一號電波」時的注意事項，以及呼籲逃獄犯自首的聲音，從擴音器中傳來，又逐漸遠離。

「我這個人呢，飯島先生，為自己訂了七條人生的規矩喔。」菊池保緩緩開口。「不是什麼大規矩，但是只要好好遵守，內心就不會產生迷惘。你懂嗎？」

凱薩一點頭，GUTS就像口譯一樣在菊池耳邊說些什麼。

內心湧現一股遲來的疑惑。菊池的眼睛怎麼了嗎？

「規矩這種東西，不管多小都沒關係。像是印度人吃飯用右手，擦屁股用左手這種程度的規矩就行了。重要的是去遵守它。」

「我明白。」

GUTS不動。

「偏偏理子就是不滿意這點。」

凱薩不知如何回應才好。

「根據她的說法，規矩這種東西只是放棄思考的藉口。」

儘管自己也覺得幼稚，凱薩還是這麼說了：「是個頭腦很好的人呢。」

「每次談到這件事，我們就會吵架。」說著，菊池臉上浮現翻看舊相簿的表情。「彼此都不退讓。」

為了強調自己聽得很認真，也為了強調到現在自己仍未發表任何肯定或否定的意見，凱薩輕聲悶哼。

「理子右腳小腿附近……」菊池舉起右手，用拇指和食指比劃大小。「有個差不多這麼大的蝙蝠刺青。」

凱薩正想開口，菊池的話卻還沒說完。

「意思是，自己既不是鳥類也不是動物，自己就是自己。」菊池發出嗤笑。「雖然她沒有真的這麼說，每次看到那個刺青，我都覺得這就是她想表達的話。」

「我也不是不能理解。」猶豫了一下，凱薩索性開口。「不過，菊池先生和野崎小姐……那個，該怎麼說才好呢……」

「請說無妨。」

「兩位的爭論是雞同鴨講……」

「這話怎麼說？」

凱薩先在腦中做好整理。「我的意思是，野崎小姐的思考是哲學，菊池先生的規矩是實踐。」

菊池花了一點時間消化凱薩說的話。

「兩者並不矛盾。」凱薩以助人的心情繼續說明。「只是，如果沒有哲學的證明，實踐不過是一種緊急措施，而沒有經過實踐證實的哲學，不過是一種空泛的想像。」

GUTS佩服地用力點頭。

凱薩窺伺菊池的反應，打算據此組織接下來該說的話。然而，緊閉著嘴的菊池提供的判斷資料太少了。

「你的說法很不錯。哲學與實踐啊……」

凱薩點頭，眼神依然窺伺菊池的反應。GUTS又在菊池耳邊低聲說了些什麼。

「我會去奪回理子。」菊池開口。「不管對我或對組裡，就各種意義來說這麼做最好。」

菊池最後說出的這句話，縱使不是問題核心的全部，至少也占了一半以上。

「在那過程中，如果遇上了川原昇，我們就按照飯島先生的期望去做吧。」

「可是……現在的我手上已經沒有任何用來交易的籌碼。」

「雖然不是因為剛才飯島先生你用了『交易』這個詞彙，不過，要不要做這筆交易，就看你是不是有那個心。」

「我該做什麼……」

菊池綻開笑容，笑得像要融化。

「GUTS？去我房間裡拿拆信刀來好嗎？」

GUTS離席了一會兒，又拿著拆信刀回來。

放在鋁鐵茶几上的拆信刀，刀柄上有大麻圖案的雕花。

凱薩原以為菊池保是想和自己簽合約。在他的想像中，拆信刀將用來割破手指，捺血為印。

「我沒什麼學問，還是不懂飯島先生說的哲學是什麼意思。不過，在人際關係上，我自認知道什麼該做，什麼不該做。」

菊池和緩的語氣，像一條漸漸勒緊脖子的皮繩。

「不一定要靠哲學，經驗或許也可以為實踐提供證明。我的人生規矩不是憑空想像創造，是依據自身經驗才會那麼說。」

「您的意思是……哲學由經驗構成……」

「如果是這樣的話，以我沒什麼學問的頭腦也能理解。不過，這麼說起來，我的人生規矩本身就是哲學了。」菊池以順水推舟的態度自然引導話題。「當哲學和哲學產生衝突時，你認為哪一種解決方式可行？」

「您想表達什麼？換句話說，您……」

話沒說完，話語已在口中乾涸。

菊池保拿下太陽眼鏡，原本該是眼瞳的位置，如今成了兩個散發詭異金黃光芒的十字架。

「讓我來告訴你吧？」菊池說。「不是妥協，就是暴力。」

那兩個十字架奪走凱薩的目光。

發不出聲音。

那時菊池也可能在「九號營地」之中，連這麼簡單的事都沒想到的自己，彷彿成了全世界的笑柄。

「這就叫『以眼還眼』嗎？」等待了一會兒，菊池發出乾笑，心滿意足點頭。「即使是這麼老套的事，也可以定義為哲學吧？」

從十字架上轉移視線，目光投向茶几上的拆信刀。此時，那把刀迅速增加了存在感，幾近暴力的。

「在這個狀況下，你只剩下妥協這個選項。既然如此，不如先好好清算過節，在彼此都爽快的心情下展開新的交易吧。」

——這種事……他竟然這麼兒戲！

沉溺於不斷膨脹的恐懼，為了尋求一塊救命板而找上菊池。沒想到，眼前的菊池不但不是救命板，反而正是可怕的海洋。找不到任何能唬弄他的話，無限遼闊的無情大海。

死命咬緊格格打顫的臼齒，雙眼失控轉動，像是想逃離即將面臨的命運。

——為什麼非做到這種地步不可？

喉嚨乾渴到了極點，一次又一次用力嚥下哽在其中的異物。

——放棄吧！現在就把一切都忘掉！

手不停顫抖，連帶使得茶几也微微震動。GUTS臉上充滿從沒看過的邪惡笑容。

凱薩伸手去拿拆信刀。

——復仇有什麼意義？我在幹嘛？放下刀！

與達利四目相交。

「飯島先生？」菊池平靜地說。「右眼或左眼都可以，選你自己喜歡的那一邊就好。」

有個男人接受了關於性愛的心理諮詢。男人說：「最近做愛的狀態不太好。」醫生說：「喔？怎麼了嗎？」男人：「我每天早上八點出門工作，可是五點半妻子就會被我叫醒，要我滿足她的需求。九點一到公司，開會前祕書一定會來為我口交。下午開完會後，女上司每次都會把我叫到她的辦公室，不大戰個兩回合不能回去工作。結束一天工作，筋疲力盡回家時，妻子又以裸體圍裙的姿態等著我。」醫生說：「這樣到底有什麼問題？你的性生活比我充實多了啊？」

「結果，你知道男人怎麼說？」阿百自己先笑出來。「他說『問題是，醫生，每天睡前自慰時，我的老二都會痛。』」

燕子笑出聲音。

「然後呢？」算準時機，阿百提出疑問。「現在那邊情況怎麼樣了？」

「發生了很多事啊。」面對朴志豪刺人的視線，燕子只能轉身背對。「受了你和陽那麼多照顧，我卻走得匆忙，沒能好好打聲招呼……」

「別在意那種事啦。」與訊號雜音混在一起的阿百聲音從話筒中傳來。「那，你們要怎麼去？」

「船已經準備好了。」

「颱風快來了喔。」

「真的假的？又有颱風？」

燕子既沒打算告訴阿百具體的逃亡路徑，也怕萬一不小心說溜嘴，朴志豪會立刻從背後撲上來。阿百心領神會，沒繼續追問更多。

「其實我更想問另外一件事。」阿百說。

「什麼？」

「那時啊，你為什麼改變心意沒殺了那傢伙？」

感覺就像屁股突然被咬了一口。

「當然也不是不行。」阿百又說。「只是，怎麼說呢，至少是幫大叔報仇。」

「我又沒有親眼看到那傢伙射殺三行哥。」

「咦，是喔？」

這不算謊言，但卻是強硬的藉口。就算射穿三行身體的子彈不是出自飯島好孝手中的槍，問題是自己是否能做更多。只要願意，阿百也可以繼續追究。即使他那麼做，到時候自己還是能擠出別的藉口。比方說，想跟張武伊那種人渣劃清界線。比方說，不願意迷失自我。比方說，自己和三行的交情還不到那種地步……然而，縱然這些藉口能發揮某種作用，燕子心知肚明，那頂多也就是消化劑的作用罷了。把肚子裡尚未消化的東西儘速變成糞便，這種事現在他還提不起勁去做。

「總而言之，你自己要當心。」或許看穿了燕子的心思，阿百轉變語氣。「聽說那女的不簡單。」

「是啊。」燕子瞄野崎一眼。「不管怎麼說，到了那邊我會寫信給你。你要好好服刑喔。」

「可惡，我還是不要去自首好了。」

張武伊和朴志豪的不耐差不多快到極限了。儘管背上傳來這樣的感覺，燕子還是忍不住把剛想到的事說出口。「阿百。」

「什麼事？」

「那個笑話的結局到底是什麼？金髮女人和飛機上的男人那個。」

一段沉默之後，耳邊傳來的是阿百錯愕的聲音。「你還記得那個喔？」

「在飛機上比鄰而坐的金髮女人和男人彼此出謎語給對方猜，若金髮女人答不出來就要給男人五美金，男人答不出來就要給她五十美金，對吧？然後咧？那個問題是什麼來著？」

「爬上山丘時有三隻腳，下來時卻有四隻腳的東西是什麼？金髮女人提出這個問題，男人回答不出來，金髮女人賺了五十美金。」

「對對對，後來男人不是問了她正確答案嗎？」

張的聲音令燕子分心，嘴上雖然嘖了一聲，這卻也成為重新思考的理由。

「抱歉，張那傢伙在囉唆，我得走了。下次寫信告訴我吧。」

明知阿百還沒準備好，燕子仍兀自掛上電話。

「所以？」掛上電話的瞬間，張不悅的聲音便傳到耳邊。「到底要怎麼辦啊？那個屍體。」

——可惡，是想要我怎樣？

查看手機液晶螢幕。

逃避了現實三分四十七秒後，事態依然像正在午睡的老年人，一點改變也沒有。

那最初只是一個小黑點。

逐漸擴大為圓錐狀。

看得見的是充斥二次元平面的黑點，不過那在意識中卻是三次元。應該是三次元才對。又或者，那只是運用遠近法畫出的平面圖畫，實際上一切都發生在二次元中也說不定。

以眼球的構造來說，只要破壞水晶體就算履行了義務吧。即使如此，凱薩握拆信刀的手還是卯足了勁。如果不插入右手拇指事先抵在刀身上的那一點，就不算履行義務。這毫無根據的念頭，使拆信刀在完全破壞左眼水晶體之後，仍在眼球中繼續前進了兩公分。

記憶跳轉。

溢出眼眶的房水沒有想像中濕黏。光從還活著的右眼看來，出血量也沒那麼多。溫潤的房水流經手腕、手臂，再從手肘滴落。米色卡其褲上渲染開一大片的水漬。

凱薩拔出拆信刀。臉的左半邊流滿房水與血，右半邊則被眼淚占據。右眼不停地微微顫抖，或許因搭檔突如其來的死而感到不知所措吧。

菊池保神情不為所動，雙眼中那兩個墓碑像接受一切的瑪利亞像，只是靜謐地待在那裡。

GUTS雙眉之間皺得不能再皺。與掩飾不住厭惡感的嘴角相反，睜大的雙眼裡潛藏畏懼的意念。

記憶跳轉。

——如果是，索澤會怎麼做……？

凱薩・索澤親手殺死自己的家人，然後秉持「鋼鐵般的意志力」將黑幫成員全部殺光。

——不用說那麼多大道理！

不需要只掛在嘴上說說的「鋼鐵般的意志力」。

「這……這是個好交易嗎？」

凱薩從自己的聲音裡深切感受到另一種分量。眼神相對時，看得出GUTS身體緊繃。

菊池保清清喉嚨，GUTS才如夢初醒般向他報告事情的始末。重新戴上太陽眼鏡的菊池，臉上多了一絲血色。

左眼疼痛得宛如火燒，就像燒夷彈炸過的叢林。不過，心中也充滿與疼痛同等分量的滿足與自傲。

GUTS在耳邊說些什麼，菊池點了兩三下頭：「叫醫生來。」

沒有人採取動作，GUTS見狀怒吼：「要說幾次才懂！」

「飯島先生。」菊池說。「這樣我們就能放心繼續接下來的交易了。」

凱薩接過GUTS遞來的毛巾，按壓左眼。

「那間賓館叫什麼名字來著？GUTS？」

「叫STIFF LIPS喔，阿保。」

「對對對，STIFF LIPS。」菊池舉起右手食指與中指。「去查查那裡背後的老闆是誰？」

喂！GUTS一喊，好幾個人便跑開。剩下的其中一人在香菸上點火，服侍菊池挾在手指上。

凱薩與漸行漸遠的意識持續展開沒有勝算的戰爭。眼前兩人的聲音已開始帶有回聲。

「根據飯島先生的說法，燕子是去那裡和一個姓張的男人談判的？」話語與香菸的煙一起從菊池口中吐出。「如果那個姓張的是我認識的那個張……」

「營地裡的？」

「對。張有個小弟，叫做朴志豪。」

「嗯。」

菊池將香菸緩緩拿到嘴邊，吸一口。「那傢伙是安浦組的人。」

世界漸漸變暗，處於這片灰色的黑暗中，只靠聽覺勉強活著。

聽見菊池的聲音。「一般人應該無法使用賓館的管理室吧？但那個張不是會隸屬任何組織的類型。」

然後是GUTS的聲音。「原來如此。假設那間賓館是安浦組經營的，所有事情就都說得通了。」

「不過，我不認為燕子會和那幾個傢伙聯手。」

「人被逼上絕路時，什麼事都有可能做出來。」

「燕子或許如此，但朴不可能同意。那傢伙或淪落到營地，說來都要歸咎於燕子。」

「總而言之，先看看結果如何，說不定能掌握他們的下一步。」

「也是……」

凱薩的記憶只到這裡。

透過樹葉縫隙灑下的陽光成為一張夢幻的光網，罩在那沒有毛的奇妙動物身上。具有輕透感的白皙肌膚上，宛如葉脈的青色血管覆蓋全身。從那再也不會動的小小身體上，感受不到憾恨或後悔，甚至感覺不出恐懼。一種無法以這些情感概括的情緒，彷彿就要從體內爆發。

傷痕累累的雙腿毫無防備地攤在地上，看得出死後才受到暴力對待的痕跡。大腿上有幾個齒痕，白色內褲前後反穿，令人毫不懷疑那邪惡的暴力絕對沒有放過底下尚未成熟的性器官。

為什麼要把內褲反穿？這麼說來，那個在體育節遭殺害的女孩——死在「九號營地」中央管理室裡那個微胖男人的女兒——死了之後也被套上運動短褲。這種行為是帶來性興奮的儀式，還是為了獲得免罪符的偽裝？或者，那像貓撥貓砂蓋住糞便一樣，單純只是一種習性？燕子沒有答案，也不想知道答案。只有一件事可以斷言，那就是眼前的小女孩並沒有被假日開膛手強暴。

燕子俯瞰女孩。

張武伊和朴志豪也這麼做。野崎理子一個人待在車上。

女孩雙臂用力緊抱在胸前，彷彿想從無法理解的現實中隱藏起自己。蜷起背部，下巴朝胸部緊縮。簡直就像想在生命的最後一刻用盡所有力量回到母親腹中。

川原昇的鼻梁被張打斷，門牙被朴打斷，頭被野崎踢破，呈現與其說是血從臉上流出，不如說是臉從血裡浮現的狀態，一頭栽在泥水中。貞操帶像孫悟空頭上的頭箍，緊緊卡在臀縫中。即使如此，他的臉上卻浮現宛如蠟像的笑容。

那是無法以任何範疇歸類的笑容。勉強比喻的話，就是用笑容這種世界上最棒的材料做成的，世界上最噁心的糞便。

唇上的傷痕在笑容上切開一道裂口。彷彿他的臉隨時可能從中裂開，從裡面迸出某個，沒錯，迸出某個在裡面操縱川原身體的異形。那傷痕的陰影就是這麼深、這麼濃。

燕子撩起額前的頭髮，對準川原屁股吐一口特大口的口水。

張和朴板著臉。

面臨危機的狀況會使人團結。川原做的好事喚起人類集體下意識中的厭惡感，消除所有言語、價值觀和過去，從內心最深處引起共鳴。這正是現在燕子從張與朴身上感受到的東西。

這麼想著望向兩人，也不知是否錯覺，總覺得他們看起來變得像人了一點。再者，不管怎麼說，接下來還得跟他們共處一段時間。既然如此，無論這種集體意識屬於哪種類型，有還是比沒有好。

「怎麼辦？」張開口打破長長的沉默。

對燕子來說，這句「怎麼辦」當然指的是「屍體怎麼處理？」或「要拿這個變態怎麼辦？」的意思。也可以解釋為該如何想辦法解決眼前的狀況。不料，張接下來說的話，令燕子驚訝得下巴都要脫臼。

「該怎麼把昇帶到船上呢。」張武伊說。「剛才一時衝動，忍不住揍了他一頓，忘了接下來的路車子開不過去，只能用走的。可是這傢伙這樣能走嗎？」

燕子睜大眼睛，朴也露出相同眼神。

「還得想辦法拿掉這貞操帶才行呢。」

「你在說什麼啊？」

燕子雙眼圓睜，朴看起來也呼應著他，點頭的方式就像發現張武伊體內住著外星人一樣。
「什麼說什麼？」張反問。
燕子踏出一步，指著川原昇。「你該不會想帶這傢伙一起走吧？」
「這還用問嗎？昇已經是一家人了。」
看著說不出話的燕子，張歪了歪頭。
「這實在太……」朴志豪開口。「他可是對那怎麼看都只是小學生的女孩做了那種事的傢伙耶！」
「昇是這種人的事，全國人民早就知道了吧？」
「可是，再怎麼說，竟然對那女孩……她頂多十歲而已吧？」
「難道對國中生就可以嗎？」
這次輪到朴被那荒誕的理論擊敗。
眼看這樣爭辯下去不會有結論，燕子決定從另一個角度進攻。「拜這傢伙之賜，我們差點沒命耶？」
「站在客觀角度看。」張攤開雙手。「那件事我也有責任。是我忘了今天是海之日，對昇來說又是第一次上戰場，而且他也已經受到制裁了。再說，反正我們最後還是撐過來了吧？」
「撐過來了？」
「你到底在氣什麼？」
再度無言。心情就像不管投出什麼球都會被回擊的投手。
「總之就是要帶昇去。」張武伊斷然宣言。「原因是，我能完美理解昇做的事，雖然和我方向不同，他和我基本上是朝同樣目標前進的人。」

朴無力地搖頭。

不過，燕子仍不放棄。「你是在講哲學方面的事嗎？」

「佛洛伊德的書全部讀完了？」

燕子硬起眼神，代替回應。

「那是好書吧？接下來要讀佛洛姆喔。推薦你讀看看《惡之本性》這本書。」

——可惡……

「這麼一來，你就會明白昇做的事情才不是什麼惡。」

「那什麼才算是惡？」

「所有恐懼變化的東西啊。」張浮現炫耀自己脫離凡人價值觀的笑容。「佛洛姆用戀屍來形容對變化的恐懼。這就是惡。」

——戀屍……就是姦屍癖。

「昇做的事或許是姦屍行為沒錯。」

「你明明就很清楚啊？現在說的話沒有前後矛盾嗎？」

「你先聽我說完嘛。在那本書裡，戀屍只是一種隱喻。簡單來說，屍體象徵的只是恐懼改變的人感興趣的對象或心動的方式。並非指涉具體行為。」

「有什麼不同？」

「完全不同吧。」張武伊露出驚訝的表情。「昇為什麼會成為違法的存在，我和你也一樣，都是因為被法律這個已死的……換句話說就是形同屍體的東西束縛的緣故啊。」

受到過度衝擊，燕子只能盯著右肩掛著愛迪達背包的張看。

張咧嘴一笑，笑得露出牙齦。

25

從博多搭乘高速船將近兩小時，搭乘客輪則需要四個多小時，具體來說大約一百四十七公里的這段距離，實際乘坐的是朴志豪親戚朋友的小孩那艘比竹筏稍好一點的漁船，花了八小時橫渡不說，其中三小時還因第二十號颱風的關係，航行在驚濤駭浪中的對馬海峽上。整個胃都翻了過來，一邊誦唸佛經，一邊抵抗斜打在身上的大雨，終於抵達嚴原時，燕子空洞的胃裡已經連胃液也不剩。

若說腦漿膨脹了十倍可能也不為過，頭就是如此這般的脹痛。猛烈湧上的嗝氣，好幾次在嘴邊噴發。然而，真正從地獄般的暈船中解放，是又過了一小時半之後的事。

判斷不能把船停泊在對馬最大的城鎮嚴原，按照預定計畫，繼續開往旁邊的美津島。

燕子彎折身體側躺，既不想動，躺在只有一坪半大，原本應該用來裝魚，現在卻擠了五個大人的水槽裡，就算想動也動彈不得。

黑暗中除了汗臭、體臭和口臭外，還有其他各種經過壓縮的氣味，身體因此微微發燙。不過，沒關係，這是沒辦法的事。合群很重要。偶而會有匿名的屁產生在這密閉空間中，的確也因此令殺氣擴張，但那都還能原諒。畢竟你我都會放屁，算是半斤八兩，最重要的是屁味總會隨時間消逝。然而，始終瀰漫鼻端不去的腳臭就令人不得不抱怨了。將近十小時被迫嗅聞別人的腳臭，真的可以容許這種事存在世界上嗎？如果有神明，真想向祂控訴這不公平的待遇。

在名為島山島的港口下錨時，所有人都成了瀕臨死亡的魚。

打開水槽蓋那一瞬間，燕子這輩子都忘不了。空氣是那麼甘甜，連下在臉上的雨水和足以造成海上警報的狂風都可愛了起來。日後如果有了孫子，真想在暖爐前對他訴說這段故事。

上陸後，一輛小貨車已等在那裡。

在經過鋪設的道路上開了三分鐘左右，來到一個設有大倉庫，本身卻沒那麼大的房屋。按照一路上偷聽朴對張講述的內容，這個人口只有三十二人的島上，居民半數是朴志豪的親戚，另外一半則是從小和親戚一起長大的好朋友。

這事實令燕子如坐針氈。不管怎麼說，朴的入獄有一部分是自己造成的。搞不好那個屋子裡有一群手握磨利鐮刀的老年人，正等著為朴氏一族報仇。燕子帶著這詭異的想像鑽進門。

眼前是一棟無人的廢棄屋。

累得沒有多餘氣力觀察或感受。大腦呈麻痺狀態。塵埃也好、蜘蛛絲也好、老鼠糞也好，全都不在意了。體內充滿安心感，就算這裡的鄉土民情是用烹刑伺候仇敵，燕子也不想管那麼多了。

仰躺在潮濕發霉的榻榻米上，懷著一口氣睡道下個世紀的決心，墜入深深的睡眠之中。

四下還有點昏暗，睏意襲來。

模糊不清的腦中，只有一部分像二十四小時營業的便利商店一般清醒。那個部分正發出抗議。快去小便！快去喝水！

光腳從敞開的簷廊跳下院子。在植物與泥土散發的厚重臭氣中，一邊差點在濕滑的地面滑倒，一邊像馬一樣撒了一大泡尿。

沿著矮牆種有一排五公尺左右的百日紅。

享受膀胱恢復原有大小的喜悅，仰望天空。這時，忽然察覺不對勁。

月亮從快速流過的雲縫間探頭。問題是，如果燕子的方向感沒錯，月亮不在西邊，卻是掛在東方天際。

除了正在噴射的小便外，世界瞬間靜止。重新確認東西南北時，又發現了另外一件事。雨停了。也沒有風。剛才還那麼狂暴肆虐的第二十號颱風，竟已消失得無影無蹤。

燕子陷入輕微的混亂。即使如此，腦袋還是想辦法動起來。然而，就像逐漸失速的小便，思考也不斷縮小消失。

答案唐突地從背後出現。

「你那麼累啊。」

心臟猛地一跳，連帶甩起幾滴尿液。燕子趕緊甩乾老二上的尿，把東西收進該收的地方。

野崎理子遞出一瓶礦泉水。

兩人視線交會了一會兒，燕子才伸手拿過那瓶一點五公升的水，將其中剩下的三分之一喝光。這段時間目光也沒有離開過野崎身上。

享受水流過喉嚨，流進食道，滲透胃壁的滋味，燕子開口：「其他人呢？」

「那種狀況下你竟然睡得著。」

「怎麼了？」

「你睡著後，張先生他，那個……」野崎含混其詞。「跟那個變態……你知道的。」

燕子腦中亮起小燈泡。「喔，我知道，是倦極勃起吧。」

「什麼？」

「不，沒什麼。」

野崎別過臉，也不知道是聽懂了還是沒聽懂。

雲縫中的月光照亮這棟老日式房屋的輪廓。

拜陰影變淡之賜，野崎臉上的混亂看得更清楚。她看起來像是想說什麼，如果是那樣的話，燕子大概也猜得到她想說什麼。

不過，在那之前有非問她不可的事。

「我睡了多久？」

「你說呢。」野崎聳聳肩。「大概十八小時？」

「不會吧！」

「睡得跟死了一樣。」

燕子用手指按壓眼皮。「然後呢？」

「我不知道。」

「啥？」

「因為他們出去就沒回來了啊。」

「我說妳啊。」燕子露出傻眼的表情。「難道不擔心我們是被丟下了嗎？」

「你或許有可能，但他們不可能丟下我。再說……」野崎抬了抬下巴。

朝她指示的方向望去，愛迪達背包就放在那裡。

「沒說什麼時候出發嗎？」

野崎搖搖頭。「好像說要載我們去釜山的那艘貨船，因為颱風的關係進水了。」

姑且只能接受這看似答案又似乎解答不了疑惑的回應。除此之外，還有其他擔憂的事。燕子忍不住嘖了一聲，野崎問，「怎麼了？」

燕子打個馬虎眼，裝作若無其事地背轉過身。絕對不能因為現在硬得可媲美鑽石的老二而分心。

——果然是倦極勃起啊……

「嗳。」聽見野崎甜膩的叫聲，轉頭一看，T恤底下的小奶看起來像果凍一樣晃動。燕子左手插進Levi's口袋，得想辦法安撫小弟弟才行。

對話就此中斷。

燕子坐立不安地仰望天空。

不久，野崎先開了口。「我好像還沒回答你的問題？」

拉回視線。

「為什麼刺蝙蝠的問題。」

「喔，為什麼？」

「因為無關鳥與動物，我就是我。」

那看似認真的表情下，似乎隱藏著一抹促狹的笑容。燕子無法判斷，現在該點頭還是嗤之以鼻。

野崎笑開了臉。「隨便說說的啦。」

燕子也受到感染，露出淡淡微笑。

「大家都是刺完才找理由。」她繼續說。「其實只是因為我小時候一直想養一隻蝙蝠。」

「我養過喔。」

「騙人。」

「應該說，小學時在學校游泳池旁撿到蝙蝠嬰兒。」

「真的嗎？」

「我把牠帶回家，用面紙盒做了一個窩，可是就在我外出抓蟲當飼料時，牠就死了。」

野崎顯得有些困惑，像是不知該笑還是寄予同情。

「因為我那個酒鬼老爸倒在面紙盒上睡著了。」燕子說。「話說回來，妳為什麼會想養蝙蝠？」

「為什麼呢……為什麼啊？」

燕子想了想，以「我是聽菊池先生說的」為開場白：「聽說妳小時候天天被老爸揍？」

「那傢伙偶爾也會講實話啊？」

「我不是要惹妳生氣，只是把想到的說出來，可以嗎？」

沉默催促燕子繼續。

「人家不是說，小時候有妳這種經歷的人，經常會在不知不覺中尋求自己厭惡類型的男人嗎？為了肯定自己不幸的少女時代。為了證明揍妳的老爸其實是愛妳的，所以妳無法否定有暴力傾向的男人。一旦否定了他，就等於非否定妳老爸不可。」

「佛洛伊德？」

「應該是吧。」

「所以呢？」

「所以，即使菊池先生對妳做了那些事，妳還是和他交往這麼多年。」

「我不是說過嗎？」野崎啃咬指甲。「我沒和他交往。」

「就算不是交往，也共度了很長一段時間吧？」

「…………」

「也就是說，菊池先生取代了妳的父親。該怎麼說呢……妳想藉此讓童年從頭來過。」

「少隨便瞎扯了。」

燕子以為野崎接下來應該要說些「別以為自己很了解我」之類的話，她卻就此沉默。

「聽好了，我不是想否定妳，也不是想判誰罪。」

「你想說什麼？」

妳小時候該不會被父親性侵過吧？這句話，佛洛伊德信徒燕子終究沒問出口。取而代之的是這麼說：

「蝙蝠這種動物，不是會飛嗎？」

「你覺得這代表我想逃離那傢伙？」野崎嗤之以鼻。「真廉價的分析。不用你說我也知道，我知道得比棉條怎麼換還清楚。」

「若是如此，刺一隻鳥不也可以嗎？」燕子立刻回應。「為什麼是蝙蝠？」

野崎瞇起一邊眼睛。

「蝙蝠就形象來說，不屬於任何一邊對吧。」燕子頓了一頓。「或許，妳沒有自己以為的那麼想逃離菊池先生。」

一分鐘的沉默之後，野崎再次開口。

「你自己又是如何？」野崎板起一張臉，以堅定的語氣問。「真的想跟張先生合作嗎？」

「妳知不知道什麼是男女方程式？」

野崎露出詢問的眼神，搖搖頭。於是燕子告訴她，關於聰明男人和聰明女人交往會怎麼樣？聰明男人和愚蠢女人交往會怎麼樣……

「菊池先生不是蠢人，妳也不是。我不清楚妳是怎樣，但至少知道菊池先生正好被這個笑話說中。」

「…………」

「雖然他是個大騙子、大變態、偽善者，可是對妳真的懷有浪漫的感情。」

「什麼意思？」

燕子凝視野崎。接著，用月光般清明的聲音說：「妳還可以回頭的意思。」

會這麼說，除了根據蝙蝠話題展開佛洛伊德式的分析，判斷比起背叛脫離，回頭的決定對她比較好之外，也因為燕子內心深知，這是對方真正想聽的話。

野崎的雙眼澄澈如水晶。那雙大眼睛和長睫毛令人怦然心動。

「再說，儘管和菊池先生一樣都是變態，張卻是個大蠢人。聰明女人和愚蠢男人交往會怎樣？」

「結婚。」

「妳想跟張結婚？」

野崎噗嗤一笑。

「我是沒有選擇餘地。」燕子說。「但妳不如找個地方躲起來，等我們上船就聯絡菊池先生吧？」

窗上的百葉窗依然沒有拉起，至少知道屋外街燈已然點亮。

「少給我裝傻，混帳！朴志豪是你們家的人吧？喂！」

GUTS已經用這種態度對電話口沫橫飛了將近二十分鐘。

隔著鉻鐵茶几，坐在對面的菊池保像個肉身佛，不動如山地等待，身上披著一件說不上是灰色還是藍色的薄針織外套。手上拿著銀色T型剃刀。

桌上，凱薩面前放的是evian礦泉水瓶，菊池面前放的是薑汁汽水瓶。

只剩一半的視野裡，除了包紮好的左腳外，坐在沙發上的凱薩幾乎和兩天前一樣。身體擦拭乾淨了，鬍子刮了，粗棉布襯衫和卡其褲被裝進垃圾袋，身上現在穿的是不知道誰的白色長褲和GUTS的CASTELBAJAC馬球衫。

腿傷雖然不到完全不痛的地步，但也好很多了。只是眼窩的疼痛就一點辦法也沒有。

凱薩聽說過所謂幻痛。疼痛的鬼魂。明明已經斷掉的手或腳，卻痛得像還存在一樣，就是這種錯覺。凱薩把手放在包上簇新繃帶的左眼上。感覺到的只有壓力，除此之外，不管怎麼凝神，壞掉的左眼裡都看不到棲宿的鬼魂。

「等我這邊收拾乾淨，接下來就輪到你！」

怒吼一聲，GUTS把話筒摔回電話臺座。無意義地吼了幾聲，踢翻椅子。

「可惡……」

凱薩仰頭看時鐘。下午六點十五分。這麼說來，這是睽違四十五分鐘後再次聽見菊池的聲音。

「安浦那些混帳東西！」GUTS一邊甩頭，一邊坐回沙發上，把金色領帶略為拉鬆。「全都是沒用的傢伙啦，阿保。他們竟然還說想問我打聽朴的下落。」

「今天是二十二號……」

「剩下不到三天了喔，阿保。」

「知道朴的老家在哪嗎？」

GUTS露出恍然大悟的神情，再次衝向電話。

菊池苦笑。「這位GUTS是我從小學到現在的朋友。大麻的生意是跟他一起開始的，組織也是跟他一起建立的，剛開始，我本來說由他當老大就好……」

拿起話筒的GUTS轉頭。「我不是那塊料啦。」

「他每次都這麼說。」菊池揚起眉角。「我們幹了好多事呢，GUTS，是不是？」

GUTS搞笑地甩頭。

「最嗆的是二十三歲那年的事？」

「是二十四啦。」

「在大麻交易時，我被打算矇騙的對象逮住了，對吧？」

GUTS發出笑聲。

「對方在車裡用手槍抵住我的頭，GUTS竟開自己的車從旁撞上那輛車。當時我坐在後座，撞擊力道之強，使我一頭撞上了窗玻璃，回過神時……」菊池舉起右手，豎起拇指和小指。「一條這麼長的玻璃刺進我的右眼。」

按下電話按鍵，GUTS說：「那是不可抗力啊。」

「對方有三個人，也不知道怎麼搞的，GUTS的手槍已塞在其中一人嘴裡。另外兩個人則失去意識。這傢伙問我，『阿保，這傢伙怎麼辦？』」

凱薩咳了幾聲，清清喉嚨。「你怎麼說？」

「我說『等下』……」

「少來，阿保。你說的是『開槍』。」

「就這樣，男人的腦漿噴了我一身。去醫院的路上，GUTS說，『既然都受傷了，不如編個帥氣的情節好了』。我右眼都還在流血，你相信嗎？結果，對手變成了六個人，故事變成被挖了右眼的我，一個人解決了所有敵人……」

「菊池傳說就此誕生啊。」

「拜此之賜，我坐了七年三個月的牢。」

「為什麼叫GUTS呢？」凱薩問。

拿起話筒放在耳邊的GUTS揚起嘴角。那抹自豪的笑容像是在說「你問得好」。

「這傢伙啊，小學時是個體弱多病的小孩。」菊池用T型剃刀指著GUTS說。「所以我常跟他講『拿出你的GUTS來』，不知不覺這就變成他的綽號了。」

對話就此中斷，屋內再次充滿GUTS的怒吼。

凱薩無法排遣自己的情緒。一方面焦慮逾只剩兩天究竟能否解決川原，另一方面，若這兩天就這樣什麼都沒發生，也能找到說服自己的理由，自然而然能夠誇口「該做的都做了」。然而這種算計也同時帶來自我厭惡，為了排解自我厭惡的情緒，凱薩按壓左眼眼窩。思念成為疼痛的燃料，燃燒殆盡。與此相反的，或者可說正因如此，排除多餘能量的心才能保持近乎虛無的平靜狀態。

窗前電視機的聲音拉回凱薩的注意力。為了讓畫面映入眼簾，得用比過去更大的角度轉頭。

電視上報導著關於兩天前失蹤的小學五年級女童新聞。當天的服裝、目擊者的證詞、附近鄰居對女童的評價、級任老師的驚慌失措、父母的吶喊……其中，女童失蹤於七月二十日的事實，以及川原昇目前仍在脫逃中的現實，使得相關人士的期待籠上一層陰霾，成為不相關的人打發時間的話題。

——兩年前的這一天……

沒來由的想笑，勉強克制住笑聲。不過是任何人都能拿來閒聊打發時間的事，對當事人來說卻是花了兩年時間成為一場惡夢。

這家人往後會怎麼樣？凱薩心想。他們將如何與現實妥協活下去？

接獲發現夏海屍體的聯絡時，凱薩失去了維持自身秩序所需的東西。把話筒放回辦公桌上那一瞬間起，一片空白的腦中某個角落，開始構築一個新的，今後別人希望自己扮演的角色。那份自覺與現實混淆，鞭策自己走到今天這一步。

——然而，那又如何……

凱薩輕輕伸手觸摸包住半張臉的繃帶。

——已經夠了吧……？

「說他老家應該在對馬。」

不知何時，GUTS已回到沙發邊。

「怎麼做，阿保？」

「那幾個傢伙會怎麼做？」

「不管他們想怎麼做，你看，現在有颱風。」

在菊池提出具體做法前，電話聲驚人響起。

接起電話的GUTS語氣變得判若兩人，以謹慎的聲音說，等一下，便把話筒帶到茶几這邊來。

遞出話筒，GUTS在耳邊低聲說了什麼，菊池的臉立刻明亮起來。先用手牢牢遮住話筒，GUTS再次對菊池輕聲低語。

菊池拿起薑汁汽水，一邊喝下汽水潤喉，一邊點了幾次頭，然後才接過話筒。即使凱薩只剩一隻眼睛，也看得出他正壓抑激昂的情緒。肢體語言就像擔心多餘的動作嚇跑即將抓到手的蝴蝶。

凱薩豎起耳朵。

「喔喔。」一開口，就是近乎歡暢的聲音。「……妳沒事吧？」

在GUTS聚精會神的視線守護下，側耳傾聽電話另一頭聲音的菊池表情愈見柔和。

「總之，很高興妳願意打這通電話……嗯，那種事之後再說就好。」

菊池把手拿到鼻尖旁，看在凱薩眼中，簡直就像正在嗅聞T型剃刀的味道。

「嗯，沒關係喔……我一直都在想妳。」

26

實在太臭了，忍不住找了一下，在床倉角落堆積如山的紙箱中，發現一隻貓的屍體，已經乾得像乾掉的毛毯。眼珠宛如融化一半的糖果，爬出蛆蟲。那隻張著嘴巴的三花貓屍體，令燕子想起女童的屍體，再加上船船動力系統的震動，胃部一陣噁心翻湧。因此，在衝上甲板時狠狠踢了川原的臉一腳。

從船尾甲板旁的扶手上探出身體，鐵鏽味掠過鼻尖。這也難怪，想在這艘船上找出沒生鏽的部分，可能會比找出生鏽的地方還要難上好幾倍，這點毋庸置疑。

看似好不容易才能浮在海面上的這艘載貨船船首，剝落的白色油漆寫著「陽洋丸」三個字。根據張武伊的說詞，這應該是一艘載重九十七公噸，全長四十公尺的船，然而，就算噸數難以判斷，就燕子看來，全長頂多只有三十公尺上下。

不管怎麼說，對馬和釜山畢竟近得如同眼睛對鼻子，即使只以時速八海里，換算起來等於時速十五公里左右的緩慢航行，若用直線距離來計算，只要三個多小時就能抵達。

對馬北端的海栗島是航空自衛隊第十九警戒群的屯駐地，為了避開那裡的預警雷達，「陽洋丸」先往西前進。等到被大海三百六十度包圍時，再切換方向朝東北方前進，橫渡朝鮮海峽。靠近釜山之後，則換乘普通漁船。將這些時間全部算進去，大約需要將近六小時，離「一號電波」發射的七月二十五日凌晨十二點，還多了超過二十小時的緩衝時間。之後一切就結束了。

是否要和張武伊合作，或是另有打算，之後的事到時再思考就好。從載這夥人到對馬的那艘漁船上換乘這艘「陽洋丸」時，張不是也說了嗎？「到了那邊之後，暫且先去吃個冷麵當宵夜吧。」

——沒錯，只是「暫且」……

燕子眺望海洋。雖然想抽菸，手邊的早已抽完。

颱風走了三天，海面像黑色的大理石般風平浪靜。看得見幾許漁火，船尾拖著螺旋槳攪出的長長白色航跡。海的味道聞起來很舒服，風輕柔拂過。早就分不清遠方的島影和夜空的差別。「陽洋丸」畢竟任務不同，將漁燈全熄滅了航行。這給了燕子一種滑過黑夜上空的錯覺。

背後迸出一道光線，回頭一看，是把行動電話拿在耳邊的朴志豪，剛從廁所裡走出來。

看到燕子，朴露出被剛認識的同性戀撫摸屁股的表情，不過瞬間也就恢復鎮定。

燕子叫住結束通話，正打算回船艙的朴。「你連上廁所都帶手機？」

「你知道手機為什麼叫做行動電話嗎？」朴停下腳步，回過頭。「就是因為不管到哪都能帶著啊。」

兩人視線瞬間交纏，不過也沒發生什麼事。

「你手邊有菸嗎？」燕子說。

朴瞇細眼睛，想了一下，保持警戒的態度遞出HOPE短菸。

燕子叼起一根，朴就用百圓打火機幫他點火。

「嗳。」早就想問的事，隨輕煙一起出口。「你竟然能跟張那種人往來這麼久。」

朴什麼都沒說，看起來有點像是在笑。

「你看到了吧……他把那小女孩裝進後車廂時的樣子？」

「不是很正常的抱進去了嗎？」

「我說的是那之前。」

過了一會兒，朴才發出低沉苦澀的「喔」。

「一般人會抓著頭髮拉起來嗎？」

尷尬的沉默降臨。

朴不肯定也不否定。既沒有要替張武伊說話的意思，也感覺不出想和燕子對幹的意思。他就只是站在那裡。

燕子的目光重回海面。

比起張武伊，其實朴志豪這個人更能講道理，這件事燕子很清楚。問題是，在和他講道理之前，換句話說，就是在和他建立積極正面的關係之前，必須先經過一段消極負面的磨合過程，這一點燕子也很清楚。若是還在時間多得用不完的「九號營地」，那可能就另當別論，現在這樣的狀況下，燕子一點也提不起勁去經歷那段過程。

聽見交錯的腳步聲，回頭一看，朴志豪忽然消失蹤影，代替他站在背後的是野崎理子。簡直就像魔法師把朴變成了野崎。

「找到你了。」野崎抬起示好的眼神。

——找到你了？

為了掩飾緊張左顧右盼，正好看到朴志豪走下船艙的背影。

「這裡好舒服喔。」這麼一說，野崎便往燕子身旁一站，探出身子，伸出雙臂擁抱黑夜。

——喂喂喂喂……

兩人之間的距離不到三十公分。這距離意味著什麼，並不難懂。

為了把持自己，燕子只能繼續吞雲吐霧。

野崎突然換上嚴肅的表情，轉頭捕捉燕子的視線。

燕子身體僵硬，不過，變硬的還不只是身體。褲子裡起火燃燒，到了想叫消防隊的地步。

過了不久，野崎咧嘴一笑說：「謝謝。」

「為什麼妳不逃走？」

這麼一說，對方就羞赧地垂下眼睛。

——這該不會是……

燕子硬生生吞下口水。

——久違的打砲？

「就快到了呢。」

環顧四周，城市裡的燈火猶如散布夜空的星光，隱隱浮現黑暗中。儘管裸眼零點七的視力只能看見朦朧的光芒，釜山肯定不遠。不知不覺中，海的味道裡摻雜了生活氣味。

「釜山塔。」燕子吸了吸下巴。

「真的叫這名字？」

「誰知道。」

「裝飾的燈泡好漂亮。不覺得跟福岡塔有點像嗎？」

「好像是耶。」

「陽洋丸」的速度慢了下來。

「沒想到這麼快就到。」

雖然也想說些令人牙疼的甜言蜜語，體內儲存的浪漫成分早就一點也不剩。燕子問：「幾點了？」

翻轉右手腕，野崎望向銀色的手錶。「一點多。」

察覺野崎是個左撇子，燕子沒來由的一陣興奮。感覺就像與她共享一個天大的祕密，這麼說可能有點誇大，總之是一種賺到的感覺。

兩人並肩看著愈來愈近的新天地。

仰望夜空，天上掛著大大的月亮。本來一直在更左側的月亮，不知何時通過頭頂，開始緩緩下降。

就在這個時候。

難以言喻的感覺襲擊燕子。像被丟進一個上下左右、東西南北完全失去意義的宇宙空間，伴隨秩序的瓦解，一切混亂一擁而上。

船速降得更慢，再過不久，「陽洋丸」便完全停止不動。

抬頭往駕駛艙看，一片漆黑什麼也看不見。再次抬頭望向月亮，再凝神往釜山的方向細看。不，往本該是釜山的地方望去。

「差不多了吧，阿保？」

「現在幾點？」

「十二點十五分。」

「是差不多了。我們有幾個人？」

「十六吧。」

「給大夥帶什麼？」

「烏茲。」

「別讓他們隨便開槍喔。畢竟也不是那麼大艘的船。」

「我知道啦。」

黑色賓士車頭朝向一片漆黑的大海。車內冷氣開得太強了一點，但還稱得上舒適。半徑一百公尺內看得到的亮光，頂多只有街燈和自動販賣機的光。

博多碼頭西側，防波堤與海面交界模糊不清。要不是月光照在海面上，簡直叫人忘了那裡有一片海。一艘掛著俗豔裝飾燈泡的漁船由西往東緩緩漂過。更遠的前方，摩天輪的霓虹燈像發光的小電燈泡。朝相反方向看去，隱約能看見倉庫街屋頂上的「KOOL&KOOL MILLDS」招牌頂端。

「不過阿保，這樣真的好嗎？」

坐在後座的凱薩望向身邊的人。似乎猶豫著該點頭還是搖頭，菊池保眉間刻下深深的皺紋。

「哎，只要阿保你說好，我是沒有怨言啦……」

「畢竟……」菊池一副嫌麻煩的樣子重新坐好。「已經答應了。」

「那種約定……你太嫩了啦，阿保。」

凱薩定睛凝視菊池的側臉。

總覺得好像能看見太陽眼鏡底下那兩個十字架。失序的言語從失序的腹內湧上。然而，沒有一個詞彙能順利抵達舌尖。所有話語都塞在喉頭了。這情況令腦袋轉得更快，提高轉速的大腦像個捲線器，不斷拉出一個又一個詞彙。腦袋中心逐漸發燙。

此時，行動電話的來電鈴聲擊碎了那些塞在喉嚨的廢物。

菊池伸手摸進西裝外套內袋，掏出手機。GUTS從駕駛座上轉頭。

說完「是啊」，菊池只是側耳傾聽話筒另一端的話。過了不久才說：「可以問一件事嗎？」

凱薩和GUTS四目相對。

「原因是燕子嗎？」等了一會兒。「燕子和張聯手了嗎？」臉上漾開冷笑。「原來如此……我知道了……這邊已經準備好了喔。」

菊池朝GUTS轉頭，嘲弄地挑眉。

凱薩望向車窗外，看著接下來要搭乘的大約二十噸小型遊艇。

不久之後就將獲得解放，只是現在還一點也沒有即將實現的感覺。不過，世事大抵都是這樣的吧。往往要在事情發生後，真正實現的感覺才會浮現。過去太沉重，沉重得難以回頭。未來又不夠明確，只剩一隻眼睛的人看不清。以結論來說，凱薩只能安然面對事態即將脫離自己掌控的失落感。

「你不相信我是嗎？」菊池對著手機說。「好吧……我承諾菊池組不殺你，這樣可以吧？」

再次傾聽電話另一頭的話，最後確認了一句「大概三十分鐘左右吧」，才結束通話。菊池對駕駛座說：「就算菊池組不殺，也不保證安浦組不殺噢。」

嘴角浮現邪惡的笑容，GUTS迅速拿出自己的行動電話。

「釜山好像是個大都市耶。」野崎理子朝街燈閃爍的黑夜瞇起眼睛。「是因為距離很近的關係嗎？總覺得跟福岡好像？」

燕子大腦已完全因混亂而麻痺。

關於眼前的夜景，野崎的感想可說準確無比。一切事實指向唯一的結論。月亮不是由右往左，而是由左往右移動，這個不動如山的事實說明了一件事，除非地球改變自轉方向，否則只能說「陽洋丸」現在並非往北前進，而是往南。

正在橫渡的不是朝鮮海峽，而是對馬海峽！

——可是，為何？

刺耳的馬達聲從腳底湧上，打斷了思考。

張武伊從船艙裡衝上來，川原頂著扭曲變形的臉跟在張身後。

「怎麼了？」野崎睜大眼睛。「幹嘛？」

然而，沒有人有多餘心力回答她。

馬達聲比剛才更嘈雜，只見一道黑影滑出海面。

手機響起，敲下通話鍵放到耳邊那一瞬，張怒氣沸騰。

「志豪？你這傢伙在搞什麼鬼？啊？」說著奔向船緣。「喂……等一下……喂！」

逃進黑夜之中的快艇上，有個人在揮手。原本在他臉旁邊的光點消失。

快艇的聲音漸漸變小，最後終於被浪潮聲掩蓋。

張茫然低頭看著掌心，接著一邊破口大罵，一邊把手機往牆上甩。川原像隻猴子跳起閃躲。

「怎麼了？」燕子問。「朴說了什麼？」

「他說『bon voyage』……」肩膀劇烈起伏的張發出咬牙切齒的聲音。「混帳東西……開什麼玩笑！」

身體搶在大腦思考前採取行動。燕子奔向駕駛室，一個箭步衝上鋼筋樓梯，踢開駕駛室的門。

呆若木雞。

舵盤兀自晃動。大窗外看得見目的地的燈火，只是那目的地和原本說好的不一樣。牆上貼著裸女海報，胸部比野崎大十倍的金髮女人，胴體上寫著「IT'S A MEN'S WORLD」。散發淡淡蒼白光芒的各種儀表類，吐出噪音的無線對講機。桌上的馬克杯還冒著蒸氣，室內猶殘留濃重的菸味。

但，也就只有這些。

早該察覺的。憤怒使身體顫抖。明明說是進過水的船艙，怎麼會有乾巴巴的貓屍體。那個當下就該察覺了才對啊！

憑著一股怒氣踢翻桌子，發出徒勞無功的巨響，無力感從那聲音裡爬出來。

回到後方甲板，川原抓住燕子。

「燕、燕子、現、現在是怎麼回事？我、我們沒、沒問題吧……」

不等這句話說完就甩開那隻手，正面賞了川原一拳，同時看見正要上前問同樣問題的野崎。

「不是釜山和博多很像……」燕子說。心情像剛被宣判死刑。「這裡就是博多。」

察覺有什麼接近的氣息，朝海面望去。一艘白色遊艇如無聲的幽靈船，逐漸朝這邊駛近。

野崎嘴裡喃喃低語了什麼，卻被馬卡洛夫裝上彈匣的聲音遮住，聽不清內容。

「什麼?」燕子從腰間拔出白朗寧,朝野崎轉頭。「妳說什麼?」

「是他……」野崎搖搖晃晃地抓住扶手。半睜半閉的眼裡失去光彩,也不見黑暗。「那是菊池的遊艇……」

燕子不由得停下正要拉開手槍滑套的手。腦漿一片空白。不過,下一剎那,腦中已寫滿好幾套劇本。

——應戰……光靠馬卡洛夫和白朗寧和S&W?拚得過一分鐘可發射六百發的烏茲衝鋒槍嗎?

——投降……先聽菊池說教一頓,最後腦袋開花?

——跳進海裡……

腦中亮起一盞微弱的小燈。

燕子望向城裡的燈火。

曾聽人說過,抵達水平線為止的距離是四公里。如果這個說法是真的,到港邊大概就是三、不,頂多兩公里左右。如果抱著必死決心游,未必不能游上岸!

燕子再目測甲板到海面的距離。大概是四公尺多一點。

不過,像稍早之前的好萊塢黑道電影那樣,腦中出現團團轉的報紙新聞畫面,停下來的瞬間,上面是大大一張自己的照片。三年前那張癡肥、光頭、戴眼鏡的照片。大標題是這麼寫的:「博多灣近海發現逃獄犯遭人槍殺的屍體」。

——可惡!

游不到一百公尺,衝鋒槍的子彈就會如雨點飛來。烏茲一分鐘可射出六百發,吃了那麼多顆子彈,身體別說變成蜂窩,大概什麼都不剩了吧。

燕子雙手頹然下垂，束手無策地站在原地。
遊艇在「陽洋丸」旁停下來。

27

遊艇一停在那艘生鏽的貨船邊，立刻有兩個看來不是善類的壯漢跳過去，拉扯船繩。船舷邊早已有人好心準備了一道梯子。

GUTS跨到貨船上，伸手攙扶菊池。之後，也對凱薩伸出手。

菊池那些抱著衝鋒槍的兒子們都上了貨船後，GUTS抬起下巴發號施令。

鎮壓部隊的先鋒衝上梯子。

GUTS左手攙著菊池，一腳跨上梯子。菊池問：「安浦組呢？」GUTS回答：「現在應該在碼頭集合了吧。」

凱薩右手抓住欄杆，護著左腳慢慢一格一格往上爬。

一切令人感到焦慮。

自己身邊的所有事物都與時間之流起了摩擦，流經體內的血液也一滴不剩地變成濃稠的汽油。隨時可能引燃。大腦拒絕感受或思考，每一秒鐘感覺起來都遠比一秒漫長許多。

菊池麻質西裝外套上的每一條皺摺都能看得一清二楚。風帶來討厭的溼氣。

自己平靜得驚人。這一點凱薩無法否認。像待在海底眺望海面上的暴風雨，現在這裡確實有另一個自己，站在距離現實中的自己一步之外。另一個自己問已朝現實踏出一步的自己，開心嗎？好玩嗎？

聚焦在菊池背上的眼睛看著另一個自己。抓不準距離，腳步像在夢中一般沉重，不得要領。

凱薩站在船舷旁的狹窄通道上。

淡淡的阿摩尼亞臭氣縈繞不去，不過鼻子很快就適應了。

翹起的船首像一把砍上黑夜的斧頭。全長約四十公尺的貨船在波浪牽動下緩緩上下起伏。

發現菊池保的身影逸出視野，凱薩才驀地回神。分不出是怒罵還是笑聲的聲音，從船尾方向乘風飄來。

踏出一步，彷彿有誰從上面潑水似的，光線自頭上灑下。

抬頭仰望。

看似駕駛室的一角，蜂蜜色的光線汩汩湧出。人影閃動，香菸小小的火苗從窗口落下。隨後，後方甲板的燈就點亮了。

這代表菊池組已完全控制了這艘隨時可能沉沒的貨船。

距離盤旋船尾的邪氣，只剩不到十公尺。

凱薩拖著左腳，沿僅能容一人通過的通道前進。每一步固然都無感動可言，但也絲毫沒有疑問。義務感遠勝疲勞感，白色的扶手欄杆緩緩構成畫面。

走到還差一步視野就要開闊的地方，令人懷念的聲音——與其說是聲音不如說是聲響，刺激了耳膜。身體還記得那剃刀般尖銳的聲響，是川原昇發出的威嚇聲。刻劃在每個細胞上的記憶，於踏出最後一步的瞬間化作氣體消失。

凱薩無聲地跳上後方甲板。

聚集成一團黑影的人群安靜下來，不久後自然散開。

威嚇聲停歇。

海浪的聲音、風聲、夜的呼吸聲、疑慮與絕望，全都陷入沉默。閉上眼睛的世界為殺人者獻上默禱。

呼吸急促，背上冒出冷汗。腦袋像遭人掐住脖子一樣熱起來。氧氣絕對不足。

穿著骯髒的T恤，過長的牛仔褲反折。眼鏡金屬框扭曲，勉強架在看似被打斷的鼻樑上。整張臉宛如經歷地殼變動，嘴唇上的裂痕連鼻子都要吞噬。腫脹的眼皮下充滿失控的恐懼與不信任。

向後跳起躲開的川原昇背部撞上扶手欄杆，身體再次向前反彈。嘴巴蠕動，但是他那用盡全身力量發出的吶喊，凱薩只能用視覺，而不是用聽覺辨認。

聲音完全消滅了。像用手摀住耳朵時只能聽見自己的血流聲一樣。

川原的眼睛不是扮演狂人的人類眼睛，也根本不是狂人的眼睛。那只不過是一面反映死去女童們恐懼的鏡子。

宛如一株在恐懼滋養下成長的植物。凱薩這麼想。為了中和自身體內的恐懼，不得不把恐懼轉嫁到別人身上？那過程中又累積了新的恐懼，恐懼再次精煉為下次行動的能量。

凱薩想起從前看過的電影，也可能是漫畫，或者只是從自己的經驗演繹出的想像。總之，看到川原就聯想到將別人的攻擊攝入體內轉化為能量的那種怪物。

主角最後都是怎麼擊退怪物的？不知道。印象中大多數結局都走投機主義路線。消化不了自己攝取的過多能量，怪物自我毀滅。

不知道該怎麼做。雖然不知道，但自己一定能斬斷這永恆的連鎖，唯有這點是無可動搖的確信。

川原的身體愈來愈顯僵硬，發現這是因為自己正步步逼近的緣故，凱薩不由得感到困惑。

左眼深處傳來灼燒般的刺痛。住在毀壞眼底的鬼魂給予祝福，祝福籠罩全身。

想起自己手上沒有拿任何東西，無助地回過頭時，GUTS正好遞出一把醜陋的衝鋒槍。

「四十發。」拉開保險握把，GUTS咧嘴一笑。「很夠了吧？」

盯著槍看，似乎隨時能把人吸入的黑色槍口正回望自己。那不過幾公分長的鐵筒，感覺卻像個無底黑洞。足以破壞一切的機械。這裡所說的一切，也包含自己在內。

耳邊傳來噗通水聲。

回頭一看，已不見川原昇蹤影。

不過，燕子臉的角度和菊池那些兒子們的歡呼聲告訴了凱薩川原在哪裡。喔耶……跳得好……口哨、笑聲、掌聲……

手持烏茲衝鋒槍走近船尾欄杆，燕子立刻讓開，空出位子。

船邊激起霧鉛色的水花，川原試圖遠離船隻。海面漣漪擴散，像一條皺了的床單。不過，前方什麼都沒有。

心理準備還沒做好，手已扣下扳機。

受到那乾裂的聲音牽引，沒有太大說服力的震動竄上手臂。

順勢大量排出的彈殼紛紛掉在甲板上。

注意力放在彈殼上時，子彈用光了。大腦還來不及做出判斷，一切已經結束。

懷著受騙的心情茫然俯瞰海面。過了好一會兒才勉強接受一發子彈都沒有命中川原的事實。

轉過頭，菊池點點頭，像個靜觀兒子成長的母親。即使聽了GUTS的說明也不動聲色，不只如此，表情還更柔和了。

「哎，挺好的不是？」菊池說。「再給他一次示威的機會吧。」

「一分鐘能發射六百發子彈，說起來發射四十發的時間還不到四秒呢。」GUTS拿走射光子彈的烏茲，再交給凱薩一把一模一樣的。「好好瞄準喔。」

凱薩視線落在腳下的彈殼上。

完成任務的黃銅圓筒雖然空洞，卻都帶有完成一生使命的驕傲。從所有束縛中解脫，不求意義，只是安安靜靜地待在那裡。

川原似乎不擅長游泳，幾乎只停留在原地，像個划水玩具。

「Have a goodtime！」

GUTS這麼一喊，放聲大笑。

——四秒……四秒……

槍口對準漣漪中央，屏住呼吸。

閉上眼睛，然後睜開。

指尖用力。

剎那之間，切下一塊世界。

排出的彈殼有如慢動作畫面。

凱薩委身於永恆的四秒。

28

「別、別這樣……不、不是我的錯、不、不是我的錯……」連船尾欄杆都拒絕了他，川原還是像隻步步後退的螯蝦。「我、我也不、不想做那、那種事……可是腦、腦中有個聲、聲音，我、我也拿自、自己沒、沒辦法……」

厚重鏡片保護下的小眼睛裡，像故障的電視畫面般輪流映出混亂的恐懼與混沌。斷斷續續的話語，受到嘴唇裂傷處洩出的空氣干擾，唇齒音發得口齒不清，聽不清楚。反正，就算不是這樣，他最希望傳達的對象還是聽不到那些話。

以夢遊患者之姿轉身，飯島好孝從鳥窩頭男人手上接過烏茲衝鋒槍。

燕子不由得退開，張武伊也跟著這麼做。野崎理子躲在張身後，看不到她。

飯島好孝和川原昇中間，沒有任何障礙物。

復仇老爹出現在人群後方的瞬間，川原全身上下的神經就成了被硬是剝開包皮的老二。毫無防備、瘀血、敏感、發燙，光看就覺得痛。

即使如此，躲在燕子背後時都還算好。問題是和飯島好孝直接面對面的現在，川原終於當機短路。

鳥窩頭那句「很夠了吧？」觸動川原，發出切割金屬般尖銳的聲音，縱身翻過船尾欄杆。

噗通水聲喚醒出神的復仇老爹飯島。

菊池組的人渣們歡聲雷動。

右手提著烏茲衝鋒槍，飯島好孝以慢條斯理的腳步從眼前走過。拖著左腳，眼神只集中在一點上。包纏左半張臉的綳帶微微滲著血。不過，露出的那半張臉的表情，和殺死女童時的川原頗有相通之處。該說是恍惚狀態嗎？臉上浮現一抹微笑。

猶豫是否該奔向欄杆旁，終究還是躊躇不前。燕子朝船尾望去，黑色的大海一副什麼事都沒發生的表情，回以無邪的目光。

跳進海裡是所有想得到辦法中最壞的選擇。可是，不這麼做也一樣是不相上下的最壞選擇。

接下來不到一分鐘的時間裡，飯島好孝送給假日開膛手八十發子彈。

夜晚像一塊脫脂棉，吸收了槍聲與歡呼。菊池滿意地張開雙臂，彷彿他是個共產國家的總書記，對示威成功表示讚揚。

燕子衝到船尾，凍結原地的張離開視野範圍。

川原昇的身體浮標似的在海面載浮載沉，可是沒看到他的頭。也就是說，那顆頭如果不是沉入海底，就是已完全從這世上消失。宛如墨汁的血，在相較之下透明度高的海水中擴散。

指尖勾著烏茲，失魂落魄俯瞰海面的飯島好孝穿著有麋鹿滑稽跳躍圖案的馬球衫。

「看到了沒？」看似地位只在菊池之下的鳥窩頭高舉烏茲。「我們這裡有這麼多人，在打任何歪主意前，每個人可以朝你們發射幾發子彈，要不要一起算算看？」

燕子幾乎下意識地衡量起自己和張武伊及野崎理子的位置距離。

以張為中心，左邊是自己，右邊是野崎。從這個構圖看來，菊池暫時並不打算開槍。自己和張之間的距離不到一公尺，張和野崎之間的距離超過兩公尺。提著烏茲衝鋒槍來參加派對的那群混蛋離這邊則差不多五公尺。

換句話說，按照現在的座標，輕易就能略過野崎，只掃射自己和張。

「先丟掉武器吧。反正拿著也沒意義了？」

菊池慵懶地舉起右手，制止還想說什麼的鳥窩頭。

風一停，夜晚悶熱的空氣壓迫胸口，一切就像瓶底的沉澱物，那麼的混濁不清又壓得人喘不過氣。

「理子？」過了一會兒，菊池說。「或許……我在不知不覺中把妳束縛得動彈不得了？」

燕子轉動目光。

野崎看來意外堅決。至少看在燕子眼中是如此。交織於眼瞳深處的犀利光芒尖銳刺人。緊抿的雙唇在咬碎恐懼的同時，也表達了某種決心。

「有很多非說不可的話。」菊池無力地搖搖頭。「總之，我會用我的方式想辦法妥協。」

那嘶啞的嗓音帶著某種重量傳到燕子耳邊。無論那是何種重量，只要人類聲音裡多了這種重量，通常不會有什麼好事。「妥協」這模稜兩可的詞彙拖著聲音裡的重量，直指唯一一個意涵。

野崎一定也同樣從中感受到什麼了。倏地睜大雙眼，彷彿忽然有隻手從地底伸出來，抓住她的腳踝。

菊池沉默了好半晌。

「張武伊。」過了一會兒，他這麼說。「你要對朴好一點啦。」

隨侍在旁的鳥窩頭噗嗤發笑。

燕子改將眼神聚焦到張武伊身上。

雖然瞪大充血的雙眼，全身散發攻擊性，全身顫抖的張看來也隨時可能膝蓋一軟，頹然倒地。廉價的哲學躲得不見蹤影。

「志豪……」張咳了幾聲，撫平沙啞的聲音。「那王八蛋……他說什麼？」

「說了各種事呢，對吧，阿保？」

「是啊，簡單來說，就是他已經對你失去耐性了。」

張瞇起一邊眼睛，緊緊盯住菊池看。站在身邊的燕子清楚感覺得到，他現在正在做攻擊準備，蓄勢待發。受到他這股氣勢的觸動，自己甚至起了雞皮疙瘩。不過，這股氣勢屬於拿針一刺就會輕易破掉的氣球，是被踩到痛腳的人潛意識會採取的，也是人生中最無可救藥的反應。

眼神在馬卡洛夫和烏茲之間游移。飯島好孝的「示威行動」閃過眼前。張脖子上浮現粗如條狀起士的青筋時，燕子無法再保持沉默。

「張？」試著發出勸說。「我對你做的事沒有怨言，也認為那是有勇氣的事，如果你真打算做什麼的話，等我離得夠遠之後再動手好嗎？」

話聲剛落，燕子就丟出手中的白朗寧，順便連Ｓ＆Ｗ也丟出去，朝夜空高舉雙手。

鳥窩頭往前走，張的槍口對準那張臉。菊池背後成排的烏茲衝鋒槍，像即將射精的老二挺立。

鳥窩頭無奈地攤開雙手。

然而，無論張用幾近吐血的聲音吐出各種怨毒的話語、詛咒或威脅，他手中的馬卡洛夫就是遲遲沒有噴火。行使武力需要相應的意志力做後盾，張武伊吐出的那些話語，說明了他缺乏那後盾，聽在笑得一派輕鬆的鳥窩頭耳中，不過是背景音樂罷了。於是，張不得要領的怒罵聲隨著恐懼急速萎縮。

——可是，為什麼……？

棘手的攻擊性，也不是不可能忽然輕易得轉變為卑微的自我辯護。燕子用大受打擊的腦袋想著這件事，看見張手上的馬卡洛夫已被拿走。

——為什麼不快點殺了我們……？

聽到自己的名字，燕子閉上眼睛。

「好久不見……倒也不是吧。」

「才過了一個星期左右唷。」

「差不多是這樣。」菊池感慨地點頭。「總覺得好像過了很久。」

耳邊傳來遊艇撞上「陽洋丸」船側的聲音。原本吹來海洋氣息的風中，開始混入泥沼的味道。

至今也有幾次面臨生死關頭的經驗。不過，那每一次都是一瞬即逝，無暇思考或感受什麼。或許正因如此才安然度過了吧。死神總是乘法拉利而來，在這邊察覺之前，已經帶著倒楣的傢伙飛馳離去。

燕子想。內心之所以平靜至此，總該有個理由才對。死神們抽著香菸，看起來那麼冷靜，一副隨時可以出手的樣子，游刃有餘樂在其中。為什麼自己還能這麼平靜？

馬上就找到了答案。

說到底，這就是絕望。

雖說和想像之中的絕望相去甚遠，只要這麼一想就解釋得通。既沒有壓垮人的沉重，也沒有刺傷人的疼痛，沒有悲傷，沒有不安，也看不到懷疑與憤怒。有的只是接受了事實的內心空洞。這一切就是絕望。

人類在處於完全絕望的狀態下是不會發狂的。會使人類發狂的不是絕望，乃是希望。在絕望中看到一絲希望之光的霎那，瘋狂的齒輪才會開始運轉。急著想抓住那縷碰不到的光芒，緊追著希望不放。

潘朵拉的盒子不就是這樣嗎？想懲罰人類的神故意在潘朵拉的盒子裡裝進希望，這才是最惡質的事。

原來如此。燕子兀自恍然大悟。解開世上一道謎題的成就感，是通往接受死亡境界的單程車票。

「我說，菊池先生啊。」燕子開口。「到了這個地步，我做什麼都沒用了。想了很多，結果還是死法的問題。如果可以讓我選擇的話，請不要逼我聽你說一堆無聊的話。」

即使雙眼隱藏在太陽眼鏡下，從菊池臉部肌肉的動作，還是看得出他正睜大眼睛。

「很不錯的氣魄啊。」

「我有一條人生規矩是這麼說的。『與其聽人說一堆無聊的話，還不如去死』。」

菊池笑了笑。「你何時定下這條規矩的？」

「這種小事，怎樣都無所謂吧。」

菊池制止了激動上前的鳥窩頭。「看，現在你知道了吧？這位燕子是會為自己的規矩拚命的人喔。」

不服氣的鳥窩頭看了看菊池，心不甘情不願地站回自己該站的地方。

「燕子？」

看到燕子不耐煩的態度，鳥窩頭露出凶狠的眼神。

「朴打電話給我的時候，我問了他喔。問他原因是不是出在燕子你身上。他說『那傢伙還沒有這個分量』。我又問他燕子是不是和張聯手了，結果他說『張那混帳不會和任何人聯手，他只會利用別人』。」菊池頓了一頓。「飯島先生說看到你和張互相持槍攻擊對方。我手下被射傷膝蓋那個傢伙卻說是你和張下的手……這麼一來，我該如何解釋這個狀況？」

「有什麼不同嗎？」燕子以叛逆的語氣說。「不管我們是否聯手，世道如今說這些做什麼？」

菊池露出驚訝的表情。「如果沒有聯手，大概就沒必要殺你了啊。」

燕子閉起嘴巴。試著瞇起眼睛觀察，還是看不出菊池真正的想法。

「我不是常說嗎？」菊池繼續。「人生規矩第四條。」

「……『想要』的欲望不超出『必要』。」

燕子輕聲回答，菊池滿意點頭。表情像個為學生感到自豪的老師。

「要想長命百歲，做任何事都別超出必要。」

既然這樣，人生規矩第七條——用盡一切手段也要剷除威脅人生的東西——又怎麼說？燕子跟不上急速改變的狀況。

「你對搭檔過一次的人會信任到底，這一點我自認了解。」菊池張開雙手。「馬來西亞那個麻吉怎麼樣了？」

「誰知道。」腦中思緒在無法整理好的狀況下被推著走。「那個派不上用場的蠢蛋，大概在哪裡整天努力跟肥料為伍，做戶外勞動吧。」

菊池哼出笑聲。

燕子望向張武伊。那蒼白的臉龐乍看之下既像個莊嚴的殉教者，又像隻死魚。

轉回視線。苔綠色的立領西裝外套，黑色系的長褲，腳上套著勃肯涼鞋。站在那裡的是燕子熟悉的菊池保。

一星期前。在「九號營地」和菊池隨口閒聊，才不過是一星期前的事。這一星期以來確實發生了太多事。然而，沒有任何一件事從根本上改變了誰不是嗎？

從緊繃到放鬆，內心的算計也逐漸復活。同時，對此產生的厭惡感也在內心萌芽。原來自己心中還留有這樣的厭惡感，驚訝之餘又萌生了更大的厭惡感，以及些許的滿足。

菊池清了清喉嚨，暗示他將再次開口。「聽到你和張聯手的事，其實我也很難想像。」

燕子以肅穆的表情等待菊池接下來要說的話。那能將人從糞坑裡拯救出來的，充滿慈悲的話語。

一陣強風吹過，船身為之傾斜。

菊池身體一晃，鳥窩頭的頭髮像蛇髮女妖一樣張牙舞爪。野崎理子發出短促的哀號，張武伊癱軟如柳枝。

菊池低微的聲音，帶著不把這陣風放在眼裡的氣質，傳到燕子耳邊。

幾雙充滿殘忍好奇心的眼睛，因期待目睹一場與眾不同的秀而雀躍。鳥窩頭露出尊敬的目光頻頻點頭。御旨降臨。

這也是光芒迸射的瞬間。照亮黑暗的一縷希望之光。

燕子拿腦中四分五裂的東西沒有辦法。它們錯綜複雜地交纏，剝奪了身體的自由。

「燕子？你在那裡吧？」菊池朝完全錯誤的方向再次呼喚他，姿態宛如對星星許願。「燕子？要不然，你能殺了張嗎？」

齒輪開始轉動。

「我說，菊池先生，請聽我說好嗎？拜託？」張武伊的視線在菊池和燕子之間來來回回。「喂喂，等等啦……燕子？你該不會真打算射殺我吧？」

那討好的聲調，太監式的求饒法，在在令燕子煩躁不耐。

「好不好，菊池先生？」

——竟然連敬稱都用上了……

「真的不是針對你，我們只是想要一筆逃走的資金。原本打算事情一結束就把這女的還給你啊，絕對沒騙人。」張畏畏縮縮地指著野崎理子。「可是，我得把話說清楚，說要背叛你，把龍魚帶去韓國賣的事，可是這女人的主意。」

燕子偷看野崎。

在被人拉進糞坑的憤怒、屈辱與自我嫌惡的驅使下，野崎雙眼冒出熊熊火花，握緊拳頭。像一座即將爆發的火山。

「理子的事……」菊池說。「等你蒙主寵召之後我會好好想一想。」

四下爆出不客氣的笑聲，把張的說詞踩在腳下。

野崎身體僵直。

燕子觀察菊池，發現那張戴了太陽眼鏡的臉唯一不看的，就是野崎所在的方位。眼睛看不到的菊池會不時微調臉的角度，唯有避開印象中野崎所站的位置，像躲地雷一樣。

燕子看準菊池大概不會殺野崎理子了。菊池確實有虐待狂的一面，撇開剃毛嗜好不說，只因被收走一個杯子就在對方體內灌滿薑汁汽水，最後一刀插入鼓脹的肚子，從這點就看得出來。

然而，菊池對野崎的態度——只說必要限度內最少的話，之後就一副無所謂的態度——簡直是青春期小鬼為了吸引喜歡的女生注意力做的事。他看起來是在等待野崎自己破殼而出。渴望擁抱的中年男子，信奉不求回報的愛與剃毛性愛。

「菊池先生，請聽我說，好嗎？」張武伊仍不放棄。「這樣的話，你應該連那女人也殺啊？你要殺掉自己的女人嗎？從客觀的角度來看，我的罪還沒有那女人重吧？是不是？」

以三寸不爛之舌勸服對方是燕子的強項，問題是，要那麼做的時候，得有能那麼做的確信才行。對自己做的事有百分之百的把握，做好不惜逃躲或一決勝負的心理準備。拔出的手槍也一樣，如果不以開槍為前提，那就一點說服力也沒有。沒有這種程度的心理準備，絕對拉攏不了對方。那是將對方的憤怒轉變為懷疑的最有效手段，學菊池那樣昇華為人生規矩的話，也可以說「不逃就是最好的逃脫之道」。

——然而，看看那白痴現在在做什麼……

現在的張武伊，就連彈一彈手指都有可能令他心臟病發。燕子暗自搖頭。這白痴完全不了解狀況。就算不惜親吻對方的屁股逢迎獻媚，菊池的心也不可能軟化。

燕子幾次撩起額前的頭髮。一方面因為煩躁，一方面是把自己獲得的緩衝時間置換為撩起頭髮的行為。

「燕子？」菊池忽然改變臉的角度。「我差不多愛睏了喔。」

令人寒毛直豎的寒氣從背後竄升，燕子領悟到，時間已經不多了。

「等等、請等一下菊池先生……我可以好好說明……你看，實際上我們對你女朋友什麼都沒做吧？錢也可以還你，好不好？我們也不算毫無交情……」

鳥窩頭往前走，以槍柄對著燕子的狀態，將白朗寧手槍遞過來。先看了手槍一眼，燕子再朝菊池望去。

賜下考驗的神，正露出沉穩的微笑。沒有任何妥協與交涉的餘地，一絲也沒有。給予充分的時間，讓對方在頭腦完全理解的狀況下自己閹割自己，這就是他要的。如果想獲得祝福，只能照他說的去做。

因為事出倉促，因為「以為是射飛靶」，因為反射動作，因為大腦還來不及思考身體就先行動了……這類試圖用來模糊事實真相的自我辯護，隨著時間的經過不斷被秒針篩落。隔開自我與潛意識的牆壁慢慢毀壞，清楚感覺到滿溢的性衝動正往指尖集中。

燕子。菊池再次出聲呼喚，鳥窩頭把手槍的槍柄往前塞。

燕子迅速環顧四方。

張笑著流淚，盡情展現所有想得到的表情，不斷嚷著所有想得到的懇求之詞。

燕子想起在「九號營地」中央管理室被川原刺穿脖子的微胖男人。眼前的張武伊，令他聯想起那個上半張臉和下半張臉的表情還來不及整合，就一頭摔進川原便溺裡死去的恐怖分子。

腦力全開。然而，命令身體行動的號令系統一片混亂。神經似乎纏繞打結了。汗水滴入眼中，但身體就連眨個眼睛都要求賄賂。需要給予的興奮劑量和一匹馬所需的一樣多。

野崎表情嚴重扭曲。像是惡作劇被發現的小女孩，坐立不安，眼神左右游移，試圖找尋一句足以扭轉情勢的藉口。得想辦法討好爸比，減輕處罰才行。因為這位爸比一生氣起來就會變成非常可怕的暴君。不是被禁止吃飯到幾乎快餓死，就是被關在壁櫥裡直到變成木乃伊。或者，更簡單的是被一槍擊斃。不過，如果真能找到起死回生的魔法藉口——

——想必也能找到彼得潘的奇妙仙子了……

「張？」

勉強擠出聲音，張咕溜轉的目光停在燕子身上。

有什麼即將毀壞的感覺，從背後輕輕推了一把。

「我說啊。」燕子盯著那雙尋求救贖與答案的淺色眼睛，這麼說：「這不也是一種對關係的破壞嗎？」

槍柄黏糊糊的。

嘴裡黏糊糊的，腋下和褲子裡也黏膩不堪。

鳥窩頭在菊池耳邊輕聲說了什麼。

在好幾套劇本之中，燕子最喜歡這樣的：說些冷酷的話，一槍放倒菊池而不是張武伊，帶著一抹嘲弄的堅強笑容，像「邦妮和克萊德」那樣被亂槍打成蜂窩。首先要這麼說：「我的人生規矩就是，不被人牽著鼻子走。」說話時語調盡可能緩慢，表情不變，音量保持在幾乎被風聲掩蓋的大小。菊池一定會懷疑自己的耳朵吧。就算所有人都不敢忤逆他，至少這裡有一個人不受他擺布。菊池大概會這麼說：「喔？什麼時候多了這條規矩？」然後，燕子就要這樣反問：「剛決定的。」話聲未落，槍口已對準菊池眉心發出「碰」的一聲，一切結束。和這個世界漂亮地說再見。

——可惡……

這是多麼不切實際的劇本，燕子自己再清楚不過。只要槍口一對準菊池，連痛都來不及感覺，靈魂恐怕已經在遙遠的天上，看著現世的自己支離破碎成一條爛抹布。想不被人牽著鼻子走還有其他方法，自己轟掉自己腦袋是最不可行的一種。

紛至沓來的思緒總結到最後，除了按照菊池說的去做之外，別無其他辦法。

感覺就像攔腰斷折的時間軸插入頭頂一樣。意識努力想從人生中抹除接下來的幾十秒。

燕子目光從張武伊身上移開，朝菊池望去。

那裡有的是空虛。

耳邊聽見沉默，儘管察覺是對自我的欺瞞，也只能緊抓著這一點不放。

眼神回到張身上。

只要想成在時間裡製造一條分流不就好了？燕子這麼說服自己。這樣就能一口氣挺過這糞便不如的狀況。這麼做有什麼錯？

拉起擊錘。

伴隨脆硬的咔啦聲，擊錘固定，張為之一顫。

燕子想對他說些什麼。某些能令張武伊放輕鬆的話。以前的死刑犯在最後一刻都能聆聽上帝的話語，張也該擁有這個權利。只可惜不管腦中如何翻找，滿懷慈悲的話語早已庫存不足。

一陣身體騰空的浮游感襲來。與此同時，張整個人看起來逐漸變成單純的物質。

槍口對準，扣下扳機，如此而已。其中沒有任何意義。對，沒有任何佛洛伊德式的意義！

燕子再看菊池一眼。

距離不到五公尺。視線良好。連他西裝上的每條皺紋都看得一清二楚。兩人之間沒有任何遮蔽物。

意識到之前，手已高舉。

彷彿成了一個傀儡。有個誰從上方牽引綁住自己手臂的絲線。

一切都慢得可怕，令人心焦。解放和出口就在幾秒後的前方。然而，想抵達那裡卻像攀上聖母峰一樣艱難。

——對了……

張怎麼樣根本一點也無關緊要。但是，自己怎麼樣卻是再清楚也不過。第一個浮上念頭的劇本雖然不總是最棒的，就現在來說，或許是相當最近最好的選擇。

視野變得如同步槍瞄準器一樣狹窄，十字準星中央只有菊池的臉。

——幹得帥氣一點吧！

眼前閃過在「九號營地」看的影片。腹語術師腿上的人偶阿拓開口大笑。

此時，一個人影阻礙視線，緊握手槍的燕子手上傳來冰冷的觸感。

那就發生在下一剎那。

拉過燕子的手，野崎理子交出身體重心，手指滑進扳機口，把自己的手指蓋在燕子的手指上。正要朝上的槍口一晃，發射出第一顆子彈。交疊的手臂往上一振。

跟不上狀況的張武伊左側胸口猛力向後一仰。

野崎左手繞到燕子背後，以此為支撐，右手用力，刷地拉下手槍，像是從天國摘下什麼的姿勢。

第二顆子彈在張武伊身體中心爆開，連人帶欄杆一起往後飛。

白色閃光竄過，劃破燕子的眼睛。暗下的視野裡冒著金星。

張武伊揮舞雙手，像是想爭取比賽暫停。嘴角看起來甚至還帶著笑。睜大的雙眼好像在說，喂喂喂，等一下啦，重頭再來一次啦。

自戀、死亡、保身、犧牲、放棄、命運、偏見、期待……不斷湧出，有些互相碰撞，有些互相融合。

燕子知道。即使在這樣的狀況下都有無限選擇。問題是，要在哪一點上與現實妥協。

燕子放鬆手臂僅存的一點抵抗。

第二發槍響消失前，像吹熄蠟燭是一樣毫不猶豫的第三發子彈已擊出。

張武伊被推出欄杆的身體，以頭下腳上的姿勢墜入和川原昇同樣的地獄。

不知道過了多久？野崎理子冷得像冰的手滲出汗水，逐漸回溫。

燕子耳中還留有槍聲殘響，眼底還留有張武伊的殘像，回頭朝菊池望去。

站在鴉雀無聲的嘍囉面前，鳥窩頭興奮得連頭髮都倒豎了，正在為菊池進行解說。

菊池臉上有了血色，眼看愈來愈紅潤，像個得到大禮的少年。

燕子眨了眨眼。和子彈一同迸射的閃光直接接觸眼睛的緣故，視野大部分仍被塵埃般的光點占據。在水晶體上折射的閃光肆虐眼球。

用力放開燕子，野崎理子投向菊池懷抱。

落在兩人身上的光點，看起來宛如奇妙仙子灑落的亮片。

29

新生活一如想像。

被韓文包圍的生活，算算也持續將近四個月了。頭髮長長了，現在可以在腦後紮成一把馬尾。

貼在房間牆上的二十四節氣七十二候曆顯示今天的節氣是「雨水」。二月十九日。旁邊的說明文寫著「積雪與結冰開始融化，此外，降雪轉變為降雨」。不過。

——才不是那麼回事吧，混帳東西……

感覺屁眼都要結冰的日子，好像永遠不會結束似的。

韓國人室友大都很煩。雖不會行使暴力也不是同性戀，反而可說異常熱情。但是，也要求燕子以同樣程度的熱情回應。

有一次，從重訓室回房時，看到對方擅自拆開寄給燕子的信。罵他還惱羞成怒，用拙劣的日語反駁「韓國人相熟之後什麼都能分享，所以才說你們日本人……打從骨子裡接受日本人價值觀的你想法太狹隘了」。

既然這裡的生活還要繼續下去，也只能去適應了。即使如此，每次和韓國人聊天，尤其是聊到食物的時候，燕子還是打從心底想念日本料理。

「爬上山丘時有三隻腳，下來時卻有四隻腳的東西是什麼。」

燕子出神地望著用黑色膠布貼在牆上的淺藍色信紙——上面布滿「六號營地」的浮水印——那封被韓國室友擅自拆閱的信。

「男人給了女人五十美金後問女人答案是什麼，女人默默從錢包裡拿出五美金給他。」

「小燕？那女的把張武伊幹掉以後呢？」

「你到底有沒有在聽我的話啊？」燕子望向對方手腕上的孫悟空刺青。「張武伊不是野崎幹掉的，是我！」

「好啦好啦。」

「你他媽的什麼意思？」

「好啦，你就你。」

到底是在哪裡聽錯的啊？燕子一陣訝異。果然還是不應該把最後野崎理子那段跟他說。

——可惡……

不管怎麼說，新的燕子傳說——被跟隨無比冷酷盲眼男人的五十個敵人包圍，躲過幾千發衝鋒槍彈，陷入絕命關頭時，憑著睿智機靈的頭腦和勇氣，不但冷靜安然度過危機，還拯救了另一個可憐的女人——為了確立這麼一個英勇男人的傳說，可能還得多傷一點腦筋。

「然後咧？」

「她一邊哭一邊跟菊池說『我好害怕喔～』」

「他媽的。然後呢？」

「然後菊池問她有沒有跟我發生關係，因為菊池知道野崎喜歡我這種造型。你猜她說什麼？」

「什麼？」

「『沒錯，可是他是中國人啊！』」

「幹！」

燕子搖頭。「女人喔……」

「那個恐怖分子呢？」

「你問我，我問誰啊。不是還沒被抓嗎？」

「可能已經不在日本了。」

「大概吧。可能菊池把他弄到國外去了。」

「然後呢？」

「還然後？白痴！被踢下海，叫我游到朝鮮半島啊！我游回博多灣，天都已經亮了，還能怎樣？自首、再度逮捕、拘留、判刑、被分到這裡……他媽的，都是你！」

「別再說了啊。」

「哎，算了算了。不說了。」

房裡的擴音器發出輕微雜音。用餐時間到了，請所有人儘速前往餐廳……

余貴植撐起靠在牆上的背，在床上輕輕拉筋。「吃飯吃飯。」

燕子拿下眼鏡，綁起頭髮，在淺藍色的制服上套上深藍色的運動外套。

室友就在這時衝進來，眼中透露著一股明顯的敵意。那是愛恨交織，為嫉妒發狂的女人特有的溼潤眼神。

看到房裡不只燕子一個人時雖然難掩驚訝，還是轉頭用韓語大叫了什麼。很快地，一個腦袋像拼布一樣滿是疤痕的光頭大搖大擺地走進來。

燕子瞇起一邊眼睛。

「喂，燕子，你這傢伙，幹嘛沒來由揍這傢伙啊？啊？」

對室友投以冷冷的一瞥，那狐假虎威的傢伙用力吞了一口口水。

「喂！」朴志豪怒氣高漲。「給我好好聽人說話，混蛋東西！」

「我說你啊……」燕子嘆了口氣，朝余貴植看了一眼，他只是聳肩。「我是不知道那傢伙怎麼跟你說的，但是不要把你們的習慣強加在老子身上，聽懂沒！下次再擅自拆我的信，抽我的菸，碰我的牙刷，一邊看我的A書一邊自摸，我真的會殺了他！」

朴用韓語說了什麼，室友開始卑微地辯解。

廣播流洩出夏威夷樂曲。烏克麗麗的聲音彷彿夏日傍晚朝地面潑灑的水。仔細一聽，是〈*Over the Rainbow*〉。

聽說他自以為脫離火大的傢伙，得意洋洋上岸時，遭車裡的人開槍偷襲。子彈命中五發，其中兩發打中頭部。因此，那幾個安浦組的前同夥連是死活都沒有確認就直接跑了。吃了那麼多發子彈還沒死，燕子也完全想不出原因。總而言之，不死鳥朴志豪沒死。之後，也可說是這樁事件的另一個難解之謎，碰巧躲在暗處的流浪漢打行動電話報案，救護車馬上趕到。

關於身上那三發子彈，除了切除中彈的胃部，順便切除右肺下方四分之一外，還失去了三十公分左右的小腸，不過大動脈可說完全沒有問題。問題是頭上那兩發子彈。根據朴志豪本人的說法，子彈擊碎頭蓋骨，只把頭皮像剝葡萄柚皮一樣削掉，對腦漿卻沒造成太大損傷。只是，事後把臀皮移植為頭皮的緣故，現在的他，從頭頂到脖子上方形成戈壁沙漠般的不毛地帶。

「混蛋，你這傢伙是想找我們韓國人的碴嗎？」朴逼上前來。

「喂喂，現在是想扯民族問題嗎？」燕子攤開雙手。「你想用那種方法解釋的話，我告訴你，在這裡的華裔之中，光是中國大陸來的就占整體將近一半人數喔。把我或我這邊這個麻吉這類華裔也算進去的話，輕輕鬆鬆就過半了。」

余貴植從鼻子裡噴出笑聲。

「無論如何都要扯到民族問題的話，下次來比足球啊！」

說完這句，燕子擺出完全不把對方看在眼裡的嘴臉，壓著朴的肩膀，把他推出走廊。背後的余貴植不知幹了什麼，只聽見室友發出像是被人捅了屁眼的窩囊哀號。

走出房外，自然捲入正朝餐廳走去的人渣群中。眾人身穿一式一樣的淺藍色制服，背上是描白邊的文字「三號營地」。

燕子回頭瞄了一眼，不見朴追上來。

「小燕，你先去。」

「小便？」

「我不是答應今天要介紹給你我那尼泊爾室友嗎？」

燕子點點頭。

「我去叫他。」

「那我先去啦。」

「小燕？」

「幹嘛？」

「你幹嘛要認識尼泊爾人？不是要問他用哪隻手自瀆吧？」

「我又不是你。」

「那幹嘛？」

「他媽的，狗改不了吃屎。」燕子自言自語地嘟噥，想了一下又喊：「阿植？」

「嗯？」

「你有沒有不要的筆？」

「什麼？」

「筆。」

「…………」

「我想寄給尼泊爾的小孩子們。」

藍小說 292

逃亡作法 TURD ON THE RUN

作　者—東山彰良
譯　者—邱香凝
編　輯—張瑋庭
企劃經理—何靜婷
封面設計—陳文德
內文排版—極翔企業有限公司

副總編輯—嘉世強
董 事 長—趙政岷
出 版 者—時報文化出版企業股份有限公司
10803臺北市和平西路三段二四〇號三樓
發行專線—（〇二）二三〇六—六八四二
讀者服務專線—〇八〇〇—二三一—七〇五
（〇二）二三〇四—七一〇三
讀者服務傳真—（〇二）二三〇四—六八五八
郵撥—一九三四四七二四時報文化出版公司
信箱—臺北郵政七九～九九信箱

時報悅讀網—http://www.readingtimes.com.tw
電子郵件信箱—liter@ readingtimes.com.tw
法律顧問—理律法律事務所　陳長文律師、李念祖律師
印　刷—勁達印刷有限公司
初版一刷—二〇一九年十一月二十二日
定　價—新臺幣三九九元
（缺頁或破損的書，請寄回更換）

時報文化出版公司成立於一九七五年，
並於一九九九年股票上櫃公開發行，於二〇〇八年脫離中時集團非屬旺中，
以「尊重智慧與創意的文化事業」為信念。

逃亡作法TURD ON THE RUN / 東山彰良著；邱香凝譯 . – 初版 . –
臺北市：時報文化, 2019.11
面；　公分 . –（藍小說；292）
譯自：TOUBOU SAHOU TURD ON THE RUN
ISBN 978-957-13-7268-6

861.57　　106024138

ISBN 978-957-13-7268-6
Printed in Taiwan